穿越馨生愛上你

卷一

遇穿越，庶女入學院

尤加利 著
千帆 繪

目錄

【卷一】遇穿越，庶女入學院

【第一回】

小雨穿越成慧馨

謝小雨翻了個身，心裡煩躁，人越睡不著。外面又在下雨了，這六月的江南就是這樣，連綿的雨下個不停，不大卻又淅淅瀝瀝，擾人得很。

三姊慧琳嫁去燕京已經滿一個月了，不知過得如何？原本明日應該回娘家，但是今天老爺卻收到姊夫差人送來的信，說路途遙遠天氣也不甚好，滿月的回門免了。老爺和太太雖嘴上沒說什麼，但神情卻有鬱色。謝小雨往日裡與三姊的關係最好，心裡便有些擔心。

謝小雨本來是二十世紀外商公司的白領，某日睡醒，突然發現自己穿越成了江寧謝家的七小姐慧馨。謝家七小姐清明遊湖不慎落水，昏迷一個月後醒來便是謝小雨了。

據說清明當日，謝家的船行至湖中突然發現漏水，由於遊湖的人多場面混亂，來接人的小船位子不夠，在緊要關頭，七小姐將最後一個位子讓給謝太太，又為了不讓謝太太為難，自己毅然跳入水中，被救上來時已經昏迷不省人事。

事後七小姐在江寧得了個「孝」名，在謝府裡的生活待遇也提升了不少，丫鬟僕役們更不敢再怠慢這位庶出小姐。而當事人謝太太雖然對慧馨多有照顧，但兩人間卻有種微妙彆扭的隔閡產生。

醒來後的慧馨身體虛弱，出不得屋門吹不得風，喝了足足四個月的湯藥才緩過一口氣來。在床上躺著的四個月，三小姐慧琳幾乎日日探望，慧琳便成了謝小雨在這個世界上最親近的人。

江寧謝家是詩書世家，兄弟共四人，謝老爺行二，二十七歲中榜眼，卻受恩師牽連導致仕途無望，後便在江寧府開了間「望山書院」。十幾年下來，院內門生出了二位狀元、數位進士，在大趙朝也算頗有名氣。

謝老爺家一妻三妾，三子四女。謝慧馨在族裡女子同輩行七，家裡行三，為二姨娘佟氏所生。二姨娘佟氏的父親是個秀才，也算出身書香門第，所出只有慧馨一女。謝家二少爺、五少爺和三小姐慧琳為謝太太所出，謝太太娘家則是江寧望族。

慧琳的親事是在謝老爺當年受人牽連時定下的，對方是燕京一戶專營高檔筆墨的蔣姓商人。當年對方在生意場上聽聞朝中動向，便通知了當時名聲正顯的謝老爺，使得謝老爺可以及時從政局中脫身，才免了一場殺身之禍。謝老爺為感念對方恩情，便做主將當時三歲的慧琳許配給對方八歲的次子。

可這慧琳的婚事一直是謝老爺的心頭病，身為讀書人，自然看不上對方的商人身分。謝太太也鬧過吵過，但謝老爺是重諾之人，話已經說了出去，自然沒有反悔之理。

去年雙方下了定，說好明年慧琳及笄後成親。但今年年初蔣家的老太爺突然重病，蔣家老太爺這位當年對謝老爺有恩之人，親筆給謝老爺寫了封信，想來是怕到手的鴨子給飛了，便有意把婚期提前，而謝老爺看信後獨自在書房待了一夜，第二天便同意蔣家的要求。謝太太得知此事後是又氣又急，卻也毫無辦法。

上個月慧琳出嫁，乘船順江去了燕京。慧馨期待了一個月，現在期盼成了空，只剩下了擔心。一夜無眠，慧馨一大早便爬了起來，看著銅鏡裡的人歎了口氣道：「年輕就是好啊！一夜不睡也沒有黑眼圈之類的。」叫了丫鬟進來洗漱更衣，又坐在桌前練了兩頁字，直到給謝太太請安的時辰才起身往正房行去。

正房裡，三位姨娘正在給謝太太請安。大姨娘原是謝太太的陪嫁丫鬟，最是懂得謝太太的心意。看著謝太太心不在焉地應付大姨娘，臉上神色又陰晴不定，便知正在為慧琳不能回來省親擔憂。二姨娘恭敬地站在一邊，三姨娘最年輕，氣色也最好，她看著謝太太的臉色，嘴角諷刺地挑挑。

請過安，慧馨便帶著丫鬟回了翠倚樓，回屋拿出《廣陵志》來讀。雖然掛心慧琳，但是自己人小力微，自身難保，也只是白擔心罷了。

謝家庶出的三位小姐都住在翠倚樓，九歲的慧馨住在二樓，樓上是十四歲的二小姐慧嘉，樓下是七歲的九小姐慧嬋，九小姐和八少爺謝芳是雙胞胎，為三姨娘所出。

樓上傳來「咚咚」的跑步聲，木槿撇撇嘴不屑道：「准又是甘菊這丫頭，總是這麼笨手笨腳。」

慧馨屋裡有兩個二等丫鬟木槿、木樨；四個三等丫鬟金桂、岩桂、漢桂、喬桂。慧嘉屋裡兩個二等丫鬟，金蕊、金竺；三等丫鬟甘菊、秋菊、黃菊、陶菊。甘菊的三嬸是謝太太院裡的粗使婆子。

慧馨手拿著書，對著木槿眨眨眼睛吩咐道：「這書我已讀完，妳幫我問問二姊，家裡還有什麼有趣的山水雜記，再去內書房拿幾本來，順便把這本給還了。」

木槿心思甚是靈巧，心中一動便明白慧馨這是藉事讓她去打探消息，笑著回道：「小姐放心，奴婢這就去。」

少頃，木槿拿著一本《永州八記》[1]回來，「大姨娘說太太這般擔心也沒辦法，不如去大召寺添添香，佛祖知道太太心念必會保佑三小姐的……」

午飯後，太太跟前的魯媽媽便來通知，兩日後去大召寺祈願，「東西別帶多呀，當天便回了的……」慧馨心裡高興，這古代內院小姐出門的機會實在太少了，自己來到這裡兩年，也只在去年陪慧琳去過一次大召寺燒香。招呼著木槿、木樨，記得要拿著這個，別忘了那個……

【注釋】

①唐宋八大家之一的柳宗元因「八司馬事件」被貶到永州，所作的八篇散文作品。

❀

一大清早，謝家的馬車便出發了。

慧馨與慧嘉一輛車。二小姐謝慧嘉在江寧人稱「不櫛進士」[2]，詩棋書畫無一不精，年僅十四歲四書五經早已通讀，與大理寺卿盧家三公子定有娃娃親[3]，從小由謝老爺親自教導，雖是庶出，卻在謝家備受敬重。

慧嘉一上車，便吩咐金蕊拿出茶具，煮上一壺鐵觀音，慢慢地品，慧馨跟著沾光喝了幾杯。其實慧馨最喜歡安徽的紅茶，讓她想起二十世紀的祁門紅茶，那似果似蘭花的香氣。這套茶具是正宗的宜興紫砂，燕京李翰林拜訪父親時送的。

慧馨幾次忍下挑簾看窗外的衝動，看看瞇著眼睛品茶的二姊，拿出《永州八記》來讀。

大召寺位在江寧城西北四十里的少室山麓靈顯峰下。據傳曾有名僧菩提達摩來此傳授禪宗，因而名聲顯赫，達官貴族趨之若鶩，信眾遍佈大趙，多有慕名而來的文士。

整座寺廟坐北朝南，呈長方形，占地約六百畝。寺大門之外，南有石牌坊、放生池、石拱橋，其左右兩側種滿茂密的柏樹林。東面的柏樹叢中，有一座墳塚，這就是有名的「達摩墓」，墓前石碑上刻有「趙啟道圓通菩提大師墓」。這座墓塚的主人便是拜請來趙傳經授法的高僧——菩提達摩。石碑上的封號是趙太祖顧雍追封的。在後院雨花臺上還有這位高僧的塑像。據傳當朝皇帝趙誠祖顧承隸幼年曾在雨花臺避暑讀書，後來改成天竺高僧下榻和譯經之處。

慧馨下了車，與慧嘉相攜跟在謝太太身後。許是因近日陰雨連綿，今日來寺廟燒香的人並不多，與去年來時萬頭攢動的景象相差甚遠。

有知客僧[4]接了眾人先去參拜，才又引了進內院食素齋。拜過佛後的謝太太心緒稍定，用過素齋人便有些乏了，慧嘉差魯媽媽找知客僧收拾了一間廂房，服侍謝太太歇下。慧馨和慧嘉也在隔壁歇了個午覺。許是謝太太近日都沒休息好，這會子竟睡得又深又沉。

慧嘉囑咐幾位媽媽在門外守著，叫上幾個小丫鬟，便與慧馨一同往後院的花園賞花。

大召寺的後花園也頗有名，據傳大部分是菩提達摩播下的種。一入園便是盛放的梔子樹，濃郁的梔子花香撲鼻而來。大片的六月雪[5]隨風飄舞，一叢叢綠色的則是九層塔，開著橙黃色花朵

【注釋】

②指有文采的女子。

③男女雙方於年幼時由父母所訂下的親事。

④這裡是指寺廟裡接待信眾的僧人。

⑤星狀小白花於夏天盛開。花開時數量繁多，密佈在植株上宛如皚皚白雪一般。

的是小檗[6]，在牆角處竟然偶爾還能看到開得正豔的石竹[7]。小檗寄語善與惡，石竹寄意語悲苦。

慧馨心中會意，這些花不少是從域外傳入大趙，極其稀有罕見，而且不易種植，這大召寺果然名不虛傳。

那九層塔更是看得慧馨心動不已。九層塔便是羅勒，大趙人尚未發覺出羅勒的用處，但在二十世紀時可是明星植物，不僅用於烹飪，又可提取精油，更別說還有藥用價值。古代醫學簡陋，若能種些羅勒在身邊，也是有備無患。

想來這大召寺多年種植羅勒，肯定留有種子，心想不知能不能要些來……便指著那羅勒問慧嘉：「二姊，那綠色的是什麼？香氣如丁香一般迷人。」

慧嘉也很喜歡這個園子，饒有興趣地說道：「這是九層塔，又名金不換，相傳是當年菩提達摩從域外帶來的，神的種子，聞起來有的似丁香，有的似薄荷，有提神醒腦的功用。據說達摩還曾用此物治過病。」

「……這大召寺種了這般多，也不知這九層塔好不好種……」

慧嘉思索一會，便喚過金竺：「你去找知客僧問問，這九層塔種植可有訣竅……」

金竺領命而去，不一會就回覆，「……說這九層塔極易種植，只要陽光充足土地肥沃就好。」

兩位小姐聽了皆很有興趣，便差金竺去找同來的許管家，問寺裡討些九層塔的種子，讓府裡也添些福氣。謝慧馨得償所願，便想著回去後一定要在自己屋裡也種上一盆。

姊妹倆又在園子裡逗留了些許時間，因著當日就要回府，看時辰差不多了就準備回廂房。一片烏雲無聲地飄了過來，讓原本就陰沉的天色不一會便黑了下來。六月的江寧就是這樣，雨說下就下，下起來還沒完沒了。

兩人回到廂房，謝太太仍未起身。眼看就要申時，再不動身，天黑前恐怕回不到家了。外面雨越下越大，這會馬車已經不好出行了。

慧嘉喚了魯媽媽和許管家來：「太太近日思慮過多，夜不能寐，現在終於能睡了，外面雨也大，一時半刻怕是停不了……我看今晚便先在廟裡借宿一宿吧，勞煩魯媽媽同廟裡知會一下，將我們的人安排了，許管家派個可靠的回府裡帶個消息，免得父親擔心。」

各人各去安排，慧馨回到隔壁廂房支了窗子吹風，又捧了書來讀。時間隨著雨聲流逝，手中的書還是那頁沒有翻過，讀書的人反而看著窗外的雨發呆。

這麼閒適恣意發呆的日子多久沒有了呢？三年前莫名其妙地穿越而來，纏綿病榻孤獨無依的彷徨，深夜無聲的哭泣，慧琳的探望，偶爾不經意間流露的真摯關懷，便是救命的稻草，如今這

【注釋】

⑥蘗，音同「晴」。小蘗的花為黃、橙色，果實為紅、藍黑色，根部則可提煉出色素。

⑦花朵的顏色豔麗，常見的有粉紅、深紅、白色等，多為觀賞用途。

根稻草也身不由己地飄零異鄉。

想起去年陪慧琳來大召寺燒香，花園還沒來得及逛，便被管家催著回去。慧琳的期盼和失落這般明顯，可底下的僕人眼裡卻只有不屑。

妻由夫貴，妻也由夫賤。慧嘉的未來夫婿是大理寺卿家三公子，慧琳的夫婿是燕京商家的次子。士農工商，商排最末。謝府堂堂嫡女在府裡待遇卻不如庶長女。

謝老爺對女兒有愧，謝太太心疼女兒，從小便對她百依百順。不學詩書，因商人家讀書無用；不習女紅，因蔣家有錢，針線不用自己動手。

尚未及笄的慧琳仍是孩童般天真爛漫，如今卻嫁為商人婦，無奸不商，單純的慧琳要如何在那樣的家庭生存啊？一股迷茫無措湧上慧馨心頭，她強忍了眼淚。現在我還能為慧琳擔心，將來我又會飄向哪裡呢？

慧馨拿出帕子，用涼茶浸濕敷在眼睛上，在這裡，哭泣是無法隨心所欲的。慧馨擦了擦眼睛，推門站在廊簷吹風。六月的江寧，無風陰雨的日子居多，也只有這樣下大暴雨的時候才有涼風吹。

遠處慧嘉的身影徐徐走來，慧馨按按眼角，換了表情向慧嘉行禮。

慧嘉眼光繞著慧馨的臉轉了一圈，轉身對著廊外悠悠地歎了口氣。慧馨嘴角微抽，這古代大小姐的閨怨做派還真是難適應。

「在讀《永州八記》了？讀到哪篇了呀？」

「才剛看了開頭〈始得西山宴遊記〉……」

慧嘉點點頭道：「《永州八記》亦備受父親推崇，妳可得用心讀……柳公[8]下筆構思精裁密緻，璨若珠貝……」

慧嘉繼續侃侃而談，「……柳公雄深雅健，勵才能，興功力，致大康於民，垂不滅之聲……」言辭間對柳公敬重推崇，頗多嚮往。

慧馨抹抹額頭的汗，這位柳公可是被貶鬱鬱不得志，縱有雄心大志，也無處發揮。「女子無才便是德」的社會，慧嘉卻得了個「不櫛進士」的稱號，謝老爺的教育是不是有點過了？

【注釋】

⑧柳宗元在唐永真革新失敗後，被貶至永州，在此處留下不少膾炙人口的作品，最終被貶至柳州，因病逝於柳州。

【第二回】
廟裡祈福遇山賊

謝太太醒來時已是酉初[1]，慧馨與慧嘉服侍她起身洗漱，又喚許管家來詢問留宿的安排，待她滿意地點了頭後才帶著眾人往齋堂吃飯。

用過晚飯，謝太太又去後講堂隔簾聽師傅的晚課。大召寺不愧是經常招待高官親眷的名寺，為了方便，講堂裡常設垂簾和屏風，便於女眷們聽講參禪。

待回到房裡已是夜燈初上，慧馨遣了丫鬟，拿出筆墨紙張作畫，興致起下筆如有神。大召寺的每個院子裡都設有壁燈，偶爾可見草叢中還有石孔燈。雖不是燈火通明，卻也讓夜色變得影影綽綽，再加上今晚的雨，朦朦朧朧地，寺廟更顯一番獨特氛圍。

穿越前還是謝小雨時學過繪畫，穿越後又在自家學堂裡學了水墨畫。這般古今合璧後，她畫的線條簡單，寥寥幾筆便將物事勾勒得維妙維肖，無彩的水墨濃淡相襯，獨特的視角佈局，竟隱有獨成一派的大家之勢。偏偏她一直奉行做人低調的哲學，每回在家裡作了畫，事後都將之付之一炬，到目前為止，竟無一人知道她在繪畫上的造詣。

慧馨手拿著畫，左看看右看看，不捨得燒，得意之作啊。猶豫了半晌，終是將畫折了放入隨身的荷包裡。把桌面收拾妥當，才喚了木槿進來打水洗漱，吹燈上床。

半夜慧馨睡得迷迷糊糊，院子裡突然吵鬧起來，不一會便聽到木槿慌張地來叫門：「小姐，小姐，快醒醒呀，有山賊闖到寺裡來了！」

謝小雨一下便驚醒了，心裡發顫。前世今生，她可從沒遇到過賊這東西，況且當朝剛進入太平盛世，大召寺附近哪裡來的山賊？

木槿推門進來，匆忙幫慧馨穿上衣服，「……寺裡叫大家先到後講堂避一避，許管家已經帶人在院子裡等著了……」

慧馨略微收拾便趕往謝太太處，魯媽媽正在給謝太太挽頭髮。

見雨仍舊下得很大，慧馨站在門口，對著房內的謝太太說道：「夜裡有風，母親再多加件衣裳吧……」

謝太太面露詫異，心下不以為然道：「不必了，這天還悶熱得很。」慧馨聽了便恭敬地立在一旁微笑無語。

謝太太剛收拾好，慧嘉也來了。三人在家丁和僕從的保護下，往後講堂行去。

【注釋】

①酉時是指下午五點至七點，酉初約莫是下午五點多。

雨急風大，路面濕滑，燈籠被風吹得忽明忽暗，眾人艱難地往前行走。幸好有壁燈指引方向，濃濃的雨夜裡才不致迷路。慧馨扶著木槿的手，就怕地上鋪的鵝卵石下了雨後一踩易滑。

突然後面傳來「啊」的一聲，又有丫鬟尖叫起來。慧馨心驚地回頭，正好天空劃過一道閃電，天剎時大白，竟看到已有賊人從後方追趕了過來。

眾人亂作一團，幸好許管家強作鎮定，吆喝幾個手拿木棍的壯士家丁圍成一個圈。

眾人被困在走廊一角，幾個膽小的丫鬟推搡[2]著往人堆裡擠，慧馨也被推了幾下，謝太太捂著胸口倚在魯媽媽身上，慧嘉緊緊靠在謝太太身邊，臉色蒼白，瞪著一雙大眼睛，一臉的難以置信。

數道白光閃過，幾個護在周圍的家丁倒在地上，木棍對大刀果然沒有勝算！此時慧馨心裡又驚又怕，老天也太會捉弄人了，難道今日自己要命喪於此嗎？

就在眾人心生無望之際，從兩旁的屋頂上突然傳來大喝聲：「大膽賊人！納命來！」接著便有一堆人影從上面竄了下來，揮舞著大刀與賊人交起手來。

見身旁的謝太太和慧嘉受到驚嚇仍發著呆，慧馨壓下心底的恐慌，扶住謝太太的手臂，往她身上靠去：「母親，趁現在，我們還是趕緊往後講堂去吧。」

聽到慧馨的提醒，謝太太方才醒過來，見慧馨一臉的驚魂未定，急忙道：「快，許管家，我們快往後講堂去……」眾人不禁加快腳步，哪管天雨路滑，小跑著進入後講堂。

後講堂中間被一排屏風隔開，謝太太領著女眷往後面坐，吩咐許管家帶幾個男丁到前面守著，等候消息。

待安坐妥當，謝太太這才心有餘悸地拍著胸口，慧嘉也回過神來，立即拿起桌上備著的茶水，給謝太太倒了杯茶壓驚。

外面隱隱傳來打鬥聲，眾人雖然害怕，卻只能豎著耳朵，盼這一切快快結束，還有膽小的丫鬟躲在人後偷偷地抹著眼淚。

慧馨害怕卻也毫無辦法，便偷偷地透過屏風縫隙打量前面的人。

今晚在大召寺過夜的香客很少。女眷只有謝家，前面的男客有三桌。一桌坐了四名讀書人，旁邊立著小廝。一桌坐了一位青衣儒衫男子，旁邊圍著六名布衣男子。一桌坐了兩位商人，旁邊立著家奴。

慧馨多看了幾眼青衣男子，心中一動，男子的左手腕戴了一串綠檀佛珠。大趙國不種綠檀，當世的綠檀多為海外進貢而來。

此人既然帶著貢品，多半與皇室之人有關連，怪不得會有「山賊偷襲」大召寺，也難怪寺裡這麼快就有了應敵之策。外面的打鬥，官兵不可能這麼快趕到，且這大召寺又不是少林寺，哪來這麼

【注釋】

②用力推擠。

能打的和尚？想來剛才那從屋頂跳下來的人影，只怕不是偶然，而是埋伏了！

慧馨心裡歎口氣，稍稍放了心，看這位男子一派悠閒地喝茶，今晚多半是有驚無險了。自己還真是倒楣，難得出一趟門就遭了池魚之殃。

漸漸雨聲蓋過了打鬥聲，便有僧人前來通知賊人都已經被擒住，眾人可以各自回房了。謝太太攜著慧嘉和慧馨，在眾家丁的保護下，先讓許管家帶人仔細地把各個房間都察看過，才讓眾人進屋。

慧馨看著房裡一片狼藉，撫額無語。不知這些賊人要找什麼，把每個房間都翻得亂七八糟。

慧馨的荷包丟了，當時走得匆忙，把荷包忘在了枕頭下。幾個丫頭、婆子也有丟掉碎銀子的。折騰了大半宿，慧馨實在累了，便將諸事都放下，倒頭就睡著了。

次日回到謝府，謝太太受了風寒與驚嚇，抵抗不住竟然病倒了，慧馨便在謝太太房裡侍疾[3]。

趙部成看著手下搜來的東西，氣得牙疼，罵道：「一群沒用的東西，死了幾十個人，只找來這些廢物……要我怎麼向姊夫交代……」

羅晉看著桌上的東西，也歎了口氣：「公子，那許鴻煊貴為南平侯，是跟著皇上打過天下的人，詭計多端，實在不好對付。他這次在大召寺養傷，分明就是裝的，設下圈套引我們上當。現在最緊要的，我們絕對不能暴露身分……不能留下後患。」

「你說得對，絕對不能暴露出身分……都安排好了嗎？」

「公子放心，毒藥是我親自下在酒裡的，再過一個時辰他們便會毒發……」

「那就好，等會你再親自去察看一下。」

「是。」

趙部成隨手撥了一下桌上的東西，一張紙掉在地上，羅晉隨手撿了起來打開，正是慧馨的那張雨夜寺景。

羅晉看著這張畫，想起了市井間的傳聞，心中一動：「公子，今晚大召寺裡是不是有江寧謝家的女眷？」

「沒錯，怎麼了？」趙部成不解道。

「公子請看這幅畫，這幅畫筆法奇特，線條簡單卻眉骨凸顯，頗有大家之風。聽說這謝家的二小姐，精通詩棋書畫，從小由謝老爺親手教導，頗有乃父風範，這幅畫多半是這二小姐所作。漢王偏愛書畫，對書畫大家禮遇有加。漢王府的姬妾也都習書畫，不如我們將謝家二小姐弄給漢王，也

【注釋】

③陪伴、照顧病人。

好討得漢王歡心。」羅晉越想越覺得自己的推斷不會有錯。

趙部成聞言皺眉，左思右想才展眉道：「好主意，這次事情辦砸了，得想點辦法在漢王那邊彌補彌補……」

❁

謝太太這一病便是月餘，到了九月末天氣開始涼爽才好了些，這段時間慧馨天天過來侍疾。

慧馨帶著木槿幾個丫鬟去請安，一進正院門口，便發覺院裡氣氛有些詭異。大小丫鬟們都在屋外站著，有幾個還湊在一起竊竊私語。

慧馨向木槿使了眼色，才繼續向裡行去。

木槿假咳了幾聲，站在屋簷下發呆的紅芍才反應過來，高聲道：「七小姐來了。」

慧馨笑著點頭：「母親今日身子可還安好？二姊姊和九妹妹可曾來過了？」

紅芍欲言又止，「二小姐、九小姐還沒來……」又猶豫著小聲說道：「燕京來了家書，太太瞧著不太高興，魯媽媽正在裡面陪著說話……」

慧馨點點頭，就著紅芍撩起的簾子進了屋。

屋裡魯媽媽正在給太太捏著肩，謝太太的眼角有些泛紅。

慧馨低著頭順目，只做沒看見，行了禮詢問身體狀況，勸慰了幾句，又逗趣地陪著謝太太說話，氣氛漸漸好了起來。這便是成全了嫡母的面子，堂堂嫡母怎麼能在庶女面前顯露脆弱。

慧馨趁機讓木槿呈上自己前幾天為謝太太做的抹額[4]，得了謝太太的誇獎、魯媽媽的奉承。雖然慧馨不打算做家裡最出挑[5]的，但是時不時的孝敬卻是絕對必要。

謝太太拉著慧馨的手，不免心底一番感慨。這個女兒不如慧嘉聰慧，比不得慧琳、慧嬋令人疼，但卻是最讓人放心的一個。雖然出了當年的事情，說到底她也沒有做錯，只是這庶女的「孝順」壓過了嫡母的賢慧。這些年兩人之間若有似無的隔閡，不過是自己的虛榮心作祟罷了。想到慧馨同慧琳最是要好，又想到今天收到的燕京來信，一陣心酸，眼角不覺泛紅。

魯媽媽趕緊給謝太太倒了杯茶，慧馨服侍謝太太喝了。魯媽媽誇了幾句「七小姐真是貼心」之類的，謝太太也警覺自己有些失態。

待慧嘉、慧嬋都來請過安後，謝太太揮揮手，便吩咐他們各自回去歇著。見眾人都走光了，這才拿起帕子按按眼角，終究忍不住還是歎氣。

今日收到燕京來的兩封家書，一封是在京述職的謝大老爺來信，一封是蔣家來的書信。謝大老

【注釋】

④繫縛在額頭上面的布巾。

⑤出眾、出色的意思。

爺前段日子犯了秋燥6，原本以為是小病，沒想到過了這些時日仍不見好轉，反是越來越重。蔣家的書信是慧琳的相公三姑爺捉筆，信中報了平安，又解釋了滿月沒有回門的原因。

蔣家的書信著實讓謝太太失望，人說「字如其人」，三姑爺的字歪歪扭扭，語焉不詳，推脫敷衍。又將沒有回門的原因推在慧琳身上，都怪她身體不好，語氣中竟甚是埋怨。

沒見到這封信時，謝太太本來還有期盼，見了這封信，謝太太的心思越發沉重了。

是夜，謝太太跟謝老爺說起這兩封信，言談中對蔣家頗為不滿，尤其是姑爺的不省心。謝老爺想到當初蔣家老太爺來信提到的事情，還有慧嘉的婚事，心中卻起了另一番思量，便與謝太太商量：「大哥這次生病來勢洶洶，拖的時間一長，估計要錯過這重派差事。前段時間三弟來信說，打算重修祖墳，順便幾個兄弟聚聚，商量細節。正好現在大哥他們都在京城述職，我們不如趁這個機會去趟燕京。一來商量修祖墳的事，二來探望大哥，三嘛，慧琳嫁過去也有幾個月了，我著實不放心，不如親自過去看看，有什麼事，蔣家也不會不給我們面子。」

謝太太覺得甚好，三言兩語便與謝老爺商量起去燕京的事。謝老爺沉吟道：「慧嘉的婚事，也是時候與盧家商議具體的日子了。也將慧馨、慧嬋一同帶去，她們年紀小，單獨留在家裡我不放心。三姨娘同去，可以給妳做個幫手，大姨娘和二姨娘留在家中。睿兒這次也一道去燕京，我帶他去見見幾位故交，也好為明年下場考試做準備，維哥、芳哥就留在家裡讀書……」謝睿是謝老爺長子，族裡行二，家裡人稱二少爺，年十五，已經過了童試；維哥行五，年十一；芳哥行八，與九小姐謝慧嬋是雙胞胎。

謝太太一心惦記著女兒，對謝老爺的安排便沒太多計較。只是對帶慧馨和慧嬋一道去，有些擔心小孩子吃不得路上的苦，少不得要多安排幾個有經驗的媽媽照顧他們了。

【注釋】

⑥指在秋天因受燥邪而生的疾病，例如：乾咳少痰、皮膚乾燥、鼻咽乾燥等。

【第三回】真相不明的遠行

謝府定了十月初啟程前往燕京，隨行的人歡呼雀躍，忙裡忙外地收拾準備，留下的人歎口氣，原來幹什麼的仍舊幹什麼去。慧馨起初的興奮感過去後，心裡反而開始忐忑不安。

來到謝家三年，與生身父親謝老爺見的面十個手指頭都數得出來。就這幾次見面，卻讓慧馨對謝老爺的印象好不起來。

謝老爺有「大學儒」的名號，慧馨卻總覺得他不像表面上的平淡庸和，反而是個野心勃勃的人。每次家宴，謝老爺打量女兒們的眼神，都讓慧馨心底發寒，覺得一群姊妹不過是他手中待價而沽的商品。尤其是慧琳的親事，當年蔣家的提點並沒有到救命之恩的程度，謝老爺卻仍是同意將嫡女嫁給蔣家，而比慧琳大七個月的慧嘉，應該更適合蔣家商戶的身分才是。能讓謝老爺甘願犧牲一個嫡女換得的利益，應該不只麼簡單，畢竟謝老爺只有這麼一個嫡女。

木槿從紅芍那裡打聽到這次出行是老爺的主意，帶幾位小姐一同前往也是老爺的意思，慧馨心裡很不安，想要釐清思路卻又摸不著頭緒。

木樨忙著指揮小丫頭們整理行李，慧馨便帶了木槿、喬桂去正房請安。慧馨身邊的兩個二等丫鬟木槿、木樨，木槿主管慧馨房裡的日常雜事，木樨負責房裡的一應家什。木槿性子較活潑機伶，木樨則老實沉穩。慧馨便將打探消息，跟其他各方迎來送往的事都交給了木槿。

正院走廊裡幾個小丫鬟正在低頭接耳地小聲說話，在他們身後影影綽綽地有個身影似乎在打瞌睡。慧馨瞥了一眼，是二姨娘跟前的菖蒲。

心下奇怪，二姨娘為了避諱，一直都與她錯開時間請安，兩人從來不同時間出現在謝太太面前。就連當初她臥病在床的幾個月，也只差桔梗來看過三次。當年二姨娘的冷淡態度，讓慧馨心裡頗有怨言，但這幾年看多了謝府裡的人事，才多少明白二姨娘的苦心。

慧馨剛走到門口，便見二姨娘帶著桔梗從屋裡出來。二姨娘見到慧馨只微微點了點頭，目不斜視地繼續往外走。桔梗見菖蒲還躲在小丫鬟後面打瞌睡，急急過來拽了她，追上二姨娘。

謝太太記掛著收拾箱籠，心不在焉地與幾位小姐提點了幾句，便吩咐各人回去自行準備。

出了正房，慧馨帶著木槿、喬桂往後花園行去，「上次太太賞賜的桂花蜜味道不錯，我們也自己做點嘗嘗。」帶著二人在東花園採了幾株桂花，慧馨抹抹額頭，「這都已經九月天了，怎麼還是這麼熱……」

木槿忙道：「小姐不如到西邊的涼亭休息一下……這秋燥還沒結束，小心過了熱氣生病……」

慧馨撫額看看天，無奈地道：「我去涼亭歇歇，你們在這邊多採些桂花，我們多做幾瓶，給太太、姊妹們都嘗嘗。」說完對木槿輕輕眨了眨眼，見對方微點點頭，便轉身往西行去。

剛才在正院，桔梗拉著菖蒲經過自己身邊時，小聲留下四個字「花園涼亭」。這是二姨娘這些年來首次與自己聯繫，不知道有什麼事，雖心底疑惑，但想來二姨娘總不會光天化日下害自己。

行至涼亭附近，見桔梗走了過來，無聲地行禮，向著涼亭方向點點頭，便繼續往花園門口行去。

二姨娘看著眼前的慧馨，眼角微濕。明明是自己的親生女兒，卻只能當成陌生人。

「……姨娘，」慧馨看著二姨娘不知道該說什麼，也或許是這具身體的反射動作，慧馨無法抑制的眼淚便這麼奪眶而出。

二姨娘輕輕拍著慧馨的背，眼淚也順腮滑下，兩人相對久久無語。

❖

花園東邊，木槿忙著摘桂花，喬桂卻東張西望，「木槿姊，我們要不要去涼亭看看，小姐一個人在那邊要人差遣怎麼辦？」

木槿瞪了眼身邊的喬桂，這個喬桂一直都不安分，經常背著人往太太的院子跑，「沒聽小姐說嘛，要我們多採些桂花。」

「……我也是擔心小姐，小姐一個人……」

「哪來的這麼多廢話，這裡是內宅的花園，能有什麼事讓妳擔心！」木槿不等喬桂說完，便截了她的話，「妳有時間胡思亂想，不如快點多採些桂花，完成小姐的吩咐。就是妳不好好採花，才害得小姐這麼熱的天還要等我們。」

喬桂見木槿越說越嚴重，再不敢怠慢，老老實實地繼續採花。

木槿瞥了眼喬桂，見她不再四下張望，才放下心。

小姐院子裡的丫鬟，都是在小姐病後太太給新配的，只有自己是被小姐從洗衣房要過去的。當年剛被買進府，木槿不小心得罪了負責採買丫鬟的王婆子，將她弄去了洗衣房。洗衣房裡負責的都是丫鬟僕人的衣服，工作量大不說，環境也差，大多是犯了錯，或者沒前途的人才被遣去。本來府裡規定十二歲以下的丫鬟不分派到洗衣房，王婆子是背了主子使壞。

大冷的天，手天天泡在冷水裡，那時候的木槿才七歲，經常受人欺負，人小力量小，分配的工作也做不完，日日餓著肚子洗到深夜。

有一天木槿實在受不了了，躲在一座假山後面捂著臉哭，沒想到被迷路的七小姐發現。第二天，七小姐和三小姐玩捉迷藏，捉著捉著就到了洗衣房。

三小姐向來心善，見到洗衣房瘦瘦小小、冷得直打哆嗦的木槿，當即大發脾氣。之後太太便將王婆子打了板子攆去莊子上，自己則被分去七小姐的院子。

雖然當時在洗衣房七小姐一句話都沒說，但木槿心裡卻很清楚如果不是七小姐，三小姐也不會到洗衣房來。

這幾年伺候小姐，才知道小姐的辛苦。小心翼翼地維持表面的光鮮，維護太太的面子。外人只道太太賢慧，小姐孝順，殊不知這些年來太太從未踏進小姐的院子，甚至在小姐生病時也未親自前去探望。

木槿想著自己的心事，沒瞧見慧馨已從遠處朝這兒走來。一旁喬桂先看到了慧馨，便積極地兜了桂花跑過去。

吃過午飯，慧馨躺在床上午睡，以往很快就能入睡的，今天卻翻來覆去，怎麼都睡不著。上午二姨娘的一番話仍然迴響在耳邊。倘若不是堅信二姨娘沒必要騙自己，她實在不願相信真相竟是這般。雖然多少明瞭謝老爺有野心，但沒想到他竟計畫了這麼長遠，這家裡的每個人都被他算計在內。

自從穿越到這個中國歷史上沒有記載的大趙國後，慧馨也從側面打聽過關於這個朝代的事。大趙國到現在建國四十三年，第一代皇帝趙太祖建武帝顧雍，在位三十一年，皇后馮氏。第二代皇帝便是現在的皇帝永安帝顧承隸，到目前在位已十二年，是太祖和馮皇后的嫡長子。

永安帝與建武帝一樣好武，拜此所賜，大趙國邊疆逐年穩定，國內漸漸呈現國泰民安的景象，尤其是永安九年，皇帝啟用黃閣老，實行新法，廣開海貿，民間開始有太平盛世的趨勢。

加上歷年科考的積累，朝中官員也由建國初期的武官居多轉為文官。國家安定的同時，文官和武官的矛盾卻越來越多，直到現今由於儲位之爭越趨激化尖銳。

當朝皇帝與許皇后共有二子，皇長子顧載德一出生就被封為太子，秉性淳厚，知文識禮，文武雙全，深受百官愛戴。皇二子顧載淳封漢王，從小跟著永安帝打仗，在軍中頗有威信，並曾在亂軍中救永安帝於危難之間，加上皇帝本就好武，漢王受皇帝寵信一時無二。

偏偏太子十六歲時生了一場怪病，病癒之後，身形變得異常瘦弱，翩翩少年郎成了個瘦麻桿，據說風吹吹就能倒，皇帝心裡十分不喜。

支持二皇子的武官派幾度以太子體弱，請求皇帝廢立太子，都被支持太子的文官派以立嫡立長的祖訓駁斥了。

皇帝雖拿祖訓沒辦法，但也有自己的喜好，便覺虧欠二皇子，對二皇子更加寵信。二皇子封漢王後本應回封地駐守，卻一直仗著皇帝的寵愛賴在京都不走，而皇帝也對二皇子的做派睜一隻眼閉一隻眼地不予理會。時至今日，朝堂上文武兩派的矛盾日益激烈，隱有水火不容之勢。

開國初期，皇后馮氏母儀天下，因前朝是蠻夷執政，民風敗壞，為重新整肅民風，馮皇后從民間選出不少德才兼備的女子，開設了女士院，由皇后親自監督，教化女子，帶動風氣。從女士院出來的女子，多由皇家婚配，一時之間各家以能娶到女士院裡的女公子為榮。時至今日，女士院已經成為皇家勳貴高官們選媳婦的必爭之地，而能夠進入女士院的女子出身也都不是一般。

據二姨娘打探到的消息，慧琳的婚事乃是謝老爺同蔣家的一場交易。謝家把嫡女嫁入蔣家，蔣家則動用多年積累的人脈為謝家牽線，送一個女兒入女士院。

這次謝老爺攜妻女入京，便是要蔣家兌現承諾，在謝家四房的女孩中選一人入女士院。而這件事情，謝老爺連太太也是瞞著的，二姨娘也只是偶然在謝老爺一次酒醉後聽到的。

二姨娘的心意是提醒慧馨要爭取這個機會，如果進了女士院，那可就熬出頭了，既不用再看人臉色生活，若將來能被皇親國戚相中，那就一躍上了高枝；就算再不濟，待從女士院畢業回家，老爺夫人也能給說門好親事。

二姨娘說得有道理，女士院是這個年代女子作夢都想進的地方，有機會成為王妃、世子妃、侯夫人、將軍夫人等等誥命夫人，就算沒輪到自己，也會有其他同窗當上，這些人脈也是一大資本，進入女士院可說是前途無量。

雖然二姨娘說起女士院眼睛直發亮，但慧馨卻不這麼看好。先不說一入侯門深似海，嫁入高門大戶未必就能獲得女子冀望的幸福，而女士院本身就是一潭深不可測的水了。

凡是大趙國有點底子的家族，哪個不想讓自家的閨女進女士院，而最終得以進去的，背後莫不是有靠山。謝家雖是一門四進士，書香門第，但在這些幾十年甚至上百年積累的名門望族面前，數也數不上。

慧馨躺在床上怎麼也靜不下心，一會覺得自己應該爭取，就不用日日擔心被老爺利用，可是進了女士院就能真的擺脫被利用嗎？不過是自己的命運被地位更高的人掌握罷了；一會又覺得應該避開這次機會，侯門高戶的宅門不是自己這個量級能應付得了，可是錯過這次，自己的命運仍是飄搖不定，不知方向。

慧馨越想越心煩，索性爬了起來，拿出繡簍找出針線，準備做個荷包。教習嬤嬤昨天教的針法很是有趣，琢磨琢磨新針法，暫時忘記煩惱。

慧馨耐心地繡了兩朵梅花，用新針法繡出來的梅花的確突出了飄零感。摸著繡好的梅花，慧馨突然醒悟過來。難怪謝家的女孩五歲起就必須跟著教習嬤嬤上課，謝老爺的計畫只怕在當年仕途受挫就開始了。

既然老爺計畫了這麼久，連太太也瞞著，那他佈的局只怕也不是二姨娘知道的那麼簡單。形式不明，自己就不能亂下手做判斷，這個時候應是一動不如一靜，以不變應萬變，等到了京城再設法打探情況。

【第四回】

心裡各有盤算

很快便到了出發的日子，謝府幾乎傾巢而動，最大的兩個主子要離開，還帶走了幾乎一半的其他主子，怎能不轟動。

女眷不宜拋頭露面，謝太太寅初[1]便出發了，三十多輛馬車浩浩蕩蕩往碼頭駛去，有二十來輛裝的全是物品。

臨出門前，二姨娘提前到慧馨的屋子送行，並交給慧馨一個荷包，裡面裝的是一塊玉佩，交代事情如有萬一，可拿玉佩去燕京西街薛府求助。二姨娘的曾祖父對薛家有救族之恩，當年曾約定持此玉佩，薛家定會傾全府之力相助，並叮囑慧馨，除非不得已，萬不可讓人知道這件事情，也不要與薛府聯繫。慧馨心裡千萬糾結，自己雖然與二姨娘並無太深的感情，但是二姨娘的慈母之心，讓慧馨暗下決定，不管前路如何，將來有能力一定要照顧二姨娘。

謝老爺帶著二少爺卯時[2]才出門，學館的學子們排著隊沿街送行，隊伍竟然一直排到了城門外，還有江寧附近的士紳在城外五里亭擺了送行酒。景象空前，整個江寧城都轟動，人人都稱道：「大學儒謝老爺要進京了。」

謝老爺很淡定：「不過去京城處理家族事務，驚動諸位，實在慚愧。」眼看就要辰時，才揮揮衣袖帶著二少爺離開。

女眷們早已登船，行李物品也都歸置完畢，謝老爺這才姍姍來遲。碼頭上則有幾位謝老爺的得意弟子候著，眾人幾番寒暄，謝老爺登了船，幾位弟子一直目送著船開出碼頭才作罷。

小丫鬟們擠在窗子偷往外瞧，對著幾個學子指指點點，不知誰說了什麼，有那臉紅的不依打打鬧鬧笑開了。知好色而慕少艾[3]，古今亦然也。

慧馨原也跟著瞧了幾眼，又自覺這些酸腐做派不合自己胃口，就回了桌邊吃茶。

這次出來，慧馨帶了木槿、木樨、喬桂、金桂四人，安排了漢桂、岩桂輪流守院子，太太因為不放心幾個年紀小的，又安排了喬媽媽跟在慧馨身邊。

開頭的幾天，人人興奮，從船上看兩邊的景物全是新鮮，連慧嘉也忍不住拉著慧馨在甲板上吃茶談風月，做了幾首頗得意的詩。魯媽媽來說了幾次，也管不住，就索性不再管了，總歸是在船上，又在大江中，也鬧騰不到哪裡去。

慧嬋則是一開船就開始暈船，吐得小臉煞白，三姨娘跟太太派的王媽媽輪流照顧。過了幾日還

【注釋】

①寅時是指凌晨三點至五點，寅初約為凌晨三點左右。

②卯時是指早晨五點至七點。

③長大後知道什麼是美了，就會思慕年輕貌美的人。這句話認為對異性的好奇與好感，是十分自然的事。

不見好，三姨娘乾脆求了老爺把慧嬋搬到自己屋裡照看。

過了沒幾日，甲板上的人少了許多，日日看同樣景色誰都要膩的。慧嘉也待在自己的屋裡研究詩書要義，慧馨終於清靜了下來。

給太太請過安，慧馨回房拿出針線，準備給老爺太太做幾雙鞋子。前途未卜，想討老爺歡心，首先得做個乖女兒。

吃過午飯，慧馨小憩了一會，叫木樨去箱子裡取了一瓶醃脆小黃瓜，吩咐木槿：「妳去看看九妹妹怎樣，可吃得下飯了？倘若還不行，就試試咱們醃的這小黃瓜，順便問問九妹妹和三姨娘這幾天都在忙什麼？」

片刻後，木槿就回來了，慧馨奇怪，「怎得這麼快就回來了？」

「主子，奴婢到的時候，三姨娘正在屋裡教九小姐彈琴，三姨娘叫王媽媽收了黃瓜，瞧那臉色似乎不太高興，九小姐見到奴婢倒是很高興。奴婢同碧環聊了幾句，碧環一點消息都沒透出，只有臨出門的時候聽水華抱怨，說九小姐這些日子穿破三雙鞋了……」

「穿破了三雙鞋？？這古代閨秀，整天窩在屋子裡，大門不出二門不邁的，怎麼會把鞋穿破了？」慧馨覺得不可思議。

木槿猶猶豫豫地又接著說道，「奴婢瞧著九小姐的病只怕也有問題，臉上看著白了點，身體也瘦了點，可是精神卻好，那眼睛亮晶晶的可不像生病的人……」

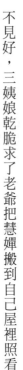

慧馨撫額，慧嬋的病難道是裝的？三姨娘和慧嬋整天窩在屋裡是準備要唱哪齣戲啊？

想想三姨娘平日的做派，慧馨心中忽然一動，喚了幾個丫頭：「閒來無事，我們去廚房做點點心吧。」

幾個小丫頭歡呼，又可以吃到七小姐做的點心了。謝小雨在還是謝小雨的時候就喜歡下廚，還特別報了烹飪班，做的一手好點心。穿越後發現教習嬤嬤也教授烹飪，開心得不得了，也為了給自己的孝心加碼，就露了幾手，做了幾種小點心給太太，結果收效甚好，謝府女眷都知道七小姐小小年紀做的一手好點心。

慧馨指揮著丫鬟和麵打蛋，親自調了餡，準備做葡式蛋撻，雖然沒有牛奶，但做出來的效果也是饞人得很。這蛋撻算是高營養高膽固醇，想到三姨娘看到這點心臉色肯定不好看，慧馨壞壞地偷笑。不要怪她不做好人啊，實在是九妹妹年紀太小，正是長身體的時候，如果吃不飽，可不好……

慧馨先給老爺太太送了蛋撻，接著是慧嘉，然後拿了十個去三姨娘那裡。碧環幾個丫鬟都在門外守著，遠遠瞧見慧馨主僕就去敲門。慧馨瞥了眼水華正在納的鞋……軟幫[4]的，帶著木槿進了屋。

「九妹妹這會可是好些了？姊姊做了蛋撻，記得往日妳最喜歡了，就給妳多拿了些來。」見慧

【注釋】

④指軟底的鞋子。

嬋還躺在床上，便過去握了她的手，果然見她看著木槿手裡提的食盒兩眼發光，三姨娘尷尬地給慧嬋掖掖被角，「難得七小姐一直惦記……」沒等三姨娘往下說，王媽媽就接過了木槿手裡的食盒，「……九小姐剛喝了藥，現在不能吃東西，蛋撻奴婢先替九小姐收下了，多謝七小姐的心意。」

慧馨心下詫異，三姨娘臉色似有不忍，有些欲言又止，對王媽媽似也頗忌憚。看來這事並非三姨娘的主意了。慧馨按下心底的疑惑，耐心安慰慧嬋幾句才離開。

三姨娘是謝老爺的同窗送的侍妾，具體出身不詳，據說祖輩有少數民族血統，能歌善舞，很得老爺寵愛。

記得大概是兩年前，江寧同知夫人做壽，請了戲班唱戲，還請了伶人[5]跳舞，謝太太那次帶了她們姊妹四人一起去，宴上的節目看得姊妹幾個大呼過癮。後來回府九妹妹跑去找三姨娘，要三姨娘教自己跳舞，結果最疼愛九妹妹的三姨娘卻把她大罵一頓，甚至還動手打了她。

那次的事情讓慧馨對三姨娘有些刮目相看，這個時代，大家小姐學的是詩棋書畫，最多再學個琴，歌舞則被看作以色事人的人才會學的才藝。三姨娘身不由己走了這條路，卻是不願慧嬋再走自己的老路。

而這次慧嬋生病，哪裡是什麼暈船，臉色蒼白應該是節食所造成。幾天就穿破了三雙鞋，還要躲著人，只怕三姨娘是在教慧嬋跳舞。按說三姨娘是不想慧嬋學這些的，看王媽媽那番強硬做派，就是來監督的了。

太太出身望族，最不屑女子搞這些有傷風化的東西，那能指使王媽媽的就只有老爺了。謝老爺竟然讓慧嬋學這些東西，這打的又是什麼主意？？慧馨剛想通沒幾天的心，又亂成了一鍋粥……

慧馨繼續在屋裡悶著縫製鞋子，木槿一會進來在慧馨耳邊說，「十個蛋撻都被王媽媽賞給碧環這幾個丫鬟了……」

慧馨歎了口氣，慧嬋今年才七歲，王媽媽竟要給她減肥，雖然慧嬋稍有點嬰兒肥，也不用這麼折騰小孩子吧……

❈

船上的空間有限，太太讓各人在自己房裡用飯。慧馨便樂得自在，上船後就一直跟木槿幾個一同吃飯。今日慧馨房裡的碗筷剛擺好，外面突然來報三姨娘來了。

三姨娘一進門就看到了桌上擺好的碗筷，心想這七小姐果然像府裡傳的壓不住奴才。這主子與奴才同食，說得好聽是主子體恤奴才，說得不好那就是主子壓不住奴才，容易被奴才拿捏。三姨娘

【注釋】

⑤具有身段本事並以演藝維生的藝人。

便對自己接下來要做的事更有了幾分底。

慧馨看三姨娘眼色，大概猜到她心裡頭在想什麼，心底一笑並不解釋。這些年，府裡頭看她跟木槿幾個丫鬟親近，便有「七小姐性子弱，被幾個奴才拿捏住」的傳言。她一向一笑置之，性子弱的人別人多半不會當作對手，而且有人能拿捏她，太太才會更安心。

「三姨娘怎這個時候過來了，莫不是九妹妹出了什麼事？」

「哪裡是有什麼事，我這是來謝謝七小姐的，勞您一直記掛著九小姐，又是醃黃瓜又是蛋撻的……」三姨娘說著，用眼睛瞟了木槿幾個，慧馨意會她這是想私下裡說話，便向木槿使個眼色，木槿便帶著幾個丫頭出去。

三姨娘見丫鬟們都離開了，沒先開口，只輕移蓮步，拿起慧馨放在床頭的針線簍子，把慧馨正在縫的鞋子拿出來看了又看，臉上先是驚喜，後又似歎了口氣。

慧馨心底發笑，看著三姨娘表演卻不開口，朝著三姨娘眨巴眨巴眼睛，完全一副懵懂無知的樣子。三姨娘既然挑這個時間，必是趁王媽媽去吃飯偷偷過來的，時間有限，自己不開口，她自然就得抓緊時間直接說。

三姨娘做了幾個深呼吸，卻不見慧馨開口問，心想這個七小姐果然是個木的，「七小姐這女紅越發好了，瞧著鞋子大小，是給太太做的吧？在這府裡頭，要論孝心就數七小姐了……」

「三姨娘言過了，二姊姊常說：『孝悌也者，其為仁之本與。』二姊姊常做詩書文章以慰父親母親，九妹妹也經常彩衣娛親，慧馨沒什麼出挑的，不過做些俗物罷了。」

「瞧七小姐這謙虛的，就知道您是最記親人的，九小姐就常說跟七小姐最親了……」

慧馨抽抽嘴角，小九今年才七歲，因年齡小，府裡有事都是不帶她的，而且府裡的小姐們五歲前都跟著太太，只有小九因為是雙胞胎，出生時特別瘦小難養，老爺特許由三姨娘帶到五歲。這幾年慧馨跟慧嬋見面的次數兩隻手指都數得出來。雖然慧馨喜歡小九肉呼呼的小人樣，但親近之類的實在說不上。

三姨娘見慧馨只是捂著嘴笑，看似害羞卻不接著她的話，心裡道這七小姐還真是個耳根子軟的。三姨娘拉了慧馨的手，語重心長地道：「我瞧著七小姐是最好的，我也不矯情，有些心事便跟七小姐直接說了……」

「您也知道九小姐這幾日一直臥在屋裡，說是暈船，其實是在跟著王媽媽學規矩，」三姨娘邊說邊盯著慧馨，見她一臉驚訝又道：「七小姐可知道這趟去燕京為的是什麼？」

慧馨眨眨眼，猶豫說道：「聽說大伯病重……」

「這不過是其一罷了，」三姨娘打斷慧馨的話，幾分神秘地說道：「這次去燕京探病不過是個藉口，真正原因卻是去結親的……」

慧馨舒口氣，捂嘴笑道：「那必是為了二姊姊的親事了……」

三姨娘再次打斷慧馨：「三老爺給府裡說了門親事，對方是翰林院學士彭清光大人的嫡次子……」三姨娘緊緊盯著慧馨的臉，一個表情都不想放過，慧馨皺皺眉，似乎沒聽明白三姨娘的話。

三姨娘又緊跟著解釋：「聽說這位公子今年十四，去年過了童試，再過個幾年說不定就能得個狀元，彭家尋了三老爺想讓公子跟著咱們老爺求學，這可是個良緣，三老爺就想做個媒，直接把彭公子說給咱府裡做女婿。」三姨娘說到這捂著嘴笑了，慧馨羞得捂了臉，心裡卻道：「三姨娘真是一副好口才，這就下餌了。」

「這位彭公子要才學有才學，要家世有家世，真真是良配，這次老爺帶了九小姐過去相看的……」三姨娘口氣一頓，歎了口氣。

「哎，雖說老爺想把九小姐許給彭家，可是這長幼有序，七小姐還沒著落呢，怎麼能讓九小姐越過了七小姐……不怕七小姐笑話，我這個做姨娘的也是有私心，九小姐今年才七歲，跟彭公子年歲相差也大，彭家又是在京城，我實在是捨不得九小姐嫁得這麼遠……」

三姨娘按按眼角，「說實話，這樁婚事七小姐才是最合適的人，七小姐賢良淑德，同那彭公子可說是天作之合。」三姨娘握著慧馨的手，很誠懇地說，「七小姐如果覺得合適，婢妾就去跟老爺說……」

慧馨心裡打個突[6]，趕緊截了三姨娘的話頭，「三姨娘說哪裡話，都是一家的姊妹哪用分什麼先後的，父親既然覺得九妹妹合適，那便是好。再說父母之命，我們姊妹只管聽父親的就好。」

三姨娘這番話，慧馨心中自有計較，不管如何，在這個家沒人能撼動謝老爺的決定，就連尊貴如太太，受寵如三姨娘都毫無辦法，不然她也不會想把慧馨拉下水了。如果慧馨輕信了三姨娘的話，在這事裡摻了一腳，在老爺那裡是絕對討不了好。

三姨娘還想再說，慧馨卻急急地捂了耳朵，一副羞惱狀，「姨娘可千萬別再說了，婚姻大事不是我們做女兒的能聽的，教老爺和太太知道了，我可沒臉見人了……」

三姨娘見狀知道今天是沒法再勸了，也知道這事情急不得，幸好距離燕京還有二十來天，只能徐徐圖之[7]。

【注釋】

⑥指心裡吃了一驚、打寒顫的感覺。

⑦指事情很難應付，無法在短期之內解決，只好慢慢圖謀、計畫。

【第五回】

以不變應萬變

今日船行至鄒城，要在這裡補給，所以需停靠兩天。鄒城是沿江城市中最大的，占著地利之便，城內發展繁華，不僅有許多來往船隻在此補給，還有不少客商於此處交易。

鄒城不但繁華，因其來往外地人較多，風氣也比較開放，碼頭有許多供租用的馬車，專供外地來的婦人小姐們進城逛街。大家在船上待了這些日子，正想下船透透氣。慧嘉聽說鄒城有賣番邦的香料，也想去看看，便去央求太太。謝老爺則一早就下船去拜會同年[1]了。

三姨娘這幾天又跑來找了慧馨幾次，慧馨為避免與她獨處，和木槿兩個一唱一和，不給三姨娘機會說話。今天能下船，慧馨自然高興，慧嬋既然生病臥床，三姨娘自然是留下照顧。最終謝太太帶著慧嘉和慧馨，在碼頭雇了兩輛車子，又帶齊了丫鬟婆子們進城去了。

一行人先去逛了香料舖子，裡面有不少番邦產的珍稀精油，慧嘉挑了一瓶茉莉，一瓶薄荷。慧馨則挑了一瓶尤加利，一來便宜，二來用處較廣，據說有預防感冒的功效。

又去了趟首飾舖子，太太挑著新款式，給慧嘉、慧馨每人都置辦了一套，還專門給慧嬋挑了一套。首飾舖子轉個街角就是繡舖和布店，各人挑了幾條繡著新花樣的帕子。

眼見到了用飯時刻，太太索性傳令回去，中午在城裡吃飯不回船上了。午飯有道銀魚羹，味道鮮美滑爽，正好這店裡就有賣銀魚和醃烤的魚片，太太做主各買了幾包，給幾位小姐做小食，眾人這才意猶未盡地回了船上。

下晌[2]，謝老爺差了小廝回來說，同年賀大人晚上宴請太太和幾位小姐，讓他們先做好準備。晚宴正是安排在慧馨他們中午吃飯的地方，席上太太們的注意力都在慧嘉身上，慧馨也樂得輕鬆，多吃幾碗銀魚羹。

因老爺公子們在隔壁吃酒，賀家便請了店裡說書的女先[3]來給女眷們說話，消磨時間。這女先長相清秀，言語風趣，講了幾個坊間的故事，還跟幾位太太聊起了塞外風情，顯然見多識廣。

慧馨捧著杯茶坐在角落裡聽得入迷，慧嘉則興奮地坐到了前排。深宅內院的女眷最愛聽這些風土見聞，謝太太想到慧嘉也快要出嫁了，以後再沒有這種機會，也就不嚴格拘著她。

間隙有人端著雪蛤紅棗湯上來，每人一盅，慧馨因年紀小又覺得雪蛤腥味太重，便吩咐丫鬟放在一邊。有個上湯的小丫鬟許是年紀小，沒見過世面，對著幾位太太小姐有點緊張，小手哆哆嗦嗦竟把整盅雪蛤湯倒在慧嘉的衣襟上。

【注釋】

①是指科舉時代，同榜錄取的人。

②下午。

③古時以說書、算命為職業的女子。

賀太太立刻變了臉色，賀小姐起身訓斥那個丫鬟，給謝太太和慧嘉道歉，又派了身邊的丫鬟去衣舖買套新衣裙，親自陪著慧嘉到隔壁廂房更衣。這個賀小姐倒是厲害，幾句話就安撫了謝家人，又把事情安排得井井有條。

謝太太見賀小姐陪著慧嘉去隔壁，也不好再說什麼，賀太太有心再訓斥幾句，但被謝太太攔住。女先知機，見屋裡靜悄悄又繼續剛才的話題，把大家的注意力再次吸引了過去。

慧馨捧著茶杯卻有些心不在焉，心想慧嘉去了好一會怎地還不回來？謝太太似也覺得不妥，隨手便招來魯媽媽要問，卻見賀小姐身邊的丫鬟過來回話，說是兩位小姐興趣相投，談得興起怕擾了太太們的興致，便在隔壁另闢一桌，又說慧嘉的衣裙已經換好，要太太們切勿擔心。

謝太太終究不放心，遣魯媽媽同小丫鬟過去看看。魯媽媽笑著回來說兩位小姐正在作詩，眾人這才繼續聽女先講故事。

謝老爺酒過三巡才帶著眾人回船上。慧馨和慧嘉一輛馬車，剛才慧嘉和賀小姐去了隔壁就一直沒回來，直到臨走前才從隔壁出來。看著慧嘉紅著臉，一路無語卻不時低頭偷笑，慧馨暗忖，不知慧嘉與賀小姐做了什麼好詩這麼開心？還有慧嘉手裡的扇子，從出屋子便一直拿在手裡，太太問起只說是賀小姐送的，賀小姐送的什麼寶貝扇子連慧馨都不給看？

幾次想問慧嘉，都被慧嘉搖頭不語避過了，慧馨也只得暫時放下心裡的疑惑……

剩下的日子似乎比剛上船的時候過得快，慧馨大部分時間都在給太太與老爺做鞋子。期間三姨娘沒再來過，倘若彭家的親事真像三姨娘說得這般好，她斷不可能推給慧馨的。

慧嘉自從賀家宴請回來後便有點魂不守舍，讀書時竟然發呆，幾個貼身的丫鬟不敢隱瞞報給了太太。太太找了慧嘉去，卻也沒套出話來，之後被老爺叫去談了三個時辰，據說慧嘉出來時眼睛都紅了。後來有風聲傳出來，當日賀府宴會上，慧嘉遇到了個什麼王爺，那把扇子就是那位王爺送的。當天太太直接杖斃了幾個大嘴巴的丫頭婆子，那把傳說中的扇子也被收走了。謝家一直家教甚嚴，現在又死了幾個人，就再沒人敢談起這件事。

不管別人的日子怎麼過，慧馨依舊以不變應萬變。她算是想得明白透徹，這個家都掌控在謝老爺手裡，沒人能翻出他的五指山，老老實實過自己的日子，起碼不會被謝老爺當了棄子。

這天中午終於看到人頭攢動的長滬碼頭，京城馬上要到了。大太太派來的管家早早就等在碼頭順利接了眾人，三十多輛馬車浩浩蕩蕩地往京城而去。

京城謝宅是謝家祖上傳下，據說當時的燕京還不是京城，大趙國建國後才定都此地。除了謝宅，謝家在燕京附近還有幾處莊子，當年置產的時候沒花幾個錢，現在都漲價了，所以慧馨覺得謝家也算得上是暴發戶。

謝家大房有二子二女，三房二子三女，四房據說只有二子，四老爺因在邊陲任職路途遙遠，還沒到京城。謝大老爺的病在二房一家來京途中就好了，所以慧馨沒有見到大老爺，其他幾房的少爺小姐也是頭次見。慧馨跟在慧嘉後面低調低調再低調，畢竟慧馨才九歲，眾人也沒怎麼將她放在心上。倒是三房的八小姐慧楠同慧馨年歲相當，正是活潑好動的年紀，老是在大人說話的時候對著慧馨擠眉弄眼地搞小動作，弄得慧馨也忍不住偷笑，對慧楠很有好感。

到達京城的第三日，太太便去了蔣家探望慧琳，回來後不像之前那般擔心了。看來慧琳在蔣家的日子雖談不上如意，但也不至於太難過。想來就算姑爺不太成氣，蔣家終究不敢虧待，畢竟慧琳還是有娘家撐腰的。

❖

戶部尚書夫人辦茶會，下了帖子宴請謝府的幾位太太與小姐。大太太帶了四小姐慧妍，二太太帶了二小姐慧嘉，三太太則帶了五小姐慧茜與六小姐慧茹出席。剩下慧馨、慧嬋和三房的慧楠因年紀小留在家裡。

難得今天太太們都不在，只剩下三個年幼的。慧楠跑來拉著慧馨、慧嬋要玩捉迷藏。慧嬋被拘了這些日子，早就坐不住了，大眼睛渴望地眨巴眨巴看著慧馨。慧馨歎口氣，今天就陪這兩個小孩子放鬆放鬆吧。

三個人在小院子裡玩得開心，慧馨自忖是大人不能跟小孩子計較，就任由慧楠、慧嬋耍賴，總是讓他們藏了，自己來找。

慧馨眼上蒙了白色的絲巾，數了二十下，開始找人。白色絲巾透著朦朦朧朧的光，並非兩眼全抹黑，仍可模模糊糊地看到周圍的景物。慧馨心裡偷笑，這也算是小作弊了。

左邊有動靜，慧馨笑著往左邊一轉後便抓住……慧馨透過絲巾看到手裡抓的東西，不對勁！這不是小孩子呀！

【第六回】
各懷鬼胎

慧馨立刻鬆手，抓下眼上的絲巾，只見自己面前站著一名男子，男子長身玉立，儒雅中透著威嚴，可男子看著慧馨的表情不太對勁，似笑非笑般讓慧馨發寒，場面一下子冷了下來。慧嬋與慧楠也覺得氣氛有些詭異，怯生生地躲在慧馨身後。

看這人的裝束多半是父親請來的客人，慧馨眼珠一轉，對著男子行了個禮，「這位叔叔可是迷路了？」

男子瞇了瞇眼問道：「妳是謝家的小姐？」

「姪女行七，這是八妹妹、九妹妹，叔叔貴姓啊？」慧馨嗲聲嗲氣地問，眨巴眨巴眼睛孩子氣十足，心裡卻忍不住吐吐舌頭，小孩子好啊，碰到啥事都可以裝傻……「叔叔是不是來找爹爹的？」

見對方不說話只是盯著他們幾個看，慧馨歎口氣：「這個院子好大的，我也老是迷路，爹爹的書房在走廊左拐向前再右拐……」

許鴻煊看著慧馨一臉童真，還很善解人意，似乎怕自己迷了路又不好意思講，想到剛才自己更衣出來，有個丫鬟給自己指路，結果卻指到了這內院裡，心裡一動就明白這是怎麼回事了，看來這謝家說是書香門第也不過如此。想到這，許鴻煊便不管面前的三個幼女，轉身走了。

慧馨吐口氣，轉到院子門口找了半天，原本跟著三個小姐的丫鬟居然一個都不在。慧馨沒說什麼，慧楠則非常生氣，她剛才受了驚嚇，這會又不見丫鬟，立刻發了一頓小姐脾氣，跑著叫著地找人。慧馨也沒攔著，今天這事擺明有套，讓慧楠鬧鬧也好。

叫了大半天才有個小丫鬟跑過來，說是前頭南平侯許鴻煊來拜訪二老爺，中午要留在這裡吃飯，不巧今天太太們出門時帶走不少人，前頭人手有點吃緊，二房的三姨娘便緊急調了內院的幾個丫頭去幫忙，原本跟著三位小姐的丫鬟也被調了過去。

聽到是南平侯來了，慧嬋就沒再糾纏。待過晌太太們回來，慧楠便向三太太說了中午的事。晚上就傳出三姨娘被老爺罰了禁足，沒有老爺的命令，任何人都不能見的消息。

晚上，木槿來回報下午打聽到的消息，白天來府裡拜訪的就是南平侯許鴻煊，南平侯跟二老爺有同門之誼，都曾求學於先儒方大家，他貴為當朝的國舅，皇后的親弟，幼年跟方大家習文，十三歲又跟隨當今聖上征戰沙場，立下戰功無數。當年在軍中，與二皇子並稱雙璧，後因重傷從軍中退下來。皇帝封南平侯位列三孤[1]，後因品德行為被御史彈劾，便以養病為由辭官不朝。

說起這位南平侯的品德行為，木槿支支吾吾地說了半天慧馨才聽明白。說得通俗一點就是傳言這位南平侯有戀童癖。南平侯太夫人喜愛女孩，偏偏沒有女兒，便從別人家裡認了不少乾女兒，並

【注釋】

①官名，負責協助皇帝處理重要國事政務。

養在侯府裡。待女孩們過了及笄便被送回家自行婚配，這些女子過慣了侯府錦衣玉食的生活，自是不願被送回家中。結果有個御史的女兒定了親，卻死活不肯嫁，家人問到底才說出早已芳心許給了南平侯，此生非侯爺不嫁。御史與侯府理論，侯府說這女子名義上與侯爺是兄妹，兄妹成親不成亂倫了？所以侯爺絕不能娶這位女子。這事不知為何被女子原來定親的人家知道了，跑來退親。侯爺的這位義妹聽說進不了侯府，原來定的親也被退了，便鬧起了自殺，事情越搞越大，結果全京城的人都知道了。這位御史氣了個半死，上了兩個摺子給皇帝：一是養女不教欲辭官，二是彈劾南平侯。權貴們最愛落井下石，一時便出了無數的摺子指責南平侯。南平侯怕皇帝難做，自己上了摺子欲辭官養病。皇帝看京裡風言風語，也只能准了南平侯的摺子，把事態平息下來。

當年的事情鬧得雖大，但南平侯辭官後也就不了了之。南平侯雖不在朝，但積威仍存，人脈仍在，最後京裡只留下了南平侯愛稚女的傳言，有那原本求門路不得法的人便投其所好，將自己的幼女送給南平侯做義妹，一時之間南平侯太夫人的義女比以前還要多。

慧馨心裡發怵[2]，看來謝家的老爺們也動了這個心思。這事對姑娘家可不是什麼好名聲，看之前在船上的事，謝老爺應是打算把九妹送過去的，不過今日三姨娘搞了這齣戲，老爺那邊不知會不會有變故？

回想中午見到的男子，八成便是南平侯了……慧馨總覺得這人有點熟悉，但又想不起曾在哪裡見過面，這南平侯看來倒不像戀童癖，他看慧馨三人的態度更像不耐多些。

次日，待眾人請過安，太太單獨留了慧嘉，婚事也是時候該操辦了。慧馨也越發乖巧，整日關在房裡做針線，準備多做幾樣給慧嘉添妝。果然沒出幾日，府裡就有傳言，七小姐、八小姐和九小姐要被送去南平侯府給太夫人做義女。這話傳到了太太的院子，太太氣得把三姨娘院子裡的婆子丫鬟全都直接杖斃，又從身邊挑了一個丫鬟與婆子守著三姨娘，三姨娘的院子更直接上鎖，除了送飯，任何人不得出入。

謝家畢竟是書香門第，傳出這種話可是會毀了謝家的名聲。但要說老爺沒這樣的心思，那三姨娘又如何敢這麼做？謝府一向嚴謹，內宅裡太太抓一把，老爺又抓一把，想打聽個消息都破綻難尋。還有女士院的事情，除了二姨娘那裡，府裡一點風聲都沒有，這件事多半是老爺親自操辦，因涉及老爺身邊的人事，慧馨一點也不敢輕舉妄動。

這些日子，慧馨老老實實地在屋裡做針線，太太卻單獨帶慧嘉去了趟龍華寺上香。據說在廟裡碰到了大理寺卿盧夫人和盧四小姐。

又過了幾日，謝四老爺一家終於到了。謝府辦了一次全家宴，宴上謝家的四位老爺商談了重修祖墳的事，還有給幾位過了八歲的少爺小姐入族譜的事。慧馨到這時才知道，謝家的子女不論嫡庶，

【注釋】

②感到恐懼的意思。

年過八歲就可入族譜，且一律記在正室太太的名下，妾室在謝家是不能入譜的。

慧馨一聽這話如醍醐灌頂，許多想不通的事這下都通順了。謝家未滿十歲的小姐只有慧馨、慧楠和慧嬋，當中慧馨和慧楠今年九歲，這次來京會被記入族譜。而慧嬋才七歲無法入譜，三姨娘自然也不在族譜上。謝家從一開始就打算犧牲慧嬋，將她送入南平侯府，慧嬋這輩子只怕是無法入謝家族譜了！由此可知，謝家終究還是愛惜自己名譽的！

想通了這一點，這頓飯慧馨吃得有點食不知味，雖然與慧嬋談不上姊妹情深，可是才七歲的孩子就被家人這般利用，實在讓人心寒。慧馨看著坐在自己身邊發呆的慧嬋，心裡一陣慶幸一陣酸澀。

宴後慧馨牽著慧嬋的手往臥房走，初冬的夜風，樹葉紛紛飄落，燕京的冬天比江寧來得早多了。慧馨替慧嬋繫緊披風的帶子，慧嬋笑起來左臉頰有個小酒窩，小小年紀就是個美人胚子，長大了肯定比三姨娘更出挑。

接下來的日子，府裡突然忙了起來，三太太請了兩位教養嬤嬤來教導小姐們。這兩位嬤嬤是剛滿二十五歲，從宮裡頭放出來的，據說其中一位曾在當朝淑麗妃宮裡當過差。兩位嬤嬤明顯比江寧的嬤嬤要嚴格許多，教的東西也比較深入。

不知不覺到燕京快一個月了，慧嘉的婚事卻慢慢沉了下去，取而代之的是，二公子謝睿與大理寺卿家盧四小姐的婚事。有人說長幼有序，二公子的婚事定下來就輪到二小姐了。慧嘉的精神卻越來越差，經常看到她對著窗外發愣。而兩位教養嬤嬤也更加關注慧嘉的學習成果，教學重點全放在慧嘉身上，經常留下她做特別輔導。

因三位在朝的老爺新差事還沒下來，眼看天就要冷起來，太太們開始安排整修房子準備過冬。

大宅裡人太多了不方便，三太太就帶著幾房的小姐到京郊的莊子暫住……

【第七回】

女子無才便是德

兩位教導嬤嬤也一同跟到莊子上，每日的課程仍舊排滿滿，一天下來雖然很累，但氣氛卻好了很多，慧馨每天都會到莊子上散散步，呼吸呼吸新鮮空氣。

這晚慧馨剛散步回屋，慧嘉便遣了丫鬟金竺過來請，慧馨帶了木槿往慧嘉的院子去。莊子人少，每位小姐都分到了一個單獨的小院子。

一進屋，慧馨便看到慧嘉一手執筆坐在書桌前，桌上鋪了張白紙，似乎要寫字。慧嘉身後則站著一位陌生的婆子，白天聽說府裡太太派了位嬤嬤來找慧嘉。

慧嘉看到慧馨進來，招手要她坐在書桌邊，又讓金竺上了茶和幾塊小點心，轉身對著後頭的嬤嬤道：「嬤嬤也下去吃點茶吧，我同妹妹有幾句貼己話說……」只見那位嬤嬤猶豫了一下還是出去了，丫鬟們包括木槿也退了出去。

慧嘉抿了一口茶水，又拿起桌上的筆，揮灑幾筆勾勒出一朵蓮花。慧馨看得眉頭微挑，慧嘉的這朵蓮花用的是簡約法，簡單的線條只描出花瓣的輪廓，層層疊疊的花瓣便更加層次分明，這種勾邊技法在當世用的人不多，而慧馨卻是最擅長這種技法的。

慧嘉看著蓮花點點頭又搖搖頭，似乎不太滿意，「七妹妹看我這花畫得如何？」

「很特別……」慧馨由衷地說道。

「我記得小時候，每次學堂裡的師傅教繪畫，七妹妹都特別高興，師傅也經常誇七妹妹書畫天分高，我那時特別羨慕七妹妹，七妹妹的畫總是別出心裁，我老是想，那樣的畫倘若是出自我手該多好……」

慧馨聽了這話心裡有些不舒服。那時慧馨剛病癒沒多久便入了學堂，發現學堂裡有教授繪畫時難掩開心，但此時的慧馨還未意識到行為得低調，本來前世就學過，所以很是出了幾日風頭，直到謝老爺將慧馨單獨叫去問話，院子裡的丫鬟婆子眼光開始變了，慧馨才發現不知覺中因為自己的出色得罪了不少人。謝老爺養了四個女兒，各個女兒都有自己的特色。慧嘉才學無雙，慧琳天真爛漫，慧馨忠厚賢良，慧嬋嫵媚多嬌。從慧馨察覺了謝老爺對七小姐的定位是忠厚賢良以後，慧馨再不在人前作畫。

慧嘉起身從書架上取下了一個木匣，打開匣子，裡面放著幾張折疊的紙。慧嘉拿出那些紙一張張打開，「這些是妳那時候畫的，我從師傅那裡要來的，妳知道嗎？我那時每天晚上都要臨摹這些畫，希望有一天我也可以畫出這樣的畫……」

慧馨看著這幾張已經磨損嚴重的畫，鼻子有些酸酸的……妳可以每天晚上都畫畫，我卻只能偷偷摸摸地……

慧嘉又拿出一把扇子打開，扇面赫然就是慧馨畫的那幅雨夜寺景，慧馨震驚地盯著慧嘉，「二姊姊，這畫是從哪來的？」

「這扇子是漢王送的，那天在鄒城我與賀小姐遇到了漢王。」

這幅圖在大召寺被偷襲的時候丟失，當時弄丟的東西只可能在兩方人手裡，若不是廟裡那位神秘人，那便是偷襲的賊人了。

「我明天就要回府了，漢王府前幾天來提親，父親已經應允。」

漢王今年已三十有八，王府裡已經有了王妃和四個側妃，再娶的女子只能是侍妾了。漢王竟要納慧嘉為妾！怪不得謝盧兩家的聯姻改成了謝二少爺和盧四小姐。

「能入漢王府雖說只是侍妾，對我們家也算是高攀了。王府的規矩大，漢王妃已經派了兩個嬤嬤到府裡，回去後我就要跟著漢王府的嬤嬤學規矩，以後姊妹們怕也難以輕易相見了……」慧嘉苦澀地說道，「我心裡一直有些話想對妹妹講，錯過今天以後怕是沒機會了。」

謝家書香門第，教育孩子的相處方式便是「君子之交淡如水」，幾個孩子之間並不親近，禮數總在情分之上，但是今晚的慧嘉讓慧馨感覺好像從未認識過，卻又更加親切。

慧嘉又拿起扇子，指著上面的畫問道：「妹妹，妳是何時做的這幅畫？」

慧馨心下震驚，心裡有無數的疑問湧上來，一時想不清該不該承認這幅畫是自己畫的。

慧嘉見慧馨猶豫著不肯說，無耐地道：「漢王將這畫裱在扇子上送我作定情信物，我已經認了下來，這事得要圓起來，我必須知道這幅畫怎麼到了漢王手裡，妹妹一定要對我說實話。」

漢王竟誤以為是慧嘉畫的麼？是了，外人提起謝家的才女必是慧嘉了，這樣一來慧嘉的確有必要知道實情。慧馨便斟酌著告訴慧嘉畫的事情，順便把對神秘人的推測也說了。這件事涉及漢王，說起來可大可小可有可無，慧馨可不想跟漢王這樣的人物有牽扯，她得弄清楚慧嘉的想法，「妹妹其實也弄不懂這畫怎麼就到了漢王手裡，姊姊是不是很為難？」

慧嘉皺著眉頭思索了半晌才說道：「妳在後講堂看到的那人只怕不是漢王，這件事妳不要再對別人說，父親母親那邊更是不能漏口風，妳放心，我既已認了下來就絕不會改口。這件事妳就當作從未發生過吧。」慧嘉顯然明白慧馨在擔心什麼，這樣說便是讓慧馨置身於這事之外了。

慧馨鬆了口氣，既然慧嘉願意將這事遮掩過去，那自己更樂意當作什麼都不知道，連忙向慧嘉道：「姊姊這次能入漢王府，妹妹該向姊姊道喜的。」

慧嘉苦澀地笑了，「我今天只想同妹妹說幾句心裡話，這些違心的話妹妹就不要再說了，王府的妾也不過是妾罷了，入不了祖墳上不了冊。說是王爺仰慕我的才華，我又不是真傻，這世上女子的才華又能值得什麼，別人看中的不過是謝家的名聲和人脈罷了。」

是了！太子位子不穩，漢王要爭這儲君之位缺的就是文官的支持，現在朝中的文官大多是太子派的，就只能從在野的這些讀書人裡下手。謝家「一門四進士」，三個在朝為官，一個開了書院，年輕的幾位少爺更是青年才俊，明年又有三位要下場科考，謝家再添幾個進士也不是不可能。漢王選擇沒有官職的二老爺下手，的確是好投資！但謝家真會這麼乖乖地投靠漢王？

這些話牽扯到朝堂，慧馨不懂也說不清，只能委婉地勸慧嘉：「姊姊不必如此在意，哪個女子出嫁背後不都是靠著娘家，再說爹爹一向疼愛姊姊，一定不會讓姊姊受委屈的。」

慧馨的勸解慧嘉不好反駁，但心裡卻隱約覺得並非如此。慧嘉從小受謝老爺教導，對謝老爺的了解也比慧馨幾個更深一層。謝老爺要做天下讀書人的表率，又怎麼會輕易讓自己背上攀附權貴的名聲？

這些話慧嘉沒法與慧馨說，她只是盯著桌上的畫看了一會，動手添上了荷葉，「……妹妹可願幫我完成這幅畫？」雖然這樣說，慧嘉卻直接將筆遞給了慧馨。

慧馨看了慧嘉一眼，接過筆在圖上又添了一朵蓮花，與慧嘉的那朵並蒂而生。兩朵花相映成輝，不知道的人絕對看不出來是兩個人畫的……

慧嘉終於將畫都收回了匣子裡，包括剛畫的並蒂蓮。慧馨不想多待，於是直接告辭了，走到門口又回頭提醒慧嘉：「二姊，我以後不會再畫這些畫了，扇面上那幅是那晚放在隨身荷包裡的，二姊最好把荷包也要了過來……」

慧嘉點點頭：「我記得了……妹妹回去也把今晚的事忘了吧……」

慧嘉先回府了，那兩位嬤嬤也同她一塊回去。剩下的女孩們終於鬆了口氣，三太太是個和藹可親的人，慧馨終於享受到一直以來夢寐以求的輕鬆生活。那晚慧嘉說的話，慧馨回去後也仔細想過，既然漢王誤會那幅畫是慧嘉畫的，還拿來作他們的定情信物，且慧嘉也答應承認，那這事就不再與自己有關了，倘若日後再有人提起，也只當作完全不知了。

慧馨早上去田裡散步，回來後做做針線，午睡後去莊子西邊的池塘釣魚，晚飯就用釣的魚做湯做菜，慧馨忍不住祈禱這樣的日子能一直持續。慧楠天天都來找慧馨，覺得這位七姊姊總是笑著，一副很好說話的樣子，不像五姊姊那麼嚴肅，更不像六姊姊老是對自己愛理不理。

可惜好日子總是過得飛快，十來天後三太太便通知大家該回府了。

【第八回】

超出預期的好

自從離開江寧後，謝家發生了許多大事，謝老爺沒想到鄒城賀家已經投靠漢王，更沒想到漢王會看上慧嘉，謝老爺不得不承認漢王這步棋走得妙。

謝家祖上出身農民，卻以嚴謹持家，在謝老爺的曾祖父輩時置下不少田地，成了小地主，家裡有了錢就開始培養子弟考科舉，到了謝老爺這一輩竟出了四名進士。

謝家老太爺和太夫人早已相繼去世，但謝老爺四兄弟情深，一直沒有分家。這些年經過四兄弟的合力經營，謝家在朝內朝外的中下層文士中已成崛起的新貴。當年大理寺卿盧家正是看中了謝家的未來前景，才有意與謝家結親。

四位老爺為了使謝家躋身上層權貴之流，從多年前就開始謀劃。當年謝家出了四名進士，人人稱羨，但謝家本身根基不牢，禁不得眼紅人的詬病，且若四兄弟都從基層做起的話，不知要多少年才能熬出頭。

正好謝二老爺當年的恩師捲入「立儲之爭」被罷官，二老爺便趁這個機會直接退出官場，回江寧開設書院。謝家四兄弟便三位在朝一位在野，相輔相成，二老爺的書院名聲大起，另外三位老爺也仕途平順。

說起當年蔣家的相救之恩，其實也不過是謝家的順勢而為，謝家要擴大自己的根基，聯姻自然是最簡單的方法。以謝家當年的家境，在朝中很難找到好親家，之所以看中蔣家，是因為蔣家做的是筆墨生意。

雖然同樣是商人，賣筆墨紙硯的卻都是讀書人，蔣家在京城筆墨這一行雖比不上專供皇家用度的王家，卻也排得上第二。蔣家與京城權貴多有生意來往，筆墨紙硯又是給主子們用的，所以京城權貴們幾乎沒有不知道蔣家的，蔣家對這些權貴的影響力自然不容小覷。

大趙女士院的入選方式是舉薦式。地方上由地方士紳共同舉薦固定的名額，京城則不限名額，由京城官員和權貴舉薦，當年蔣家就答應替謝家在京城爭取一個女士院名額。

這次謝老爺進京，一方面也是為了兌現蔣家的這個承諾，只是沒想到路上出了漢王這個變故。謝老爺原想在船上把事情壓下，等到了京城後盡快與盧家把事情定下來，漢王即使權再大，也斷不能在京城幹出強娶的事。

但沒想到戶部尚書也已經是漢王的人了，戶部尚書夫人辦的茶會上，漢王又跟慧嘉見了面，雖然沒發生什麼事，但事情如果傳了出去，謝家就算有一百張嘴也說不清，謝家四位老爺商量一番，決定先看看盧家的態度，這便有了二太太上香偶遇盧夫人的事。

盧夫人帶著四小姐偶遇二太太，言談中透露出有意將四小姐許給二少爺謝睿，這等於變相退掉了慧嘉的親事。如此一來既不得罪漢王，又可跟謝家保持良好的親家關係，盧家這般長袖善舞難怪從開國到現在一直不衰。謝老爺思來想去，既然漢王這門親事勢在必行拒絕不得，不如將計就計。

上月末漢王以「七出之條」請廢側妃李氏，同時請旨皇后賜婚迎娶謝氏慧嘉為側妃。此事一出果然舉朝譁然，還驚動了皇上，當時正好有內閣文華殿大學士胡懿曾在好友的宴會上見過謝二老爺，且他這位好友正是出身二老爺的「望山書院」，就跟皇帝說起了謝家一門四進士的事，皇上便起了興致宣二老爺進宮覲見。

二老爺是個知趣人，君前奏對只談古不論今，說得皇上聖心大悅。臨到末了皇上終是忍不住試探二老爺對太子和漢王的想法，二老爺早準備好了說辭：「論及儲位公有規矩理法可循，私有皇上聖斷，天家父慈子孝兄弟和睦，堪為天下典範。」

二老爺這套說辭真是說到皇帝的心坎裡，皇帝早已按「立嫡立長」的規矩立了太子，疼愛二皇子不過是皇帝的一點私心，一幫朝臣就整天喊著要皇帝尊重祖宗規矩，喊得皇帝心煩，難道做皇帝就不能有一點私情了？

皇帝越看二老爺越順眼，便想讓二老爺留在朝裡為官，但二老爺卻是堅辭不受，言道：「只願為天子教導更多門生。」皇帝一時高興，賞賜了二老爺一支金筆。

當慧馨幾個從莊子上回到京城的謝府，一切都已經塵埃落定。賜婚的旨意已下，御賜金筆已經供在了老爺的書房裡，據說這支金筆將來是要帶回江寧供在書院裡的。

慧馨忍不住佩服謝老爺，真是大豐收啊！一紙賜婚讓慧嘉從侍妾變成了側妃，而且是絕不能休棄的賜婚。原本可能因謝家攀上漢王而傳出的流言蜚語，也被謝老爺一番君前奏對化解了，而且謝老爺的辭官不受，又讓謝家的名聲更上了一層。

❖

回府當天晚上，幾個謝家的女孩相約去探望慧嘉。自從賜婚的旨意下來後，謝府就給慧嘉單獨闢了個大院子，添置不少器具衣物，本來還要增派幾個丫鬟，但漢王那邊卻直接派了幾個丫鬟婆子過來，也算是漢王體恤慧嘉。王府規矩畢竟不同，這些派過來的都是漢王親自囑咐要輔助慧嘉的。

因身分地位已經不同，五個女孩只能在慧嘉的院門外等候通傳。慧楠這些日子同慧馨玩得開心，就躲在幾個姊姊後面拉著慧馨說悄悄話，院門外站著兩個沒見過的守門婆子。

幾個姊妹站在一邊有些拘謹，當中以大房的四小姐慧妍年紀最長，慧妍回身示意慧楠老實些不要再說話，慧馨也悄悄地指指門口的婆子對慧楠使眼色，慧楠撇撇嘴，這才似模似樣地站好。

過了一會才有丫鬟來領他們進去，只見這個丫鬟穿著金刻絲蟹爪菊花宮裝，眉眼間比幾位小姐還要貴氣。小姐們跟在這丫鬟身後往裡走，和小姐們同來的丫鬟則全被攔在外面。

來到屋內，只見門口一鼎纏枝紅牡丹翠葉熏爐燃著伽楠香，八個丫鬟分站兩旁，其中排在最後的兩個，正是慧嘉原來身邊的金竺和金蕊，四位嬤嬤兩在前兩在後，其中前面的兩位正是之前同他們一道去過莊子的嬤嬤，慧嘉則坐在中間的榻上。

慧嘉身著五色錦盤金彩繡翎裙，反綰式的髮髻下一束燕尾垂至肩後，頭上插著金蕾絲嵌紅寶石雙鸞點翠步搖，耳上掛著景泰藍紅珊瑚耳環，手上戴著銀子纏絲雙扣鐲，慧嘉端坐襯著臉上的桃花妝既青春又貴氣。幾個姊妹心下道：「這真是前幾日還在莊上一起玩耍的二姊姊麼？」

見三位姊姊站著發愣，慧馨只得先上前給慧嘉行禮，其他幾位姊妹才反應過來，忙上前依次行禮。慧嘉和藹地點點頭，叫丫鬟端了凳子給幾位妹妹們坐，又吩咐上茶。

過了一會見丫鬟婆子們仍舊肅立兩旁，幾位姊妹都知皇家規矩嚴，又是頭次經歷這種場合，難免有些拘謹忐忑，連最年長的四小姐慧妍也緊張地一個勁擰帕子，慧楠更是不舒服地坐在凳上，小幅度地扭著屁股。

慧馨見氣氛有些僵，便撿了些家常趣事來說，眾人慢慢放鬆下來，慧馨抿了口手中的茶道：「今日姊姊這裡的茶似乎特別好喝。」幾位姊姊也附和著，名門閨秀有幾個不愛茶的，說到茶，話便多了起來。

慧嘉知慧馨心意笑著道：「這是前幾日漢王府那邊送來的貢眉。」又見幾位妹妹高興，便招了漢王府送來的丫鬟紅玉給幾位小姐講茶。

王府裡每個丫鬟都各自司其職且各有特長，這紅玉就是專門負責吃食的，煮茶烹茶也由她專門負責。眾人見這丫鬟眉清目秀，聲音清脆悅耳，話說得也俏皮流暢，只覺得王府不愧是皇家貴胄，連個丫鬟都這般出色。

眾姊妹們相談甚歡，臨走時慧嘉吩咐紅玉包了幾包貢眉，讓他們帶回去品嘗。眾人出了慧嘉的院子，將手裡的茶葉交給門外等候的丫鬟，互相道別後各自離開。

今晚的事各人心底各有滋味，三位年紀大的姊姊羨慕慧嘉嫁入皇家，慧楠為得了一包好茶葉而高興，慧馨則是黯然為慧嘉擔心——王府裡的丫鬟都這般，那些主子們只有更厲害的份兒了。

而慧嘉這邊目送幾位妹妹出了屋門，才招了身後漢王派來的張嬤嬤問話：「嬤嬤覺得我這幾位妹妹如何？」

張嬤嬤經過這幾日的相處，知道慧嘉是個和藹的人，再加上臨來之前漢王親自囑咐他們要多幫襯小姐，便直接把心裡想的說了出來：「奴婢覺得幾位小姐都是知書達理的，許是因年紀尚小多少有些拘謹，多見見場面便好了，尤其七小姐最是沉穩大氣，為人又謙虛和藹，擔得起大場面。」

慧嘉點點頭，「我也是最放心七妹妹。」想起當初在大召寺遇賊，年幼的慧馨便能臨危不亂。剛才幾位妹妹都有些放不開，只有慧馨進退有度，幾句話就能帶動姊妹們，又不著痕跡不逢迎。

【第九回】
邁向學習之路

宗人府從賜婚旨意下來後，就開始忙漢王納側妃的事，雖然不是娶正妃，但是側妃也會記入宗牒，再因著為皇后賜婚，儘管迎娶的規模比正妃小，可該有的規矩是一條沒有少，欽天監合過八字後將婚期定在明年的三月初六。

因為原請來的兩位嬤嬤要跟著慧嘉做陪房，而且已是年底，太太索性給小姐們放了假，暫時不用跟著學規矩。幾個女孩開心地三不五時就一道往慧嘉那坐坐，去的次數多了自然放鬆不少，王府來的丫鬟婆子們也不再那麼嚴肅。

只是三姨娘帶著九小姐又回了江寧，在他們還在莊子上的時候就啟程了，說是九小姐在燕京水土不服得厲害，還是早些回江寧休養。水土不服？幾人去莊子前小九明明還好好的，只怕是老爺惱了三姨娘是真。

謝老爺的確恨三姨娘讓謝家在南平侯面前失了臉面。蔣家安排謝家其中一女入女士院的計畫裡，其中一環的確是送一女給南平侯太夫人作義女，蔣家的生意做進了侯門大院的書房裡，自然有辦法知道些京城大戶人家的秘辛。

蔣家早就跟謝家交過底，當年南平侯府義女事件，其實是有人推波助瀾故意抹黑，而對南平侯來說，也未嘗沒有韜光養晦的意思。

是以謝家才會同意將女兒送入南平侯府，只沒想到三姨娘聽信京中傳言，算計了南平侯，使得南平侯對謝家印象大減，謝家與侯府的結交只能作罷。好在現在搭上漢王這條線，而他也應允送謝家一女入女士院。

❁

不知不覺竟已到了冬至，府裡頭早幾日就開始忙活，謝家的四位老爺已有多年沒一起過節了。冬至節時宮裡頭會舉行祭祀，祈求消災解難，國家沒有疫疾沒有荒年，人民不再挨餓死亡。因當日漢王要參加宮裡的活動，便早早派人來送了節禮。

冬至當日，木槿幾個一早就在挑衣服，討論該穿哪套衣服參加晚上的家宴。由於今年四房都在燕京過年，府裡給每個僕役各發了兩套冬裝，小姐們每人六套。數量雖然不比在江寧時多，但都是京城衣舖訂做的，樣式新料子佳，剛拿到的時候，每個人都新鮮得很。

慧馨坐在桌旁喝茶，悠閒地看著木槿幾個笑鬧。昨夜老爺把她叫去，告訴她年後送她去女士院的事，雖然慧馨早已心裡有數，但聽到老爺親口說出那刻，還是忍不住感歎謝老爺的深謀遠慮。

慧馨對謝老爺選她去女士院還是很感謝的，雖然他的初衷是讓女兒鍍層金，再藉由家族聯姻找到更強大的靠山，但對慧馨來說，這也未嘗不是掌握自己未來的一條路。

入夜後，謝府四房的人全聚在一起開了席，往年在江寧這天吃的是湯圓，今年在京城便入境隨俗吃了餃子。這餃子讓慧馨特別懷念，前世她是山東人最愛吃餃子，穿越到江寧這些年，也只有在年三十才能吃上兩顆。

這是慧嘉在家裡過的最後一個冬至節，便不論尊卑同姊妹們坐在一塊。這些日子下來，慧嘉對自己未來的身分也適應了，漢王府送來的丫鬟婆子們也都收拾得服服貼貼，不再對她指手畫腳，少了一旁監督的，姊妹們話起家常來輕鬆很多。

這段時間雖有些風波，但最終謝家仍是得宜良多，老爺們相當滿意。夜裡城樓上還放了煙火，謝家人在府院裡就能看到了。

冬至之後年就越來越近了，可能是因為心裡安定，慧馨覺得日子過得很快，眨眼就到了過年。過完年二月初三女士院開園，本來慧馨應該要開始打點，但女士院規定凡入園者都得淨身入園，不准帶奴僕和行李，所以根本沒什麼好收拾的，只要做好心理準備就行了，慧馨便趁這些日子找了許多遊記工物之類的書來讀。

因為不准帶丫鬟，木槿幾個自然不能同慧馨去。女士院規定女子入園滿兩個月後，每個月可有兩天假回家，京城的謝府通常只有幾個老僕留守，這次為了慧馨以後回府有人差遣，太太就安排木槿和木樨幾個留在京城。木樨原是家生子[1]，但老子娘卻早早就去了，本就不想與慧馨分開，現在聽說能留在京城，自是分外高興。

本來漢王府提議慧馨放假時可以到漢王府，但之後慧嘉在漢王府究竟過得如何還是未定數，謝老爺此時還不打算把所有賭注都下在漢王身上，且慧馨本人也是一萬個不願意。

慧馨想到二姨娘給的玉佩得找個隱密處存放，便讓木槿托人買了幾塊樣子相似的玉佩，與其他的首飾分了幾個盒子，交給木槿和木樨共同保管。而二姨娘給的那塊她則黏在一本《女誡》裡，放在書箱的最下層，謝家的女孩人手都有一本《女誡》，自是不會有人來借這本書的。

過完年，三老爺和四老爺兩家相繼上路赴任，而大老爺一家本以為錯過了最好的時機，沒想到托漢王的福，大老爺放任京畿州牧，雖仍是六品，但京畿附近的官職一向是肥缺。因離京近，大老爺準備過了十五才去任上，而大太太和幾個長房的子女都留在京裡，這樣也可順便照顧幾個年後要下場科考的少爺。

時光如白駒過隙，二月初三很快到來了，慧馨一大早就起床，一番梳洗後吃了頓飽飽的早飯。沒了丫鬟，事情都要自己動手做，吃飽了才有力氣幹活啊！彗馨告別了老爺，便坐上了前往女士院的馬車……

【注釋】

①舊時家奴在主人家生的孩子。

【第十回】

住校生涯開始！

女士院坐落在燕京城外西北方，位於京郊土地延伸入雁河的一個半島上。雁河東西橫貫燕京，半島與京城銜接的地方是大片的良田和山林，前朝皇帝將這裡劃歸為皇莊，並在半島上建了行宮，後來馮皇后將行宮改建成為女士院所在之處。

女士院其實是官方的稱呼，民間則把這片園子稱為「靜園」，乃因正門上的匾額有馮皇后親筆所提「寧靜致遠」而得名。

各家有女子要入園的都要早早出發，馬車一路行去，路過安靜的富人居住區，又行經熱鬧繁華的商業街，直到郊區的碼頭，人聲從稀少到吵嚷。

馬車停在燕磯碼頭，大太太和二太太帶了四小姐慧妍一同前來，眾人送行只能到此。碼頭已被宮人清場，只有入園的人家可以進入。該交代囑咐的之前都已經說過了，倒是站在人群後面的木槿眼淚汪汪看著慧馨，連木樨臉上也是不捨。

行了拜別禮，慧馨獨自往碼頭深處走去，那邊早有宮人擺了桌椅等候。一位小火者[1]躬身行來詢問了慧馨幾句，又引她到一張檯子前簽了名，旁邊成排站著的宮女中便有人過來領著慧馨，向停靠在碼頭邊的畫舫走去。

那畫舫停靠的地方離簽名處還有段距離，一路走去雖仍是春寒料峭的時節，慧馨額頭上仍冒出了一層薄汗。慧馨掏出一條手帕抹了抹額頭的汗，對著側身走在稍前的宮女說道：「姊姊怎麼稱呼？這大冷的天裡一早就在這裡忙真是辛苦了，要不要停下休息一會？看這滿頭大汗的擦一擦吧。」說著，慧馨又從袖筒裡拿出一條手帕遞給宮女。

這宮女回身接過慧馨遞來的手帕，看了一眼。手帕乍看不甚起眼，只繡著簡單的一朵梅花，但用的料子卻是彩錦。宮女不動聲色地將手帕塞進了袖攏裡，一改剛才的面無表情，給慧馨行了個禮道：「奴婢春禧給女公子請安，謝女公子體恤，謝女公子賞！」

慧馨聽得一愣，面上卻只是微笑著點點頭。看著態度明顯變化的春禧，慧馨很自然地問起了靜園的情形。春禧毫無保留地講述了靜園的規矩和這兩天的安排，慧馨盯著講得興起的春禧，心中一動，慶幸自己做對了。

春禧一直將慧馨領到船上安排好座位才離開。慧馨環顧四周，見已經有七位小姐在座，便行了個禮才到自己的位子坐下，其他幾位小姐也起身回禮，眾人都沒有多餘的言語，顯然這幾位應該也得到了宮女的提點。

隨後又進來三位小姐，大家同樣行過禮，滿了十個人便有宮人過來通知大家船要開了。船漸行

【注釋】

①指宦官中地位較低下者。

漸遠，畫舫的船艙兩側掛著厚厚的簾子，不過偶爾仍有風會吹起簾子的一角，可以看到外面雁河上來往的船隻。

從燕磯碼頭開出來的船隻，只行駛兩個方向，一是來往靜園，另一是來往皇莊。每天早上固定有船隻會從皇莊裝滿新鮮的蔬菜禽肉駛往燕磯碼頭，這些是專供皇城調用的。

船行了一盞茶的工夫就停靠在雲台，雲台是靜園專門停靠船隻的棧台。眾人依次下了船，旁邊早有宮人等候，因女士院由皇后親自監督，靜園的規矩和人事都是按宮規來安置的。

靜園不愧是皇帝行宮改建，從雲台看去彷彿建在海中的亭台樓閣，似乎能感受飄渺的雲霧飄蕩在閣樓間，正門上「寧靜致遠」四個大字俊秀中透著大器。

宮人將他們領到了一間內室，那裡有兩個嬤嬤在發放名牌。慧馨也走了過去，其中一個嬤嬤遞給慧馨一個牌子，「收好了，這是妳的身分證明，正面是妳以後的名字，反面是你的屋號。」

慧馨看看手裡的牌子，牌子是檀木做的，正面刻著「謹言」二字，反面刻著「丙字貳組八」。

慧馨見另有兩個宮女站在門外，便過去詢問「丙字貳組八」的位置，宮女給慧馨指了方向，順便告訴慧馨道：「園裡有事會敲鐘召集各位女公子，女公子聽到鐘聲後在所居院裡等候即可。」

慧馨按照宮女的指示找到了自己所住的院子，院門旁掛牌刻著「丙字」二字。這個院子裡建有三座兩層的小樓，分別朝向南、北、東。朝東的小樓迎賓柱上掛著牌子「壹組」，朝南的掛著「貳組」，朝北的是「參組」。慧馨一眼就看到朝南小樓的一樓有間屋子門旁掛著「八」的牌子，這就是慧馨的屋子了。

慧馨推門進去，屋裡頭很乾淨，看來已經打掃過了。打量了一下屋內，空間雖小了一點，但東西卻基本齊全，正對門的地方還擺了一架屏風，右邊的窗戶下放著書桌，筆墨紙硯已經備妥，左邊梳粧檯鑲嵌著黃銅鏡，檯面上放著兩個木匣。慧馨打開木匣，一個裡面放著胭脂水粉，一個放著檀木造的木梳和釵環飾品。床旁邊放著衣櫥，當然裡面是空著的。房間裡的家具都是花梨木製作，散發著淡淡清香。屋內只有一張床，看來是一人一間的。慧馨把書桌前的窗戶支開，桌上茶水的溫度正好，順手給自己倒了一杯，拿出名牌來仔細瞧了瞧。

女士院內女子分甲、乙、丙三個等階，初入園者都屬於丙字階，而丙字階者入得園來，不論家世皆從無開始，名字暫由皇后所賜，話說白了就是，丙字組的人都只能算皇家的奴僕。園裡採用舉薦式升階，每年的秋季都會舉行秋宴，宴上獲得同階大多數人支持的就可以升至上一階。入女士院者任何時候都可以提出退學，最多可以待到十四歲。

慧馨歇了一會，把牌子放回袖筒，院子裡人還沒到齊，這裡又不興鎖門，身分名牌還是貼身收放比較妥當。慧馨起身出去找人，那個宮女春禧已經提醒過她房裡還缺東西，得自己去領，而且最好早點去。慧馨一路走一路默數屋裡還缺的東西，被褥、臉盆、毛巾……

來來回回幾趟才把東西都領全了，丙院裡是不允許用丫鬟的，自己的事得自己做。這些事對慧馨這個活了兩世，心裡成年的人來說完全沒問題，反而覺得更加自在，唯一的缺點是她才九歲的身體，小胳膊小腿力氣不夠，抱著東西幾趟下來已經累得氣喘吁吁。

慧馨興奮地收拾著自己的小天地，忍不住想哼哼歌了。把東西歸置好，拿出抹布擦擦桌椅，竟是纖塵不染，不愧是皇宮出品，標準就是高……

慧馨從院子裡的水缸裡瓢了水回來重新洗漱一番，給自己挽了個雙丫髻[2]，又從梳粧檯上的木匣挑了一對蝴蝶耳墜。慧馨拍拍臉在銅鏡前左照照右看看，好一個簡潔可愛的小女孩。做完自己的事，現在可以出去見見人，交交朋友了……

【注釋】

②將頭髮平分兩側，再梳成髻，置於頭頂的兩側，前額則有瀏海。

【第十一回】
學會照顧自己

每座樓的一樓最中間有間屋子，旁邊掛著「樂室」的牌子。剛才在領東西回來的路上，慧馨就看到有女孩走到裡面，屋裡還不時傳出笑聲。

慧馨推開樂室的門，一陣熱氣迎面撲來，屋裡兩個火盆燒得正旺，火盆上架著的水壺貌似快開了。屋裡大約有八、九個女孩，有四個正坐在中間的長桌前聊天，左手簾子後面有兩個在對弈，一個坐在旁邊看得聚精會神，右手簾子後面一個正在調琴，一個在旁邊坐著指指點點。屋子的兩側各有一個書架，不過上面只零散地放著幾本書。

慧馨先走到書架前看了看上面的書，左邊的書架上是四本《女誡》與四本《孝經》，右邊的書架上則是四本《女訓》與四本《列女傳》，慧馨把這幾本書整理好，放在書架最易於拿取的位置，不過在心裡頭卻對這些書吐吐舌頭。

角落還有個食櫥，裡面放著幾碟新鮮的糕點，幾罐茶葉，還有一些茶具，慧馨從櫥子裡取了兩碟糕點。

謹諾、謹恪、謹飭同出於西寧侯府。西寧侯宋家有美男子天下皆知，當年長寧公主和安成公主分別嫁給了宋家的二郎和三郎，謹諾便是長寧公主之女，謹恪是安成公主之女，而謹飭則是西寧侯世子宋家大郎的嫡長女。宋家三姊妹這次能一同入靜園，自然是公主們走了宮裡的關係。

謹恪無聊地看著兩個姊姊下棋，小屁股不安分地左挪挪右動動，搞不懂這棋有什麼好下的，早上起得這麼早，到這會肚子都有點餓了。謹恪伸了小手正要揉揉肚子，就見桌上突然多了盤糕點，抬頭一看原來是個比自己還小的女孩，女孩子梳著雙丫髻，微笑的時候左邊嘴角有個小酒窩，很是討喜可愛。

慧馨用手指點點嘴唇，示意謹恪不要出聲。放下點心後，她也安靜地坐在謹恪對面，看謹諾和謹飭下棋。

一局終了，謹諾輸了四目。謹恪立刻討好地給兩位姊姊端上糕點，自己嘴裡也塞得滿滿地。慧馨看著謹恪的小人樣，心底偷笑，藉機同謹諾兩個說起了剛才的棋局。從棋局入手，慧馨很快就與謹諾、謹飭聊開了。

謹諾剛才下得專心，並未發現慧馨坐到他們旁邊，這會只覺得這個女孩子很可愛。而謹飭則是從慧馨過來就發現了，只是不動聲色地觀察這個女孩子是不是又一個來獻媚的，見慧馨並未打擾他們，只乖巧地靜坐在一旁，也沒有邊看邊吃東西，這會說的話也只關於棋局，並沒有打聽幾人的身分，就對慧馨的印象好了不少。

點心非常可口，慧馨也忍不住多吃了幾塊。見幾人談得投機，慧馨想想應該給這三位新交的朋友提個醒，便道：「我瞧著領來的被褥有些薄，晚上房間裡是不是也有火盆點的？」

三人聽了俱是一愣，倒是謹飭先反應了過來，連忙詢問慧馨被褥的事情，慧馨便告訴了他們房間裡缺東西，她來來回回好幾趟才把東西弄好。謹飭一聽就明白了，趕忙謝過慧馨，叫了謹諾與謹恪一道去領東西。慧馨見三人急急地走了，並沒有起身去幫他們的意思。初次見面，提點是出於好意，如果去幫他們拿東西，那就成了討好了。

謹飭三人一起去領東西，動靜自然不小，有不少女孩看到問起，風聲很快就傳開了，畢竟這些進靜園的女孩大多都是京城權貴，各家都或多或少地連著根，話傳起來自然就快。沒一會，便有女孩進來急急地把其他人也給叫走了。

慧馨舒了口氣這才放下心，每次領東西都要先簽名，剛才她去領的時候發現自己居然是頭一個，而且這來來回回的也沒見到後面有人來。估計這些大小姐們第一天離了伺候的人，都還沒有適應以後得靠自己動手了。要是其他人都沒領東西只有自己領了，那可不是好事啊！慧馨不打算做出頭鳥，這年頭做事不管對錯，關鍵在於和大多數人共同進退，才是保身之道。

樂室裡一時只剩下慧馨一人，她興致盎然地在剛才謹飭和謹諾的棋盤上繼續落子，在她看來這局還沒完，黑子也未必會輸。

慧馨一個人玩了一會，估摸著時間差不多那三位也該回來了，便起身去拿了茶具，用火盆上燒得正好的水泡了一壺茶，又把棋盤上的棋子都收了起來。

待謹飭三人回到樂室時，就看到慧馨笑盈盈地坐在桌前，桌上擺著兩碟點心和四杯茶。謹恪大呼一聲跑了過去，抓起一杯茶就灌了下去，溫度正適宜解渴。謹飭斥責了謹恪幾句，與謹諾一同坐下，謝了慧馨才端起茶。

畢竟是嬌生慣養的小姐，三人這一番忙碌著實有些累了，連謹飭也連喝了兩杯茶才緩過氣來，方又對慧馨表示感謝：「這次多虧妹妹提醒，我們姊妹都未發現房裡缺東西，要是落了人後，只怕要被人恥笑了去。」

慧馨自是很理解他們便安慰道：「姊姊快別臊我了，往日裡都有丫鬟婆子們替我們打點這些，今日第一次離府，哪裡能注意到這些，我不過是平日裡在家喜歡折騰，才多看了屋裡兩眼。再說咱們大家都是獨自離家，又分到了同一幢樓住，互相提點是應當應分的。姊姊再不要把這個掛在嘴上了，沒得教小妹得意就無地自容了。」

謹飭見慧馨並不把提點這事放在心上，對慧馨的印象又好了幾分。四人揭過這頁不提，聊起了園子的景色，靜園畢竟是行宮改建，一草一木、一景一物自有其別緻之處。

陸陸續續又有人回到樂室，慧馨想著快到午時了，不知道要敲的那個鐘在哪裡？聲音夠不夠大？剛才領東西這一路上也沒見到哪裡有掛鐘的。

就在慧馨琢磨鐘的問題時，院子裡突然起了吵鬧聲，鬧聲中還混著偶起的尖叫。慧馨四人詫異地互看一眼，都搞不清外面究竟發生了什麼事，但四人卻也都有默契地沒有站起來出去瞧。外面吵鬧聲越來越大，這時，突然響起了一陣低沉悠揚的鐘聲……

【第十二回】服從才是唯一

鐘聲蓋過了吵鬧聲，院子裡很快安靜下來，六下鐘聲過後，樂室裡的人陸續往外走，慧馨也站了起來，對謹飭三人道：「這應該就是集合的鐘聲了，我們也跟著出去吧。」謹飭點點頭，示意謹諾與謹恪一道出去，慧馨很自然地跟謹恪一起，跟在謹飭與謹諾的後面出了屋。

院子裡已經零散地站了好多人，院門口站著一位宮裝中年女子，她身後站著六位嬤嬤，嬤嬤身後又站了兩排宮女。女子看裝束像是位妃子，慧馨疑惑地對謹恪眨眨眼睛。謹恪悄悄地趴在慧馨耳邊說：「這是宮裡的呂婕妤……」說完還對慧馨擠擠眼睛。

在謝老爺通知慧馨年後要入靜園的消息後，謝老爺還陸續與慧馨講了許多京裡的大人物和大事件，一方面預防慧馨無意中得罪什麼要命的人，另一方面也是希望慧馨能藉機攀上幾個靠山。

而這呂婕妤謝老爺也曾鄭重地介紹過。呂婕妤出身卑微，六歲就被父母賣人為婢，當年太祖初定天下，登基後遲遲未立太子，各成年皇子間暗潮洶湧，那時的當今聖上還只是四皇子，但因有軍功在身，也是太子的熱門人選。四皇子某次赴宴遇襲，被當時只是小丫鬟的呂婕妤所救，之後呂婕妤就跟在四皇子身邊。據說呂婕妤不但識文還略通武藝，皆為四皇子所教，儼然是四皇子的左膀右臂。後來四皇子娶了許家女為妃，呂婕妤仍然伴在四皇子身邊，及至四皇子登基稱帝後大封嬪妃，呂婕妤因出身微寒僅能封為婕妤，但在宮中上至皇后，都十分敬重。

倘若這女子真是呂婕妤的話，那就應該已經四十多歲了，但看起來只有三十來歲，保養得宜，似乎日子過得很不錯。慧馨仗著人小個子小，躲在人後多打量了她幾眼。呂婕妤外貌只能算中人之姿，身上穿的宮裝端莊而不華麗，佩戴的飾品貴氣而不誇張，不顯山不露水。丫鬟出身又沒有娘家支持，卻能在宮中佔有一席之地，蒙皇帝寵信幾十年不衰，可見必定是個心思深沉的人。

呂婕妤看著院子裡站得亂七八糟的眾人，皺皺眉，身後有個嬤嬤走上前來似對她耳語了幾句，她微微地點點頭，就見那位嬤嬤走上前兩步，對著眾人道：「呂婕妤代皇后娘娘來探望妳們，妳們就這樣迎接嗎？」

反應快的女孩連忙向呂婕妤行禮，眾人才醒悟過來紛紛行禮，呂婕妤卻沒有馬上叫起，等了一會才點頭示意，那位嬤嬤接著對眾人道：「都起來吧，皇后娘娘最重規矩，不管妳們父兄是幾品大員，進了靜園就要遵守靜園的規矩。妳們領到的名牌以後就是自己的身分證明，在靜園裡要隨身佩掛，上面的名字就是妳們在靜園的名字。丙院的人嚴禁談論自己的出身，只能靠自己的能力升上乙院與甲院。待升上乙院、甲院便可以有丫鬟，使用父母給的名字，也可以有自己單獨的院子。而無法升上甲乙兩院的，丙院只收留妳們三年，在丙院待滿三年不能升階者將送返回家。聽明白了嗎？」

「聽明白了……」有幾個女孩子小聲地回答。

嬤嬤不滿地撇撇嘴，「妳們都是舉薦進來的，要注意自己的言行，不要給舉薦妳們的人丟臉，也不要給妳們的父兄丟臉，更別辜負了皇后娘娘對妳們的期望。現在妳們聽明白了嗎？」

「聽明白了！」這次回答的聲音大多了，也整齊多了。

嬤嬤見呂婕妤點了頭才繼續道：「皇后娘娘指派了林嬤嬤、趙嬤嬤、杜嬤嬤來教導妳們規矩，」每說到一個名字，就有一位嬤嬤從呂婕妤身後走出來站在一旁，「春芽、春萍，春香、春白，春露、春煙，她們六個會照顧妳們的生活。」又從後面走出六位宮女站在剛才出列的三位嬤嬤身後。

「現在妳們都將名牌掛上，按組並從高至矮排好，然後帶妳們去采珍閣用午膳。」

眾人忙將名牌都拿出來掛在腰上，相互詢問了組別，畢竟能進靜園的在家裡都多少受過訓練，很快便站好隊伍了。嬤嬤暗自點頭，這幫小姐第一天能做到這樣已經是不錯了。幾位宮女嬤嬤訓練有素地站在三個隊伍的前面，呂婕妤還算滿意地向嬤嬤點點頭，嬤嬤便示意最前面的三位嬤嬤帶她們去用膳。

隊伍還沒邁出兩步，後頭就傳出了嘀嘀咕咕的聲音，因著剛才院子裡安靜下來，這幾個聲音就顯得格外清晰。慧馨忍不住心裡埋怨，這誰啊真差勁，要挑事不會等吃完飯啊！

果然隊伍停了下來，呂婕妤轉身在隊伍來回看了幾眼，向身邊的嬤嬤使了幾個眼色。嬤嬤立時將那三個不長眼的點了出來，厲聲道：「妳們三個出來。」

那三個女孩不自在地站在一邊，其中一個低著頭不停地絞著手指，另一個似乎不忿地噘著嘴想說話，還有一個已經在掉金豆子[1]了。

嬤嬤冷哼一聲，也不問緣由直接道：「剛說要守規矩，妳們就明知故犯，今天的午膳妳們三個不用吃了。」

那個一直想說話的女孩見嬤嬤竟然問也不問，便直接罰了她們不許吃飯，一時氣不過欲開口辯道：「我……」

「啪！」這女孩才說了一個字，嬤嬤便毫不猶豫地直接一巴掌搧了過去，道：「呂婕好面前，沒讓妳說話竟敢開口，目無尊卑，妳父母就是這般教導妳的？」

這女孩一臉震驚，萬沒想到一個嬤嬤竟敢打她，當即頭腦發熱破口大罵：「妳這個賤婢竟敢打我，我爹可是……」嬤嬤直接朝後揮揮手，上來三個嬤嬤利索地擒了這女孩，還塞了帕子在女孩的嘴裡，完全不打算給她說下去的機會。

女孩掙扎著想甩開，但卻不得其法，嘴裡塞了東西只能發出「嗚嗚」聲，氣得臉色漲紅，眼睛都能冒出火來了。嬤嬤慢條斯理地走上前去，解下女孩身上的名牌，轉身呈給了呂婕好。

呂婕好看了眼牌子上的名字，冷冰冰地啟唇：「謹介首日入園，連犯三規，罰逐出靜園！」謹介自然就是這個女孩在靜園的名字了。

謹介不可置信地瞪著呂婕好，她不敢相信自己就這麼輕易地被逐出了靜園，這個名額可是父親和哥哥託了好多人，花了好多錢才弄到的。嬤嬤不屑地看了謹介一眼，一揮手，幾個嬤嬤便將謹介拉了出去。

一眾女孩仍處在震驚中，包括慧馨也很吃驚，這麼三言兩語便驅逐一個人，甚至連事發的真正原因也沒有詢問。慧馨看著嬤嬤臉上那毫不在乎的神情，突然醒悟到，這嬤嬤代表的是呂婕妤，而呂婕妤代表的是皇后，那謹介頂撞呂婕妤，就是破壞皇后定的規矩。呂婕妤自然有權利將她逐出靜園！

【注釋】

①指女孩掉眼淚，哭了的意思。

【第十三回】
第一課是「規矩」

一群女孩子還處在剛才的震驚中，呂婕妤則招手對嬤嬤吩咐了幾句，嬤嬤便行到另外兩個女孩身邊，看看她們身前掛的牌子，開口對著其中一個問：「謹厚，剛才妳們三個在吵什麼？」

被喚作謹厚的女子正是剛才哭哭啼啼的那個，只是這會早被駭得忘了啼哭，見事情還沒結束，嬤嬤又先讓她回話，便道：「回嬤嬤，方才我和謹介去領被褥，到雜物處那裡一看只剩一床，就直接領了……哪想到回來的路上又被雜物處的嬤嬤叫住，說這最後一床已經有人領了，本來我們拿的時候明明看這被褥放在桌子上沒有人拿，謹介說現在天還這麼冷，沒有被子晚上肯定熬不過，就同嬤嬤吵了兩句，然後就聽到鐘響，謹介便將被褥先暫放在那邊石台上了……剛才謹介又提起，我正想勸她算了……」

眾人順著她的手指看去，果然見一旁的石台上放著一床被褥。嬤嬤只瞥了一眼，就轉身問另一個女孩：「謹願，現在妳來說，剛才是怎麼回事？」

謹願這會心裡正後悔，早知遇上這麼麻煩的人，當時簽了名就該直接取回被褥，都怪自己犯懶不想多走路，「回嬤嬤，方才我去雜物處那裡領被褥，那裡的嬤嬤說要先簽名才能拿東西，我便同嬤嬤先去簽了名，沒想到回過頭來發現被褥已經被人取走，雜物處的嬤嬤便帶我追了出來，誰想到謹介卻說她先拿了就是她的……剛才在隊伍裡，謹介又不依不饒地要找娘娘評理，我讓她不要吵娘娘，被褥我讓給她就是了，結果她又不肯……」

這兩人的話都是在推脫自己的責任，但卻有兩個意思是共同的，一則雜物處的嬤嬤沒辦好事，準備的被褥少了；二則挑起事端抓著吵鬧的人是謹介。

嬤嬤聽了這話又問道：「這麼說在鐘響之前，妳們就吵過了？」兩個女孩猶豫了一下終是點了頭。

嬤嬤便指了隊伍前排的一個女孩子：「鐘響之前，妳是不是在院子裡？是否聽到她們吵架？」這個女孩子頭垂得低低地，小聲地回道：「回嬤嬤，我領完東西後就待在自己房間裡，今日起得太早，一個勁犯睏也不知道什麼時候就睡著了，聽到鐘聲才起來，沒聽到她們吵架。」

嬤嬤又指了她身旁另一個女孩問是否聽到，那女孩說自己當時在樂室裡彈琴，沒聽到外面的聲音。嬤嬤又接連指了幾個女孩，這些女孩的回答不是在屋裡收拾東西，就是在樂室裡，總之沒人聽到動靜，也沒人知曉發生了什麼事。

慧馨歎了口氣，大家全都只顧自保，一味逃避不解決問題，呂婕好達不到目的，這樣下去只怕要連累所有人一起受罰。記得小時候謝家姊妹們一起上學堂，一旦有人犯了錯，所有人都要一起受罰，因為身為姊妹看著別人犯錯而不阻止，便是心裡沒有姊妹情義，做人必是不義之人。正因著謝老爺的這種教人理念，使得謝家姊妹們不論出身，不論長輩關係如何，在關鍵時刻都很團結。

謹飭因著年紀大些個子高些，在隊伍裡排得比較靠前，很快就被問到了，她先向呂婕好行了禮，才向嬤嬤回道：「回嬤嬤，當時我們幾個姊妹在樂室裡下棋，聽到院子裡有吵鬧聲但並未出來察看，所以不知道發生了什麼事。」

嬤嬤似乎對謹飭會這樣回答感到意外，又接著問道，「妳同誰在一起下棋，妳們聽到吵鬧為何不出來看看？」

「我與謹諾、謹恪、謹言，我們四個在下棋，初時聽到吵鬧，以為不是什麼大事，後來鐘聲響了，也就沒再細想。」

「謹諾、謹恪、謹言，妳們三個當時也聽到吵鬧聲了？」

慧馨硬著頭皮站了出來，古代最無奈的就是這種有罪要「連坐」了，不過今天要過這關，總得給呂婕妤說出點名堂來。她剛才已經想明白，當初領她上船的宮女春禧就曾提點過她，「東西還是早點領得好，趕早總比趕晚的強」，就是因為這句話，她才會一早就先去領東西，全部領完才去樂室，今天的這場「殺雞儆猴」戲，一準是事先設計好的，就看這最後領東西的人識不識相，上不上套了。她雖不知呂婕妤的真正意圖，但卻也能猜個八九不離十。但凡某個地方進了新人，新人學的第一課莫不是兩個字——「規矩」。

年紀小有年紀小的優勢，大人往往不會跟小孩子較真，慧馨美眸無辜地眨呀眨地看著嬤嬤回話：「回嬤嬤，當時謹諾姊姊輸了謹飭姊姊四目，謹飭姊姊正在指點謹諾姊姊哪幾步下錯了，我們幾個正聽得認真，雖是聽到了院裡的吵鬧聲，想著靜園裡這麼多嬤嬤，丙院裡也有嬤嬤守著，又能出什麼事，所以就也沒在意……」

呂婕妤聽了慧馨這話，這才緩了神色，說道：「妳這話說得倒實在，可是這被褥不夠的問題仍舊沒解決，妳說這最後一床被褥該給誰？」

慧馨似是苦惱地思索了一下，才謹慎道：「回娘娘，小女也不知道該給誰，不過靜園總有規矩可循，按著規矩該給誰便給誰，再說現在才晌午，不過才一兩床被褥，雜物處的嬤嬤們自會解決的。」既然規定了要先簽名再拿東西，那不簽名直接拿東西的人自然是不對的。靜園這樣的地方人事複雜，定了規矩，按規矩辦事，也是為了讓園裡每個人能各司其職。雜物處少了東西自然該找雜物處的嬤嬤解決問題，小姐之間互相吵鬧只是失了身分。

呂婕妤聽了慧馨的話，笑了，似乎很滿意，「妳倒是個聰明的，叫什麼名字？」

慧馨似是害羞地嘴角微翹，回道：「回娘娘，小女……謹言……」，慧馨驀地出了一身冷汗，剛才「謝慧馨」三個字差一點就脫口而出了，若不是自己反應快，這三個字一旦出口，只怕也要被逐出靜園了，嬤嬤剛才可是說了「丙院的人嚴禁談論自己的出身」。這呂婕妤可真是厲害，隨手一挖就是一個坑……

呂婕妤這次才真的滿意了，語氣比剛才溫和了許多，對眾人道：「妳們都回隊伍裡去吧，讓嬤嬤們領妳們去吃飯，被褥的問題自有雜物處的人給妳們解決。」

慧馨邊往隊伍裡鑽邊在心裡為自己掬一把淚，要不是肚子真的餓了，她也不想出這個頭啊……

【第十四回】演好自己的角色

飯堂裡，四個人一張桌，每桌四菜一湯，兩葷兩素，主食有兩種，米飯和饅頭……味道有點讓人失望，因為很一般，慧馨原本對御廚抱有很大期待來著。

飯堂裡一片安靜，每個人都靜靜地吃著自己的飯。謹恪狠狠地吞下一塊雞肉，肚子餓扁了啊，還以為吃不到午飯了。她轉頭看看謹言，謹言對她搖搖頭，示意她不要說話。

眾人用完飯，有宮女上來收拾了碗筷，剛才領她們來飯堂的幾位嬤嬤和宮女過來，眾人又按來時的隊伍站好，其中一位看起來年紀最長的林嬤嬤上前講話：「剛才程嬤嬤已經介紹過了，老身再給女公子們詳細講下，丙院女公子現共有六十四人，原定七十人，缺的六人中五人未到，一人犯戒除名。現六十四人共分三組，第一組由老身和春芽、春萍暫領，第二組由趙嬤嬤和春香、春白暫領，第三組由杜嬤嬤和春露、春煙暫領。以後每日酉時末會發佈第二日的排程，今日未時[1]末會有尚衣局的人來給各位女公子量尺寸做新衣，其他時間各位可以自行安排，只要謹記鳴鐘集合。」

林嬤嬤說完看了看趙、杜兩位嬤嬤，兩位都搖了搖頭表示沒有要添加的，三位嬤嬤便示意六春帶隊回丙院。

眾人回了院子便各自散去，有幾個回了自己的房間，有幾個聚在一塊後進了同一間房，看來入園前，這些小姐們便有不少是相熟的。謹恪拉著慧馨的手欲往樂室走，謹飭攔住她們，示意她們進了她的房間。慧馨在心底默念：「我是謹言……我是謹言……我是謹言……」千萬不要說溜嘴，內院裡只有謹言沒有謝慧馨。

因著不可攜帶行李，每個人的房間配備都相同，唯一不同的就是各人身上穿的衣服，下午尚衣局的人過來重做衣服，大概之後連衣服都要一樣了。

四人在椅子上坐了，謹恪看著謹言一個勁地擠眼睛笑，本來就不是很大的眼睛瞇成了一道縫，慧馨一副有點迷糊，搞不清楚狀況的樣子。

謹飭微笑著對慧馨說：「妹妹剛才膽子好大，在呂婕妤面前還能答得這般好。」

慧馨眨眨眼睛，謙虛道：「姊姊說笑了，我剛才快要被嚇死，深怕被呂婕妤處罰不能吃飯呢！這一大早折騰下來，我早餓得前心貼後背了。以前在學堂就怕先生這樣一個個問，到最後若是不說實話，就得大家一塊被罰。我看呂婕妤很講道理，一開始只罰了謹介一人，沒有三個人一起罰，因此我想只要實話實說，呂婕妤便不會罰我們了。」

慧馨仔細思量，這靜園裡大部分人都來自京城，很多都互相認識，自然會形成自己的小團體，

【注釋】

①未時指的是下午一點至三點。

而自己從江寧來到京城後並沒參加過宴會，在這一個人都不認識，要想過得輕鬆些，最好是融入某個小團隊。

她在樂室裡選中謹飭她們三個，一是從她們的相處模式看出，三人不是姊妹就是感情很好的朋友，二來她們既不像那些人般八卦，也沒有調琴那幾個般的賣弄，三嘛是她們穿的衣服，顏色雖不豔麗但料子極佳，而且做工極精緻，同慧馨今日選的這套衣服風格類似，不出挑但品質絕對上乘，只不過慧馨衣服的樣式沒那般新潮。當然這是她專門選的帶點江南風格，要暗示別人她不是京城本地人，那京城的大家閨秀多半會覺得慧馨這個外地來的威脅性較小。

慧馨打定主意要混入這三個姊妹中，身為一個精神成年卻不得不扮演一個九歲孩童的人，慧馨給自己在丙院的定位——聰慧但帶點小迷糊，家教好的乖巧女孩。

謹飭看著對面的女孩子，笑起來左邊嘴角一個笑渦，看起來帶點自以為是的小狡黠，說話不忸怩，不經意間流露出直爽，做事乾脆又不獻媚，她很喜歡。

謹諾也表揚了慧馨幾句，慧馨一律傻笑接受，四人笑談幾句，去樂室拿了茶葉，提了壺熱水過來沖茶喝。四個女孩子似乎都不懂什麼茶藝，只當解渴。

女孩們說笑了一陣才進入主題，謹飭放下茶杯正色：「院規不允許大家談論自己的身分，但沒禁止談論別人。今早被逐出去的是驃騎將軍家的次女，她母親是驃騎將軍的繼室，據說是在邊疆成的親。早上還有五個沒來的，按照以往的規矩會有其他人來補上名額，估計過幾天就會來。」

謹諾又說：「丙院三年一次換人，每次都會有人沒來，沒來的多半都是出了事，聽說有些之前沒拿到名額的人早就盯上這些人了。」

謹飭接著說，「每年升階都要分三步，先由丙院所有人投票，票數前十的人可進入第二輪，第二輪仍然是投票，獲得丙院剩餘人半數以上支持的，方能進入第三輪，第三輪則是覲見王貴妃，經王貴妃欽點，才可進入乙院。」

謹恪聽得不是很懂，好奇地問：「姊姊，為什麼丙院的人不能談論自己的身世，甲院和乙院的人就能呢？」

謹飭抿了口茶，回答道：「開園初期先皇后親自訂下許多嚴格的規矩，這些規矩在那個時候的確為人們樹立了榜樣，但是後來變得過於嚴格，先皇后和當今許皇后便在這些規矩裡多加了補充。就拿個人的身世來說，不准大家談論是為了對入園的人更加公平，當時我朝剛建立，百廢待興，官宦人家與平民百姓家境差距沒那麼大，靜園裡的人都是自己打掃做飯。但漸漸日子好過了，靜園內的女子卻因園裡的粗活讓手變得粗糙，他們的家人發現後非常不滿，後來靜園就有了專職的宮女和嬤嬤專司日常粗活，靜園裡的女子只需學習如何做，輪流幾日當值便可以了。據說靜園授課有兩種方式，一是明課，請女先生到靜園來開堂講課；二是暗課，宮裡會安排人暗中進入靜園，說白了暗課算是一種考察，在當中犯錯的人，就會像今日那位一樣給逐出靜園。」

【第十五回】
特有勺幣

謹諾接著謹飭的話往下說：「家世背景原本就是靜園女子升階的憑力之一，園裡雖然規定不能談論自己的出身，但並不限制去打聽別人，聽說猜測別人的身世似乎也是暗課的一部分……」

謹恪聽得目瞪口呆，靜園這麼複雜啊……比對付老爹的小妾們還麻煩！慧馨也有點吃驚，雖然她對自己沒有太高要求，但三年內進入乙院還是必要的，如果第一輪只能有十人出線，就算這十人全過，那每年也只能有十人進乙院，三年就是三十人，六十四人中選三十人，得小心啊……

慧馨想了想開口問道：「聽說之後每個人都會在皇莊分到一塊田自己管理，出產的收入歸自己支配？」

「靜園裡只提供最基本的供給，個人多餘的需要都得自己花銀子買，偏偏進園又不允許帶金銀和首飾，於是先皇后便在皇莊劃出一片地皮，供靜園的人經營，每人都會分到一小塊，出產的東西則由靜園收購，園內有自製的錢幣，可以在靜園和皇莊使用。當年先皇后幫太祖經營產業，太祖軍隊的開銷很大，一部分就是來自於先皇后的支持，所以經營產業便也成了靜園的一項功課。」

「越到後面靜園裡需要用錢的地方就越多……」

「兩個月後，每個人每個月可以有兩天回家探親。」

四人在屋裡交換自己所知關於靜園的消息，自然慧馨知道的最少，謹飭她們卻並不在意，畢竟慧馨並非京城本地人。

突然傳來敲門聲，謹飭放下茶杯去開門，敲門的人是春芽，身後還跟了幾個小宮女，手上捧著被子。春芽對著四人行了禮，指揮其中一個宮女將被子放在床上，「因為天冷，每人原定有兩床被褥，這床是蠶絲被，從京城四喜舖專門採買的。」

院子裡六春正領著一群小宮女挨個房間送蠶絲被，因著上午謹願的最後一床被子放在石台上弄髒了，這會謹願和上午沒領到被褥的謹厚各發了兩床蠶絲被。不少人都站在門口看六春發被子，他們兩個得了兩床蠶絲被自然被不少人看在眼裡。

慧馨有點同情他們，京城四喜舖的蠶絲被有錢也沒準買得到，既輕薄又保暖，因做工複雜，只有四喜舖才有這等手工，一年總共也只能生產百來床。本來每人只得一床，可上午犯了錯的兩人卻因禍得福得了兩床，心裡不平的人只怕不少。

待六春離開，四人見離未時末還有一個多時辰，便各自回屋補個午覺。慧馨撫摸著新送來的蠶絲被，觸感順滑，輕若羽毛，手感比上輩子網路上買的還要好。忍不住把臉窩在裡面蹭來蹭去，蹭著蹭著就睡著了。

慧馨一頓好睡，神清氣爽地起床來，從院子裡的水缸裡瓢了涼水，又去樂室打了熱水，洗漱一番，沒有自來水就是不方便。整理完妝容，慧馨坐到了書桌前練字。

鐘聲終於響了，眾人自發在院子裡排好了隊，六春領著隊伍進了一間屋子，裡面除了桌子外還放著繡架，估計這裡就是眾人將來學習針線的地方了。

幾名尚衣局的嬤嬤和宮女早就等在裡面，見眾人到了，便開始合作分工，量尺寸的量尺寸，記錄的記錄，很快六十來個人都測量完畢。尚衣局的陸掌衣將三本記錄冊子收好後，對眾人下了個通知，「本次丙院每人將製冬衣兩套，春衣兩套，過幾天眾位女公子會學習針線女紅，其中會有裁衣，以後眾位便可自已做衣服，也可以找尚衣局用『勺幣』訂製。」「勺幣」就是靜園專門的流通代幣，因為是用檀木做成勺子狀，得名「勺幣」。

看來這「勺幣」可使用的範圍很廣，這也說明賺取「勺幣」很重要，將來升階的時候，「買票」可能也是條途徑……

尚衣局的人走後，眾人又可以自由活動了。慧馨想找幾本書來看，按理靜園應該有藏書閣才對。找了春芽詢問，被告知三天後藏書閣才開放，春萍則建議「可以在園子裡轉轉，多熟悉各處免得沒人帶領時迷了路，只要沒上鎖的地方都可以去的。」

慧馨四人商量了一下，因著才剛睡過，現在大家正精神飽滿，而今日的天氣也不錯，日頭足，在屋外也不會覺得凍，便決定趁這機會逛一逛園子。

【第十六回】
努力賺錢是王道

整個靜園住房分散在四周，再往裡走便是飯堂和學習的地方，正中間兩座建築，一間是覲見皇后的金鑾室，一間則是藏書閣，裡面的藏書堪比國子監，憑個人名牌便可借閱。

他們還遠遠地瞧了乙院和甲院。乙院每人可配兩個宮女，也可以有自己的獨立小院。而甲院待遇更升一級，每人配有兩個嬤嬤和四個宮女，還有一個單獨的大院。乙院入園比丙院晚一個月，甲院則比乙院又晚一個月。

比較讓慧馨哭笑不得的是他們發現了馬棚，裡面除了馬還有驢……看守馬棚的小宮女玉兒告訴他們，這些馬和驢都供出租，也就是說「勺幣」又多了個用途。馬棚的門沒鎖，玉兒帶著他們在裡頭遛了一圈，裡面有一匹黑背塞外馬最漂亮，當年南平侯在邊疆打仗繳獲了一批塞外馬，其中有一匹是阿拉伯良種黑背，後來成了南平侯的坐騎，取名「黑雲」，靜園的這匹黑背便是黑雲的後代。幾年前南平侯將牠敬獻給許皇后，許皇后又賜給了靜園，去年這匹馬由兵部尚書韓家三小姐包下，這位韓家三小姐也是甲院裡的佼佼者。

說起韓家就不得不提韓家大小姐，她去年才封了淑麗妃，在京城還流傳著一段她與皇帝的愛情故事。這個故事用慧馨的話形容——十分八點檔古裝肥皂劇，簡略敘述就是某天永安帝心血來潮，想體會京城普通百姓的生活，便與隨身太監在京城微服私訪，接著就如同許多故事般發生了英雄救美的情節，永安帝救下被惡霸調戲的小姐，很不幸的是惡霸乃當時淑妃的弟弟，因惡霸在大街上自稱是皇帝的小舅子，永安帝回宮後當即廢了淑妃，抄了淑妃娘家，據說淑妃娘家的人都沒能撐到流放地便病死了，那惡霸則直接死在獄中。

而韓大小姐當時已經進入女士院的甲院，在皇莊經營一大片農田，永安帝隱瞞了身分，偽裝成皇莊的侍衛，一來二去兩人就產生了感情，兩情相悅下，韓大小姐為了真愛不計他的侍衛身分，令永安帝大為感動，當下決定將韓大小姐納入後宮，直接封為淑麗妃。加了一個「麗」字一來可與原來的淑妃作區別，二來這位韓大小姐可是個十足的大美人。韓淑麗妃是現今四妃一后中年紀最輕的，十分得寵，去年剛產十二皇子，有傳言在十二皇子周歲時，永安帝要封淑麗妃為貴妃。京裡的人都知道，兵部尚書韓家風頭早就蓋過了真正的國舅南平侯。

玉兒提到韓三小姐可是滿嘴的崇拜，韓三小姐不但人漂亮，聰明賢慧，文采優異，女紅出色，還很會賺錢，當年韓三小姐在丙院時每個月便能賺到十幾吊勺幣了，一吊勺幣就有一千個勺幣。

韓三小姐以每月四十八吊勺幣包下這匹黑背馬，為其取名「颯露紫」，據說當年可是競爭很激烈的，不光為這匹馬本身品質好，靜園裡南平侯的仰慕者也不少。京裡有傳言皇后有意促成南平侯與韓三小姐的婚事，也有傳言皇帝有意讓太子納韓三小姐為側妃。

慧馨看了看馬，又看了看驢，有必要的話將來她還是弄匹驢便可。但為什麼這裡沒有騾子呢？據說騾子除了長相不太行以外，耐力、負重力都比馬和驢更好……

四人一直逛到了晚飯時辰，晚飯仍然是平淡乏味的四菜一湯。飯後林趙杜三位嬤嬤來通知眾人，明早會有坤甯宮的許嬤嬤來教授禮儀課，下午則是去皇莊劃分每個人的田地。

明天便可以有自己的地了，每個人都很興奮，估計大部分人都是第一次經營農田，而農田的生產收入對他們在靜園的未來生活有決定性的影響。慧馨之前在謝老爺那裡受過理論上的種田教育，謝老爺找了不少關於種田的雜書讓她閱讀，謝太太還專門帶她去郊區的農莊找能幹的農戶，從什麼季節適合種哪種作物，到需要的工具都做了最基本的講解。

綜合今日聽到的消息，靜園女子的首要任務之一——賺取更多的勺幣，而靜園的贊助便是皇莊的一塊田地。靜園會收購皇莊生產的東西，收購價格則由作物的品質來定，最近幾年靜園收購的作物基本都由乙院和甲院包攬，也就是說，丙院很久沒有好的作物了。究竟是種地的人種不好？還是土地貧瘠呢？

慧馨在上輩子肯定是種不來地的，這輩子必須努力一下，幸好勺幣可以在很多地方流通，如果找到可行的點子，便還有其他方法賺到勺幣。

慧馨早早便收拾好爬上床，先蓋上蠶絲被，再將棉被壓在上面。蠶絲被真柔軟啊……慧馨躺在被窩滿腦子思考賺錢計畫，不知不覺便進入了夢鄉，夢裡沒有金銀珠寶，只有一把把木頭雕成的勺子，似乎還有一匹黝黑的駿馬一會變成驢，一會又變成了馬……

【第十七回】認識自己的田

在鐘聲響起前，慧馨就醒了，趴在床上不想起身，沒有丫鬟時刻盯著她，感覺就像回到了前世週末，打算睡懶覺，但卻抵不住生理時鐘自然清醒。

鐘聲只響了四下，慧馨利索地起床洗漱，整理房間內務。她出門先去看謹恪，果然見謹恪正彆扭地挽髮髻。今天是這些小姐們第一天自己起床洗漱整理，即使在入靜園之前學習過，但實際操作起來總有些不順手。

慧馨幫她也挽了個雙丫髻，兩人出門時正好看到謹飭和謹諾也推門出來。六春已經等在院子裡了，昨天已通知大家要在鐘響一刻鐘後集合去吃飯，一刻鐘大概快要到了，六春開始進入那些還沒出來的小姐屋裡，估計是去幫忙了。

總的來說，這個上午過得還算是輕鬆。坤甯宮許嬤嬤教的內容，之前家裡請的教養嬤嬤大都教過了，就是練習起來比較累。許嬤嬤出人意料是個很和藹的人，教動作姿勢都是身體力行，也沒有提出過於苛刻的要求，臨走前只囑咐大家把當日學的內容練熟，下次上課將教授宮規禮儀。

吃過午飯休息後，每人領了一頂帷帽戴在頭上，由林趙杜三位嬤嬤領頭，六春帶隊前往皇莊，靜園北門出去的路便是直通皇莊。慧馨終於知道為什麼靜園會提供馬和驢供租用了，從靜園到皇莊這段路雖然不到三里，但作為古代大家閨秀，靠自己的兩條腿走完這段路還真是需要毅力……

皇莊非常大，三個嬤嬤帶著大家往裡面走，經過一片片翻整整齊的田地，一直走到雁河邊，雁河從皇莊中穿過，丙院的土地就是劃分在雁河兩側的河邊沙地。

慧馨抓了一把土看了看，她雖沒種過地，但也看得出來這河邊的沙土只怕很難長東西，難怪前幾年丙院的人都沒什麼收成。

每人都分得了一畝地，可以看出來大多數人都很失望，走了這麼長的路累個半天，才分到這種沙地，而且在有能力租驢子之前，來往靜園和皇莊都得靠自己的雙腿了。

林嬤嬤拿出了一個竹簍，裡面放滿了竹籤，招呼眾人按順序從裡面隨意抽取兩根，說道：「除了這一畝地，女公子們每人還可以分得兩名莊客，這兩名莊客的月銀由皇莊支出，這些莊客是從皇莊裡選出來的，你們手上抽到的竹籤上便是他們的名字，稍後他們會來拜見各位，倘若想雇用更多人，則需要女公子們自己出月銀。

從今日開始這些田地就暫時由各位管理了，要如何使用，種些什麼，用什麼工具，都由各位決定，購買種子、工具、各項物品所需要的銀兩，可以從靜園支取，但在離開丙院前，必須把這些銀兩還上。」

慧馨皺著眉頭看了眼手上的籤，一個上面寫著薛玉蘭，一個寫著杜三娘。眼前這片土地由一行行的石塊分割成方塊格子般，從上一批丙院的人離開後就沒有人打理，零零星星長著枯黃的雜草，顯見這片土壤的生長力是真的不行。

慧馨估量這些格子地離雁河河床不過兩三米，心裡有個模糊的想法，便找趙嬤嬤詢問：「嬤嬤，這田離雁河這般近，中間隔的兩三米只怕也沒法做些別的了，不知道這從田邊到河中間的這塊地，是不是可以讓我們使用？」

趙嬤嬤有點詫異慧馨會問這個，不過轉念一想就明白了，這些小姐們畢竟沒種過地，不知道離河太近的地方根本沒法種東西，多半是想著多占點地方就能多種點了，她見慧馨不過八九歲的樣子，便有心提醒道：「回女公子，從田的兩邊延伸出去一直到河都歸各位女公子管理，因那邊離河太近，種的東西不容易存活，所以皇莊這邊才把石頭放到離河兩三米處，免得浪費女公子的種子。」

「那就是說使用範圍可以到那邊了？」

趙嬤嬤見慧馨似乎沒聽懂，但她又不好干涉過多，只無奈道：「是的，田邊一直到河，女公子都可以使用。」

慧馨暗忖若想按她的想法做，還得去查查資料，也不知這朝代是否有這方面的書，現在她的腦子裡只有模糊的印象，還是當年看電視的農教節目，曾看到有些地方這麼做，至於具體細節還得仔細研究，幸好現在天還冷，仍有時間計畫。

有兩個宮女領著一群女子從莊客們居住的村子方向走來，女孩們輪流拿著竹籤點名，被點到名的女子便出來與他們見禮，這些女子似乎都在二、三十歲上下，看髮式應該都是已成親的婦人，身上穿的衣服雖舊卻很整潔，手指雖然粗大卻乾淨，答起話來頗利索，應是見過點世面的。

待輪到慧馨時，只來了個薛玉蘭，少了杜三娘，薛玉蘭道：「三娘這幾日身子不適出不得門，奴這裡代她給女公子請罪。」

慧馨見薛玉蘭回話時目光閃爍，始終不敢看自己，便心知另有隱情，但面上卻無表露，只道：「既然出不得門便在家裡好生養著，左右也不是這幾天就要開工，此事我還要回去好好籌畫一下，你們不必著急。」

嬷嬷們想讓女孩子們同莊客單獨相處，便先將眾人解散，讓她們自己在田裡轉轉。

【第十八回】好好運用幫手

薛玉蘭跟在慧馨的身後往田那邊去，慧馨側眼打量薛玉蘭，只見她抿著嘴皺著眉。身為臨時主子，慧馨有意問了杜三娘的情況，薛玉蘭似乎不太想說，慧馨便停下步子盯著她。

薛玉蘭心裡歎口晦氣，心知這事只怕瞞不住，早晚這位主子都得知道，不如自己說了還能賣個好，便咧了嘴向慧馨說起杜三娘。

原來這杜三娘曾是許皇后未嫁前的丫鬟，跟著許皇后入了當時的四皇子府，後來嫁給皇子府的一位家將。這位家將隨四皇子遠征西北的時候失去音信，生死不知，有人說他中埋伏死了，有人說他投降了敵國，杜三娘承受不住打擊一夜病倒，病好後精神就變得恍惚，像瘋魔了般開始說胡話，除了許皇后誰也認不得。當時有人說四皇子的家將叛變投敵要求太祖嚴懲，四皇子辯說：「將士在邊疆拚命，只憑幾句流言蜚語便將功臣判為奸臣，豈不是寒了眾多邊疆將士的心？」最後是太祖將事情壓了下來。皇后可憐杜三娘，眼見沒幾個親戚可照顧她，便將她安排在皇莊。

莊子裡給了杜三娘一個院子，只杜三娘整日瘋瘋癲癲的無法勞作，便沒有什麼收入，更請不起人照顧她，幸好她自己還懂得吃飯睡覺。許皇后見她無法從事生產，便做主將她加到靜園內院的雇傭名單裡，這樣她可以每月從莊子領到六百錢，杜三娘這才有錢從莊裡換些吃的。

慧馨聽明白了，她抽到的兩個莊客，其中一個是精神有問題完全無法工作的人，且因是皇后安排的她還不能退貨，攤上的人也只能自認倒楣。慧馨忍不住在心裡歎口氣，好在這六百錢不用自己出。

薛玉蘭偷瞧著慧馨的臉色，見她臉上並沒有不悅之色，也沒有再追問杜三娘的事情，便覺得這位是個心軟好欺負的。她原本覺得自己倒楣，與杜三娘抽到了同個主子，杜三娘幹不了活，她勢必就得多做些，這六百文錢只怕不好掙了。這會見慧馨並不計較抽到不能幹活的杜三娘，暗地裡便有了其他想法。這片河邊沙地幾年來都沒什麼生產，自己少幹點活這位小主子估計也看不出來，到時候地裡東西長不好，就算全賴在土質上，別人也沒法子說什麼。這地會劃給丙院的主子們，本來就是因地種不出好東西。薛玉蘭越想越覺得就該這麼著，少不得到時候發了種子，挪點到自家的地裡種，免得全浪費了又白費力氣。

慧馨看到薛玉蘭眼裡閃著精光，知道這個薛玉蘭只怕也不是老實的，人懶事小，但若不聽話給她添亂才是真麻煩，必須敲打敲打。

慧馨指著自己的地給薛玉蘭看，然後指揮她把靠河邊的石塊搬起來，重新沿著兩邊的石塊排下去，一直排到河。剛才趙嬤嬤雖說她可以使用這河邊地，但這事最好在大家面前定下來，免得將來有人拿這來挑事。

薛玉蘭抱著石頭挪了兩塊就與慧馨說：「小主子，這離河太近的地方，散了種子也是長不出東西的，這石頭搬了也是白搬，而且這些年來這石頭都是這麼堆的。」

慧馨心知薛玉蘭犯懶，可這事卻由不得她，「我方才已經問過嬤嬤，那邊也是歸我們管，既然這樣自然是要把石頭重新排好，免得過了界亂了規矩。我這邊今日雖只有妳一人，但該做的事也還是要做，即便慢點也沒關係。雖然我也想幫嫂子搬，可是規矩不允許，但是妳的辛苦我都看在眼裡，就算搬到天黑我也會在這陪著妳。」

薛玉蘭心下一驚，這位小主子說話溫柔，可說出來的字字句句卻讓人直冒冷汗，知道這位不是表面看起來那麼好糊弄的主子，一時間哪還有偷奸耍滑的心思，只得老老實實地去搬石頭。

謹恪和慧馨兩人因站隊相鄰，分到的地也是緊挨著。慧馨便過去告訴謹恪讓人把她地邊的石頭重新排好，然後拉著謹恪到河邊監督三個莊客。慧馨不想做出頭鳥，若真要按她設想的處理這片地，少不得要拉上謹恪一起。

旁邊有人見他們挪動石頭，差了莊客過來問，慧馨直接說，這邊的地也歸他們用，所以才要挪動石頭重新排。那些人聽了便想，多占地方自然能多種點，便也紛紛挪動石塊，這番下來整個丙院的地就都擴充到了河。

慧馨思量說不定用部分的石頭就可以延伸入河，便指揮薛玉蘭從靠兩邊的石塊挪起，中間剩餘的便暫時先留在那，等她想好怎麼辦再說。

謹恪也覺得分到的田地太差，不知道該種什麼，回去得問問兩個姊姊，又覺得慧馨雖與自己差不多年紀，卻懂得多，便問慧馨該種些什麼好，慧馨只回她還沒想好，得回去查查書，還囑咐謹恪先不忙著種東西，畢竟從靜園支取的銀兩都得還回去。

沒一會石頭便搬得差不多了，慧馨有心再敲打敲打薛玉蘭，順便也給謹恪提個醒，便故意用薛玉蘭能聽到的聲音說道：「園子裡分了這一畝地給我們，又每人配了兩個莊客，一是為了我們經營田莊，同時還為了看我們管理下人的能力。這東西種不好可以說是地品質不好，這要是莊客不聽話可就要怪在我們頭上了，妳以後可得注意管好他們，雖然他們的月錢不是我們出，可使喚他們是皇后定下的規矩。妳莫要心軟讓他們踩在我們頭上，亂了靜園的規矩倒楣的可是我們。」

慧馨見薛玉蘭的背影一震，自知她聽到了她說的話，只要薛玉蘭不笨就會老實一點。謹恪受教地點點頭，原本覺得這些莊客穿戴的沒自家丫鬟婆子體面，有些可憐他們，不好意思支使他們幹活，這下子弄清靜園的用意，便知必須挺直腰桿使喚這些莊客。

慧馨知道謹恪這樣的大家閨秀都有份虛榮心，這些莊客的月錢並非他們支付，使喚起來多少底氣不足，便又對謹恪說道：「這些莊客的月錢不過才六百文，等我們把這畝田經營好，長了好東西從靜園那換取勻幣，便可拿勻幣打賞他們，嬤嬤不是說勻幣可以在皇莊流通嗎，聽說靜園每月都會將散在外面的勻幣按一比一兌換回去，那對這些莊客來說，打賞勻幣也是一樣的。」

謹恪聽了在心裡一琢磨便同意了，於是開始盼望自己的地能有個好收成，除了問姊姊們，等兩個月後回家，還得找母親給自己謀劃一下。

石塊排完後，慧馨便問薛玉蘭以後該如何找他們，薛玉蘭這次很恭敬地道：「小主子可以讓莊裡的官校[1]傳話給奴，每天卯時一刻都有官校往靜園裡送東西。」

慧馨臨走只留話說，這幾日她要好好計畫計畫，暫時不需要薛玉蘭和杜三娘做事情，他們可以自行安排時間。

【注釋】

①是指位階較低的文武官吏。

【第十九回】結交同盟夥伴

眾人回靜園用過晚飯，有人在樂室裡彈琴，慧馨四人覺得太吵，便拿了茶具和點心去了謹飭的屋子。謹飭的房間離樂室最近，方便他們來回提熱水。每到冬天，慧馨就特別懷念上輩子用的熱水瓶，古代沒什麼好的保溫器具，冬天熱水涼的最快，要喝熱茶就得去樂室取水，樂室裡火盆一直燃著，上面燒著水壺，在這般寒冷的夜晚裡，大家晚上都喜歡待在樂室。

謹飭手裡抱著熱呼呼的茶杯，哀歎靜園裡連個手爐都不提供，擺明了要各位小姐們憶苦思甜，為了過舒心日子努力上進啊。

想到今日分到的地，心裡又得歎口氣，謹飭問其他三人有什麼想法，謹諾道：「原本家裡就聽說這幾年內院的地是越來越差，沒想到竟是河邊的沙地，這只怕是皇莊裡最差的地了，母親之前帶我去看的幾個莊子，都沒這般差。」

慧馨也點點頭道：「看今日地裡連雜草都冒得稀少，只怕糧食作物更難生長了。」

謹飭也皺了眉道：「入靜園之前，我也跟著母親逛了幾個莊子，其中有一處是山裡的沙地，他們種的是果樹，不知這河邊的沙地是不是也能種些果子類的樹？」

慧馨想了想似乎上輩子真聽過可以在河邊種梨樹，便道：「我好似曾聽說過河邊有種梨樹的，只是這些果樹往往都要好多年才能結果，種下去不知何時才有收成？」

「那倒也是，一般果樹怎麼也得個兩三年才能結果，我們哪有這麼多時間去等。」謹飭低下頭說道，只心裡卻又有另一番計較，新種的果樹自然要許多時間生長，不過移植已經長成的果樹就另說了，只是若真想移植已經可以結果的果樹，就得靠府裡才能辦成，這事只怕得拖到兩個月後回家與母親商議才能定奪了。

想到此處謹飭便決定：「我們三個暫時先不忙決定種什麼，兩個月後就可以回家，還是回去找人問問才妥當。」

謹諾聽了點點頭同意，慧馨也很贊同，目前這種情況，亂下手不如不下手，便也道：「後日藏書閣就開了，我也要先查些書，總之是不忙著動手。」

謹恪卻有些不太高興，她還一直想著賺錢好打賞兩個莊客，不然豈不是要被人看扁了。兩個姊姊要等兩個月以後再決定，她卻不想等了，只是她又不懂這些農務，來靜園之前她娘跟她講的那些也是有聽沒有懂，便挨了慧馨耍賴般道：「我們兩個的地挨著，妳怎麼種我就怎麼種了，妳可不許丟下我。」

慧馨心裡好笑，謹恪這般想倒省了自己算計把她拉上同一艘賊船了……但嘴上卻得說：「妳倒是不怕我拖累妳，只是我現在也不知道該怎麼弄呢。」

「那我不管，我就跟著妳了，妳說怎麼弄我就怎麼弄，妳懂得總比我多了。」說完謹恪便抓住慧馨的袖子搖來搖去，一副妳不答應我就不鬆手的樣子。

謹飭見謹恪這樣只能歎口氣，這個小妹妹因年紀最小，在家受大人們寵著，謹飭和謹諾一直等到今年才入靜園，就是為了照顧她。謹恪從小便淘氣，好在家裡對她也沒什麼太大期望，能平安快樂就行了。她願意跟著慧馨玩鬧也好，她們兩個做姊姊的壓力也能小點，再說慧馨年紀雖小卻很懂事，在一起也能讓人放心。

謹飭想到這便對慧馨道：「妳能帶上她也好，妳們兩個地離得近，弄一樣的也方便照顧。再說有我和謹諾，妳們兩個隨意種點就好，丙院是靠不了這地賺錢了，只能進乙院再說。乙院的地好多了，而且每人可以分到十畝。」

慧馨聽謹飭這話說得彷彿進乙院已十拿九穩一般，看來自己沒選錯同盟，便欣然同意帶著謹恪，笑著與謹恪說：「那妳後日要跟我一起去藏書閣查書，不能把所有事情都推給我，地裡的事咱們要一起商量著，成本咱們平攤，日後賺了賠了也要一起平攤哦！」

謹恪聽慧馨願意帶上自己，自是高興地一直點頭。謹飭覺得慧馨真是會做人，當著謹飭與謹諾的面便言明了兩人決定一起做，資金平攤，避免將來有說不清的誤會。

❈

這邊靜園裡眾位小姐們愁眉苦臉地想著下午分到的地，那頭坤甯宮裡，趙林杜三位嬤嬤也在向皇后回話。

「倒是沒有什麼特別的，眾位小姐都很吃驚，只怕都沒想到會是河邊的沙地，但有位想到把地延伸到河裡，大概是懷著多占點位置便能多種點的想法。」

「也難為這些孩子了，皇莊河邊的地向來都不種東西，前幾年皇上吩咐把丙院的地挪到那，也不過是想看看這些孩子遇到困難能不能熬下去，並沒有過於為難他們，只是起了貪念卻不好，這次種子的價錢就按往年加兩成來算。」許皇后平民出身，最看不得那些浪費錢財的做法。

「三娘如何了？」許皇后問道，這個昔日跟在她身邊的丫鬟，終究是她虧待了她。

「三娘仍像往日一般，白天只待在自己的院門口，今日見小主子也沒有去。」趙嬤嬤回道，這杜三娘幸虧有皇后照顧，普通人像她這般哪能活得下來，「抽到三娘的是謝家七小姐，也是這位七小姐最先想到把地延伸到河裡的。」

「哦？她有沒有說什麼？」皇后口氣不是很好地問。

「謝家小姐問了連生家的為什麼三娘沒到，連生家的如實回稟了，之後謝小姐就沒再提起了。」

「她沒有抱怨什麼嗎？」皇后似是不相信地問。

「沒有，謝小姐也沒問老奴，只聽了連生家說的就沒再問了，想來謝小姐也是個明白事理的，聽說三娘是皇后娘娘的人，自然就知道該怎麼做了。」

皇后聽了這話便沒再問杜三娘的事情，只吩咐三位嬤嬤：「靜園的事情按照往年的慣例安排就好，不要太放縱了，你們也不要過於拿大，莫要忘了她們總是要離開靜園的。」

【第二十回】
孤苦無依杜三娘

入靜園的第三日上午，尚衣局的人就送來了新衣裳，兩套冬裝與兩套春裝。靜園又給丙院的每人發了一個竹簍，倘若有要換洗的髒衣服可以放在竹簍裡，每天晚上六春會來收取。

眾人回去換了新冬裝，原本穿來的衣服便放入竹簍裡。慧馨與謹恪約好，下午午睡後一起去皇莊那邊。今日下午丙院又是自由活動，慧馨明白這是讓他們利用時間管理皇莊的地。

慧馨和謹恪戴著帷帽往皇莊走，路上遇到幾個與她們一樣去皇莊的人。雖然還是很累，但慧馨很喜歡這樣走路，自從穿越到這個朝代幾乎沒有機會自由地走這麼多路。昨天來皇莊是嬤嬤和宮女帶路，大家都謹守規矩，路上景色完全沒敢看。

謹恪的腦袋藏在帷帽裡一會看這邊，一會瞧那邊，從這條路上可以看到雁河，皇莊南邊的小碼頭停著三艘貨船，每天來回運送新鮮的蔬菜禽肉往京城。

雖然現在還沒具體的計畫，但為了以後行事方便，得多了解分給她們的莊客。今日慧馨的主要任務便是與謹恪來看看她們的莊客，尤其是昨天沒出現的那位杜三娘。

她們直接進了村子，與在村子裡巡視的官校打了招呼。見到幾個小孩在一棵大槐樹下玩遊戲，便找了個小女孩打聽幾個莊客的住處，那位小女孩很可愛地回答了她們，然後伸出了右手。謹恪這次反應比慧馨快，不過也更加堅定了她想要賺錢的決心。

她們先去找謹恪的莊客，娟娘和花姑。娟娘的夫家姓金，有一個兒子叫狗兒，他們家在皇莊租了四畝地。花姑的夫君是四牛，他們結婚三年，與公婆、小姑同住。

村裡人管薛玉蘭叫連生家的，家中有婆婆，兩個兒子，大兒子已經十二歲，跟著老爹連生一起下地。慧馨和謹恪找到她家的時候，她正在烙餅給小兒子。

薛玉蘭沒想到慧馨會突然來她家裡，慌手慌腳地倒水給她們，慧馨看著桌上缺了口的杯子沒有動。慧馨簡單問了幾句她家裡的情況，裡間屋裡薛玉蘭的婆婆聽到動靜，跑過來同她套近乎，一個勁誇他們家玉蘭多麼能幹，兩個孫子多麼有出息，希望貴人們多提攜。慧馨她們要走時，老婆婆非要薛玉蘭包了兩張剛烙的餅給她們，慧馨想了想就客氣地收下了。

看過了這三家，慧馨比較滿意的還是薛玉蘭，雖有點市儈卻更靈活，另外兩家可沒給她們倒水，更沒拿吃的給她們。謹恪沒吃過這種烙餅，鬧著非要嘗嘗，慧馨只好撕了一小塊給她。

慧馨兩個還沒進杜三娘的家，倒先被坐在門檻上的婦人嚇了一跳。只見一位蓬頭垢面，穿著補丁衣服的女子坐在大門的門檻上，女子臉上和手上都沾滿了類似鍋灰的東西，髒兮兮的臉上閃爍著一對眼睛，襯得眼白特別明顯，婦人身上的衣服也髒得已經看不出原本的樣子。而最駭人的是她黑乎乎的手裡，拿著一本《童蒙養正詩選》，嘴裡似乎也念念有詞。

慧馨兩個呆愣在當地，不知該進還是該退。

女子突然抬頭看到慧馨兩人，似乎很高興，大聲叫了起來：「兩位小姐，奴這裡有個字不識得，可否請小姐們幫奴看看？」說完，女子害羞地低下了頭。

慧馨手臂上起了一層雞皮疙瘩，硬著頭皮走過去看女子手裡的書。女子指著書上的某個地方，嘴上也說個不停：「奴今日得把這首詩背下來，過幾日夫君回來再教他，夫君說皇上讓他讀書認字，免得將來連戰報都讀不懂，夫君說要好好讀書不能給皇上丟臉，夫君還說……」

慧馨心知這位應該就是杜三娘了，沒想到竟病得這般厲害。慧馨看到杜三娘指的字說道：「這個字念『煢』[1]，煢煢白兔，東走西顧。衣不如新，人不如故。」杜三娘正在讀的正是這首竇玄妻寫的《古怨歌》。

杜三娘念著這首歌，一遍又一遍，突然又抬頭問慧馨：「這歌真好聽，可是什麼意思呢？」

「呃……是說兔子跑得太快不好抓，你往東邊抓牠就跑去了西邊，衣服記得要洗得像新的一樣，人嘛要照顧好自己才能不老……」慧馨在思考了三秒鐘後編出這個答案，她可是還記得謹恪就站在一旁呢！

當年學堂裡的先生講到《古怨歌》的來處時，是這樣說的：「竇玄狀貌絕異，天子使出其婦，妻以公主。妻悲怨，作《怨歌》寄玄，時人憐之。」謹恪的老爹是個風流大帥哥，老娘也是公主，大帥哥結婚前有幾個通房丫頭也不是什麼新鮮事，所以慧馨不想在謹恪面前談什麼古怨歌。

慧馨不想杜三娘再問古怨歌的事題，便將手裡提的紙包給杜三娘看，「連生家的剛做了烙餅，我拿了兩個來給妳嘗嘗。」說完也不管杜三娘的反應，便拉著謹恪進了院子。

院子裡有張桌子，慧馨把紙包放在桌上，「妳要不要現在吃，還熱著，一會估計就涼了。」

慧馨到廚房裡看看能否找到熱水給她洗洗手，但裡面連一根木柴都沒有，只有一口鍋底不知被刮了多少遍的大黑鍋。慧馨仔細想想便釋然了，怎麼能讓一個精神不穩的人點火呢？

杜三娘見慧馨不理她，便拿著書纏著謹恪。慧馨趁機進屋子裡看了看，這個家可真的是「家徒四壁」，除了床和床上髒兮兮的被子，就沒啥東西了。

謹恪是個善良的孩子，並沒有嫌棄杜三娘，反倒生出更多的好奇，杜三娘口裡的瘋話倒也讓人覺得有趣。

這家裡實在沒有什麼可用的東西，慧馨只耐心地與謹恪在院子裡同杜三娘講她手裡的書。因天氣依舊很冷，沒待一會他們便告辭回靜園了。

等他們的身影不見，杜三娘便解開了慧馨帶來的紙包，她看著已經冷掉，又缺了一個小角的烙餅發起了呆。

【注釋】

①煢，音同「瓊」，形容孤單無依靠。

【第二十一回】深夜神秘客

晚上排隊去飯堂時，慧馨發現院子裡多了五個人，六春介紹這五個人是補入園第一天未到人的缺的。

原本飯堂用飯時刻一直都是鴉雀無聲，可今天卻有點熱鬧，新來的五個人中有兩個看起來很相熟，坐在一個飯桌上，時不時地竊竊私語。

「這靜園外面傳得神呼呼的，進來看看也不怎麼樣麼，這冬裳做得一點都不好看，也不知是誰選的樣式，白白浪費了尚衣局的手藝。」

「就是，前兒我娘專門找人往尚衣局遞的條子，就怕今天趕不及誤了進園，我這幾日天天盼著能穿上尚衣局的衣裳，沒想到今天拿到手讓我太失望了，這樣式都不知道是幾年前的，京裡哪還有人穿這個，真真是浪費了錢財，還浪費了我的心情。」

「瞧，她怎麼也在這？」女孩甲在桌子下面踢了女孩乙一腳，努努嘴示意她看向另一桌的一個女孩。

「她啊……妳不知道？他們家老大……」大概自知說的不是好話，兩個女孩終於降低了音量。

慧馨忍不住抽抽嘴角，整個飯堂只有那兩個女孩在嘀嘀咕咕，難道真以為在這種環境下別人還聽不到他們說的話嗎？看來有人要被教訓了，即使靜園不出手也會有人出手的，能坐在這吃飯的這些人可不是吃素長大的。

吃完飯後，六春又帶話過來，明日上午還是坤甯宮的許嬤嬤來教授禮儀，下午自由活動。

慧馨四人照例飯後在屋裡閒聊，說起下午見到了杜三娘，謹飭囑咐他們道：「這個杜三娘我以前聽人說起過，當年她家老爺明明是救主有功，因找不到屍首被幾個御史詆毀，又是在皇儲未定的當口，即便皇后有心幫她卻也無力為之。這些年皇后一直暗中照顧她，讓她住在皇莊，起碼可以遠離朝堂上的紛爭，也不用管京城裡的流言蜚語。她從小就在皇后身邊服侍，皇后待她情意自是不同，既然現在算在了妳的名下，妳平時便多照顧她吧，倘若忙不過來，儘管使喚謹恪的兩個莊客好了。」

慧馨點頭應了，今天看杜三娘那模樣應該是沒法子幹活，少不得還要吩咐薛玉蘭多照顧她一些，這麼冷的天也不能生火，不知她如何喝水？只能喝冷水嗎？慧馨有心幫杜三娘改善生活狀況，可她現在能力有限，只能慢慢來了。

大概是今天的運動量比往日多，慧馨和謹恪很快就覺得睏了，四人便各自回屋。

江寧是江南水鄉，氣候溫潤潮濕，慧馨自從來了京城便有些不適應，因著空氣過於乾燥，睡覺老是口渴喉嚨痛，免不了半夜要起來喝水。在謝府時有丫鬟半夜伺候她喝水，來了靜園便只能靠自己。前兩日她都是睡前備一杯白水放在床頭，今天同樣半夜醒來喝水。

喝了一杯水喉嚨還是很乾，或許是下午在皇莊那沒喝足。慧馨猶豫了片刻還是穿上衣服，提了茶壺輕輕地推門而出。幸好樂室不遠，從窗戶能看到樂室裡隱隱透出點亮光，估計裡面的火盆還沒有完全熄滅，水壺應該還有熱水。慧馨走到樂室門口正要推門而入，裡面卻傳出了說話聲。

「有沒有查到是哪兩個？」一個聲音說。

「沒，我們都沒見過人，憑樣子是查不出了，那邊管得甚嚴連閨名都沒打聽出來，進來的是哪位小姐無法確定，只知道送了兩位進來，出去的人查了十來位符合條件的。」另一個聲音說。

「名字倒罷了，沒什麼用處，內院裡又不許叫真名，這個靜園也真奇怪，盡搞些莫名其妙的規矩。那十來位符合條件的打聽清楚沒？」第一個人又說道，聽聲音裡面只有這兩人了。

「還不知道，消息得過幾天才能送到京，到時會放在皇莊那裡，那邊都安排好了。」

「這次去潁川的人差辦得可不好，連人都打聽不出來。」

「哎，他們也是有難處，您也知道潁川那兒的家族都是些延續了千百年的老古董，規矩比這京城還嚴，都跟鐵桶似地，那邊女子從來不上街，內院她們又進不去，連下人都是祖輩起便是家生子，寧死都不會出賣主子的那種，即便這十來位的消息也是費了不少工夫才弄到的。」

「聽說那邊最近身子又不好了？」聲音聽起來有點幸災樂禍。

「可不是嘛，一直斷斷續續地好不了，據說這次挺嚴重的，本來就夠瘦的了，現在大概就剩一張皮包骨，都這個樣了還扒著位子不放，只怕是有命搶沒命坐。」

「少說這些有的沒的，我們辦事要緊，那邊這次要給燕郡王選妃，燕郡王可是太子長子，他們這是看老子不行了要換兒子，我們可不能讓他們如了意。」

「你放心我省得[1]，這次我爹特別和我說，有那兩兄弟互鬥這還好，絕不能讓燕郡王成了勢，這人以前遠在天邊我們動不了，現在進了同一個院子近在眼前，自然不能讓他們出了內院。就算要不了他們的命，也得拖著他們在這待滿三年被趕出去……」

雖聽不懂這二人到底在說什麼，但聽到了其中幾個字眼，要是被發現可要掉腦袋的。慧馨躡手躡腳地往回退，這番對話聽不得，今晚這水不喝也罷。

【注釋】

①明白、懂得的意思。

【第二十二回】

籌備養殖計畫

慧馨已經偷偷回了屋，樂室裡的人自然不知她們的對話有部分被人聽到，談話仍然繼續著。

「您是走候補名額進來的，這幾天要當心點，宮裡頭那位一向對補名額進來的沒有好感。」

另一人哼了一聲，似乎沒有把她的勸說放在心上，「宮裡頭那位一向精明，那些沒能來報到的出了什麼事她自然很清楚，不過她也明白這些人連到靜園報到的能力都沒有，便沒資格入靜園。再說往年慣例一向如此，回回都有人出事，又回回有人補上來，入靜園憑的本是家族實力，那老太婆再看不慣，也不能破壞這規矩，最多不過抓幾個冒頭的立立威。」

「聽說這次楊家的丫頭最慘，不但摔斷腿還毀了容，宮裡頭震怒說這次要嚴懲。」

「這手下得夠狠，楊家得罪了誰？」

「聽說和常甯伯家脫不了干係，前陣子吏部有個郎中致仕，常甯伯家小兒子想補這個缺，人脈都疏通好了，哪知道橫空殺出來個楊家，聽說還是皇上直接指的，常甯伯擰不過皇上，便把楊家給恨上了。這下楊家出了事，常甯伯家竟還補了個小姐進來。要說起來這常甯伯家膽子也夠大的，敢拆皇上的台。」

「常甯伯家仗著祖輩的軍功，我行我素也不是一天兩天的事了，皇帝這幾年藉文官勢力打壓這幫武夫，這些武夫早都坐不住了，他們大部分都是上過戰場打過仗的，下起手來自然狠辣，不過這胳膊總歸是擰不過大腿[1]，這些年國家太平了，皇上總要把兵權收回去。知道常甯伯家送來的是哪位小姐嗎？」

「本來是不知道的，不過今天在飯堂可一眼就認出來了，常甯伯家四小姐驕橫跋扈，經常縱馬擾市，京城裡連販夫走卒都認得這位四小姐。」

「如此正好，宮裡頭要在補上來的人裡立威，我們就把這位四小姐推出去，給老太婆個機會消消氣，這次補上來五個人，去掉一兩個也該夠了，她總不能一竿子打翻一船的人。最好能把太子那邊的人也拉進來幾個，常甯伯是漢王死忠派的，如果能讓他以為是太子的人給她孫女下的絆子[2]，外頭便有好戲看了。太子和漢王的人鬥得越凶，我們主子越有機會出頭。」

「這主意好，正巧我昨兒聽人說了，翰林院李學士的女兒可以好好利用一下，這事宜早不宜遲，我明兒便安排下去，如果事成，咱們以後便可安心給主子辦差，省得還要防著老太婆那邊的人找麻煩。」

【注釋】

①指實力較弱的敵不過實力較強的。

②給人設障礙，阻礙他人前進，這裡是指陷害他人。

❃

慧馨一早起來嗓子很不舒服，時不時地要咳兩下，吃完早飯後便去藥房配了些止咳潤肺的草藥來泡茶，還好靜園的藥房裡藥材齊全而且全都免費。她一心記掛著皇莊那邊的計畫，午睡後早早便拉著謹恪去藏書閣。

今日藏書閣第一天開放，有事沒事來湊熱鬧的人不少，門口負責登記的三個宮女忙得不亦樂乎。慧馨與匆匆地拉著謹恪一排排的書架看過去。一樓大部分是些常見的詩書典籍，二樓則是些珍藏孤本，書放得有點雜亂無章，慧馨找書找得頭疼，不過結果並沒讓她失望，在二樓找到了黃省曾的《養魚經》和徐光啟的《農政全書》。

慧馨上輩子看過一個農教節目，是關於魚塘立體養殖——魚、鴨和浮萍混養。既然河邊沙地種不出東西，乾脆改成魚塘，靜園並沒有規定分出來的地必須種糧食。下樓拿了名牌給宮女登記，慧馨準備把書借回去仔細研究。

慧馨回屋後將改地成魚塘的想法同謹恪說了，謹恪聽得雲裡霧裡的完全不明白。慧馨這才想起這個朝代北方人的確不怎麼養魚，魚塘大部分都分佈在長江以南，而且大趙朝建國時間短，農業商業各方面都還沒有發展起來，京城也沒聽說哪裡有魚塘的，倘若他們能成功，肯定能賣到好價錢。

謹恪聽了慧馨的解說，覺得這主意不錯，她素來喜歡吃魚，但京中魚貴也不是天天能有，連她也只能偶爾吃到，若他們養出魚來，便能天天嘗到啦！

兩人一人一本書抱著啃，邊啃還邊抄，畢竟這些書都是珍藏本，以後不見得還這般容易借，不如抄下來，便可隨手翻看。

書不厚很快就抄完了，慧馨拿出紙，把書上寫的結合自己前世電視上看到的做法，列出挖魚塘的要點和問題，先大概整理出一份計畫書。

關於魚飼料，當時電視上介紹的是利用豆腐渣和豬糞，最好的則是牛糞。豆腐渣可向皇莊裡的豆腐店家購買，估計也用不了多少錢，應該不成問題。但這年頭牛太少，牛糞是不用想了，豬糞反倒更容易得。慧馨與謹恪商量，既然需要豬糞作魚飼料，不如乾脆養幾頭豬，不過他們兩人的地加起來也不過兩畝，沒地方建豬棚，就只能租莊客的地方養豬，昨天見了四個莊客住的地方，薛玉蘭家更適合一些，他們家有單獨的院子，她婆婆和小兒子也可幫忙照看。

關於魚塘的面積、深度、魚的數量等問題，這兩本書上都有詳細的說明，慧馨兩人仔細研究，畫了張魚塘建築圖，將尺寸、魚的種類、數量等都標在上面。還專門在這頁的右下角標注了資料的來源和計算公式，以備後期察看。這兩畝池塘她們準備挖一米半深，再深的話怕不安全，放養兩百尾草魚、兩百尾鰱魚、六十尾鱅魚和兩百隻鴨子。

慧馨要做魚鴨浮萍混養，得在四月初放養浮萍，而放養浮萍前二十天得先清理消毒池塘，現在已近二月下旬，要趕上時間就得在三月上旬將池塘挖好。慧馨與謹恪商量後，把修建魚塘、採買材料的時間表擬了出來。

正當慧馨兩人討論得兩眼放光，興致大發時，院子裡突然亂哄哄地吵了起來。經過第一天的教訓，慧馨覺得同一個院子裡的人出事，冷眼旁觀看熱鬧絕非正確的處理方式。她只好停了筆，闔上書，拉著謹恪到院子裡看個究竟。

【第二十三回】動手動腳

院子當中有幾個女孩分別攔著兩個女孩子，看來那兩個女孩便是吵架的主角了。兩方人中都有眼熟的，落於弱勢的一方裡有上次出過事的謹厚和謹願，處於強勢的一方則是昨天吃飯時竊竊私語的兩個女孩，被人攔著還不安分地動來動去的正是昨天嫌靜園衣服不好看的那個，另一個站在她身後不知是在助陣還是在勸解。

謹飭和謹諾已經在院子裡看了一會，謹恪問怎麼回事，謹諾往旁邊努努嘴，示意她們看那兒，只見旁邊的花壇裡扔著兩床蠶絲被。謹諾小聲地對她們兩個說：「昨兒新來的五個發的都是普通的棉被，她們不知道從哪聽說那兩個拿的都是蠶絲被，便跑到她們房間裡硬是搶了被子，那兩個哪會甘心，結果就吵上了，新來的裡有個橫的，剛才差點打起來。」

慧馨抽抽嘴角，當初謹厚和謹願各得了兩床蠶絲被時，她就知道關於被子還會有續集。上次是一床被子引發了驅逐案，這次是兩床蠶絲被引發了搶劫案。

慧馨朝院子四周看了看，現在離晚飯的時間還早，只有粗使宮女候著，她們品階低這種事情自然不敢管。她便提醒謹飭道：「這事只怕還得六春和三位嬤嬤來處理，差人去叫吧，萬一拖下去事情鬧得不好看，連累全院的人就糟糕了。」

謹飭點點頭，她自然認得那邊最不安分的正是常甯伯府的四小姐，這傢伙被家人寵得天不怕地不怕，最是愛惹事又不講道理。謹飭自然不願理她，更懶得管她的事，便招了個粗使宮女過來，囑咐她速去尋六春和嬤嬤。

常甯伯府的四小姐果然「不負眾望」地又開罵了：「我說妳也太不識抬舉了，既然我不認識妳，想來妳家也不是上得了檯面的門戶，小姐我願意用妳的被子，是看得起妳，妳該高興才對。」

謹厚聽了這話份外委屈，咬著牙眼淚就下來了：「妳……妳也太不講理了，這是靜園分給我們的，妳怎麼能想搶就搶！」

四小姐很不屑地哼了一聲：「靜園分的又怎樣，誰知道妳們是不是使了見不得人的手段，這蠶絲被在京裡頭都搞不到，妳們竟然弄了兩床。還有妳……」四小姐突然手指著一旁的謹願，「別以為我沒認出妳，一個五品小官的女兒也想在靜園裡混，妳憑什麼？」

本來站在一旁想息事寧人的謹願聽她這麼說，一時被氣了個仰倒。幾床被子罷了，她沒看在眼裡倒被別人惦記上了，她也不願意拿兩床蠶絲被，要不是上次被人算計，這幾天哪用聽別人的冷熱諷，惹急了她也不是好欺負的。謹願自然也認出這位四小姐是個容易頭腦發熱的主，可她卻不能上了別人的當，「謹肅，妳既進了靜園便該守靜園的規矩，什麼事該做什麼話該說，都得照著規矩，不管妳在外面怎麼樣，丙院裡『五品小官的女兒』這種話是說不得的。本來只是幾床被子我也沒放心上，可現下妳在這裡胡攪蠻纏，事情鬧大傳到宮裡，只怕妳也討不了好，就算只到嬤嬤那裡，妳也是犯了規矩，要受罰的！」

謹願這番話倒是讓掛著「謹肅」名牌的常甯伯府四小姐起了些忌憚，畢竟這靜園名義上雖由皇后直接管理，可園裡的嬤嬤們權利大得很。但要她這麼退讓，又覺得太憋屈了，一時間局面有點僵持不下。

謹恪偷偷地趴在慧馨耳邊悄聲說：「那是常甯伯家的四小姐，驕橫跋扈，最讓人討厭了。」說完還皺皺鼻子，好像常甯伯家四小姐是什麼髒東西似地。慧馨也覺得這位四小姐實在不討人喜歡，太囂張了，話裡話外太多漏洞，要真追究，只怕比當初被驅逐的謹介犯的錯還多，這事要如何了結只能看她後台夠不夠硬了。

兩邊的人都不願意退讓，卻也沒有再吵嚷，只說等嬤嬤過來處理。

見局面僵持著，謹厚心裡卻開始著急。她這次進靜園，是父親上司安排的，主要是讓她來協助別人完成任務。上次上面交代她想辦法挑撥院子裡武官和文官派系的人互鬥，結果謹介被驅逐，謹願卻安然留了下來。

這次上面又安排她挑撥常甯伯府四小姐與謹願，本來以為按照四小姐的脾氣，這事應該很容易辦到，沒想到謹願倒沒上當，這樣下去又要被謹願給逃了。這幾天因為上次的事自己已經被其他人有意無意地孤立，今後在靜園的日子只怕會更難過，不如一不做二不休，藉這個機會離開靜園。

謹厚這邊下了破釜沉舟的決心，眼盯著院門口，一見院外有衣角露出來，趁眾人不備朝四小姐撲去。這下變故出大家意料，一時阻擋不及，竟叫謹厚在四小姐臉上抓了一把。四小姐哪裡受過這個，立刻怒血衝頭，舉起拳頭就往對面捶去。

謹願見情勢失控，想要抽身往後退，無奈身手不好慢了一步，冷不防被謹厚推了一把，混亂中腰部被四小姐捶中一下。四小姐雖個子不高，但卻經常與人打架，早已練出一股蠻力。謹願挨了這一下只覺鑽心得痛，可也只能攥著自己手心強忍下來，因為她看到，三位嬤嬤和六春已經一臉鐵青進了院子。

林嬤嬤看著扭成一團的幾人，氣得滿臉漲紅，怒喝道：「全都住手！還不分開！」

眾人這才反應過來，急忙散開，四小姐見三位嬤嬤都來了，一時心虛，乖乖地站在那裡不敢動，只有謹厚偷偷地瞧了眼謹願，她剛才看得清楚，四小姐打中謹願的那一拳可是結結實實。她想這次自己肯定要被驅逐出去，但無論如何，都要拉上常甯伯府四小姐和謹願一道。

【第二十四回】硬要拉人下水

林趙杜三位嬤嬤看著眼前幾位小姐的頭髮扯歪了，臉上還有手掌印，衣服上扣子也有扯掉的，頓時氣不打一處來。

前天皇后娘娘發了頓大脾氣。原因是幾天前禮部郎中楊大人家的千金在來靜園的路上翻了馬車，結果查出是有人蓄意為之。楊大人是皇上看中的人，京裡頭有膽敢觸皇上霉頭的也就那幾家世襲的權貴了。聽說皇上很是不滿，在坤甯宮裡大罵常甯伯幾家「鮮廉寡恥」。這幾天皇后雖沒明說，話裡話外卻透漏出「靜園本是女孩們學習的清淨之地，現在卻有人使了骯髒手段往裡進，真是給祖宗抹黑。妳們給我瞪大了眼睛，看到那使壞不守規矩的不用心慈手軟，免得弄髒靜園，帶壞了其他人！」皇后擺明是要收拾這幾家了。

林嬤嬤看了眼氣哼哼的常甯伯府四小姐，以前在坤甯宮裡見到她在皇后面前裝得乖巧，還真以為皇后能被她騙到呢，殊不知皇后最討厭這種兩面三刀[1]的人。明眼人都知楊家小姐的事便是常甯

【注釋】

①居心不良，表裡不一，明的是一套，暗地裡又是另一套。

伯家下的黑手，就是為了報復楊家搶了禮部郎中的職位，再說就憑這位四小姐的名聲，打著燈籠也輪不到她進靜園。本想過幾日再尋她的錯處，沒想到才進來兩天就自己往槍口上撞，那更不能輕易放過她了。

林嬤嬤直接跳過那一團人，先問起了旁人，這次大家明顯學到教訓，將事情一五一十仔細地說了。林嬤嬤聽了別人轉述常甯伯府四小姐所說的話，只覺得這四小姐真是蠢得無藥可救，可也有奇怪之處，先動手打架的人竟然是謹厚？為避免偏聽偏信，林嬤嬤又再找了兩個人詢問，這下她總算聽明白了，四小姐雖然行事說話蠢了點，但事態明明已被謹願勸下來，最後卻是謹厚先動手才打了起來。

林嬤嬤釐清狀況後才又回到打成一團的人這邊，狠厲地喝道：「謹肅、謹厚，妳們可知錯？」

四小姐被點了名本來覺得很不服氣，可心裡也知道林趙杜三位嬤嬤是皇后的人，倘若將今天的事報給皇后，那肯定得不了好，她雖蠻橫慣了，卻也懂得好漢不吃眼前虧的道理，便低了頭賭氣般地回答：「知錯了！」

謹厚見四小姐竟直接服軟，而林嬤嬤也沒有點謹願的名字，明白這三位嬤嬤不是好糊弄的，可自己這次肯定沒法留在靜園了，要是沒拉上他們一道，回家必定會被父親責怪，於是打定主意要把四小姐和謹願拉下水。只一瞬間，謹厚就淚盈于睫，邊說邊流淚道：「回嬤嬤，謹厚不知錯在何處！」

林嬤嬤看了一眼好似梨花帶雨的謹厚，很不屑地道：「哦？那妳是覺得自己沒有錯了？」

「嬤嬤，此事本就是四小姐引起的，她闖入我的房間搶走我的被子，不但不將靜園規矩放在眼裡，強取豪奪，還說我們是小官的女兒，不配用蠶絲被。」

四小姐聽了這話，剛壓下去的脾氣又上來了，指著謹厚的鼻子大喊道：「妳就是不配用，我爹是常甯伯世子，我祖父是常甯伯，與先皇上過戰場的，我家祠堂裡供奉的是先皇御賜的丹書鐵券[2]，我本來就比妳尊貴，我都沒有蠶絲被了，妳憑什麼用！」

慧馨很無語，這位四小姐真是自己把自己賣了都沒搞清楚怎麼回事，而且這院子裡第一天到的人都人手一床蠶絲被，她這幾句話便將所有人都得罪了。

「妳……這裡是靜園，你們家有丹書鐵券，就可以無法無天了嗎？」謹厚見四小姐已經上當，自然要乘勝追擊。她這話實是暗指四小姐不把皇后放在眼裡，靜園的法和天可不就是皇后！

四小姐熱血衝頭，雖也覺得謹厚這話有點不對，但一時又想不明白，只想著讓謹厚知道她家是惹不起的，讓她知難而退，便想再說些狠話。只林嬤嬤卻不再讓他們吵下去了，當即喝道：「都住口，這些話是大家閨秀該說的嗎？這幾天的規矩真是白學了！」

【注釋】

②是天子頒發給功臣，一種帶有獎賞和盟約性質的憑證，民間俗稱「免死金牌」。

林嬤嬤已是明白，今天常甯伯府四小姐當著眾人自曝家門，靜園是再留她不得了。但她說的也沒錯，她身分尊貴，不是尋常人家可以輕易發落，就算皇帝要追究常甯伯府，也不可能一竿子打死。在宮裡待得久的人自然都不願得罪權貴，所以得將此事報給皇后，由皇后娘娘親自發落才行。只是這個謹厚今日必須驅逐出去，一個順天府通判的女兒竟這般大膽，背後必是有人指使。

林嬤嬤思及此，便看向趙、杜兩位嬤嬤，這三位嬤嬤同為丙院教養嬤嬤，因林嬤嬤資歷最長，便由她首領。今天此事已然鬧大，勢必要回報皇后，三人必然要先統一立場。林趙杜三位嬤嬤共事多年，幾個眼色便知對方所想，都微微點頭同意，四小姐等呈報皇后娘娘後再行發落，謹厚這等挑撥是非的要當場驅逐。

林嬤嬤得了趙杜兩位嬤嬤的首肯，便直接發話道：「謹肅，妳今日犯規三條，一是不從丙院分配，強取別人的東西；二是自曝家門，亂了丙院的規矩；三是動手打人，現要罰妳入靜室思過，待稟報皇后娘娘後再行具體處置，妳服不服？」

對林嬤嬤說的前兩條，四小姐無從反駁，但第三條動手打人她卻有點不服，分明是對方先動的手，她不過是正當防衛罷了，但她心知在這裡糾纏下去也不會有好結果，還是等稟告皇后娘娘後再去那頭哭訴才行，便壓下這口氣回道：「服。」

林嬤嬤又轉身對謹厚道：「謹厚，妳今天犯了兩條規，一是大庭廣眾之下枉議別人家世；二是先動手打人，行為不端，挑起群毆，現要罰妳逐出靜園，妳服不服？」

搭上了一個四小姐，可謹願還沒拉下水呢，謹厚回答林嬤嬤的自然是：「不服！」

【第二十五回】不願同流合汙

眾人聽到謹厚的回答皆是一愣，難不成謹厚以為事情搞成這樣，她還能繼續留在靜園不成？

三位嬤嬤皆皺著眉頭看著謹厚，林嬤嬤的聲音聽起來可不怎麼高興：「妳因何不服？」

謹厚用衣袖抹去了臉上的淚水，表情較剛才更加堅定，竟有種視死如歸的感覺，「回嬤嬤，謹厚自知動手打人罪無可恕，也自認無臉面在靜園待下去，可是謹厚斗膽在出靜園前，要向嬤嬤討個公道，向四小姐求個理字！」

林趙杜三位嬤嬤互相使了眼色，謹厚要當眾說理，她們卻不好堵她的口，林嬤嬤只得道：「妳要討公道，那就說說有何委屈。」

謹厚道：「我之所以動手打四小姐，皆是因她先說我與謹願使了骯髒手段得了東西，她這話不單打了我和謹願的臉面，且將丙院三位嬤嬤的信義置於何地？將丙院各位姊妹的清白置於何地？她後又指著謹願口口聲聲『五品小官的女兒』辱及翰林院李學士大人，她罵了我們還可以忍，可是辱罵我們的長輩卻是『是可忍，孰不可忍！』」

謹願瞪著身旁的謹厚，恨不得眼光變成利劍在謹厚身上戳幾刀。謹厚雖看似在替謹願鳴不平，可她的話才真正出賣了謹願，京裡五品官多的是，四小姐可沒指名道姓。這個謹厚上次夥同謹介找自己麻煩，前幾日看著風平浪靜，本以為她是無意的，沒想到今日又要拉著她一起倒楣，真真可惡！她絕不乖乖地讓她如願！

謹厚轉身拉住謹願的手，義正言辭地道：「今天定要四小姐還我們公道，不然如何有臉面回家面對家人？」這話的潛台詞就是，如果謹願不追究四小姐，那謹願就是對父親不孝，對不起家人！

謹願輕輕地將手掙脫出來，恭敬地向林嬤嬤行了一禮：「嬤嬤，謹願有話說。」

林嬤嬤看著這個面無表情並不驚慌的謹願道：「說吧，有委屈儘管說出來，今天嬤嬤們定會秉公辦事。」

「回嬤嬤，謹厚說的話恕謹願不能苟同，謹願心裡也從未有委屈。謹願雖不才，不懂得什麼大道理，但最基本的『雷霆雨露皆是君恩』的道理還是明白的。一者眾姊妹入靜園來為的是修身養性，以身作則，為天下女子做個表率，幾床被子既然謹肅看上了，同一個院子的姊妹沒有什麼不能商量的，這事本不應驚動嬤嬤。

再者謹厚要替長輩討公道的話，謹願卻是聽不懂。記得第一日進園嬤嬤囑咐我們，內院嚴禁談論自己的出身，從那時起謹願便只記得『自己是丙院的謹願』。父母將我們送入靜園，反覆叮嚀便是要安守本分。有人犯了錯，自有嬤嬤們處罰，我們一眾姊妹可以旁聽旁學，卻不可越俎代庖。是以謹厚所說討公道的話，謹願是聽不懂的。」

謹願這番話說得字字在理，不但清楚表明了態度，更將自己從謹厚和四小姐的矛盾中摘了出去，且不卑不亢地把裡子面子都補回來了。

謹厚聽了謹願這番話，心驚謹願竟這般厲害，本以為謹願剛才被四小姐打中，心中有怨氣，定會接著她的話對四小姐落井下石，沒想到她竟對四小姐完全不計前嫌。本以為肯定跑不掉的局又要被她攪了，急急地想再說些什麼，卻不知該怎麼說，一時急得滿頭大汗，比她剛才流的眼淚還多。

林趙杜三位嬤嬤看至現在，自然都明白了，這分明是謹厚針對常甯伯四小姐和謹願設的局。林嬤嬤看著謹厚滿頭大汗，感歎她自作聰明沒料到有人比她還聰明，今日的事可以了了，「謹厚妳可聽到謹願的話了，現在妳可明白自己錯在哪裡？」

林嬤嬤不想再給謹厚說話的機會，便又直接道：「謹厚，妳所說謹肅所犯之錯，我等自會稟告皇后娘娘，還丙院各位女公子一個清白，也會給謹願一個交代。妳既已知自己罪無可恕，這便離了靜園吧，剩下的事無需妳操心。」說完揮手示意春芽春萍，直接將謹厚帶出去。

謹厚自知事已至此無可挽回，只整理了下衣袖，向謹願行了一禮，言道：「保重！」這才隨二春離去。

林嬤嬤又揮手示意春香春白帶四小姐去靜室思過，原本呆立在原地的四小姐才回過神來，她這是被人算計了，只是剛才聽到謹厚要謹願保重，卻以為是她們兩人合起夥來算計她。見謹厚已經走了，便轉頭怒目對著謹願呲牙裂嘴地放狠話：「敢算計我，妳等著瞧！」

春香春白見四小姐又要不明所以地發起脾氣，趕緊上來一人拉住一條胳膊，拖著她去了靜室。

又一場被子引發的風波終於平息了，謹願主動向林嬤嬤要求自罰，因她沒能在四小姐搶被子時同四小姐商量，便自願領兩床普通棉被以示懲罰，這樣她的兩條蠶絲被和謹厚的兩條加起來，正好夠新來的四人一人一條，這樣丙院裡便只有謹願一人沒有蠶絲被了。慧馨忍不住想，關於被子應該不會再有番外[1]了吧……

而被打架波及受傷的人，林嬤嬤並沒有處罰她們，畢竟她們本意是要阻攔，只是力所不及罷了。

慧馨四人坐在一塊邊喝茶邊感歎，謹願不愧是翰林院學士的女兒，真正能說會道，硬是把一盤死局扭轉成了活局，以後估計也沒人敢隨便找她麻煩了。

【注釋】

①指正文以外的補充，有額外延伸、增補的意思。

【第二十六回】
第一筆交易

今天上午是女紅時間，由尚衣局的陸掌衣親自教授。只見陸掌衣拿了各種料子給眾人自選，要求每個人都做樣東西，看看大家的功底如何。

慧馨正愁以後來往皇莊需要個包包裝東西，便裁了一塊白粗布和一塊綢布，準備做個雙層斜跨包。粗布做外，綢布做襯裡，綢布靠裡一側開了條縫，再縫上個小口袋做成夾層樣式的內袋，並在包包的右下角繡了兩條可愛版的吐泡泡金魚。背帶則用白色打絡子[1]用的繩子，以編結的手法編成，兩側各垂下兩條長長的繩子，這樣可以在上面加掛東西，也可藉抽拽繩子改變帶子的長短。做成的包包既可斜跨，也可以單肩背或者手提。

謹恪看到慧馨做的包包覺得很神奇，愛不釋手地不肯還給她，慧馨只好又做了個一模一樣的包包送給謹恪，只將包包右下角換成了鴨媽媽帶著小鴨子們游水圖案。

陸掌衣對慧馨做的包包也很感興趣，圖案是其次，主要是這包的製作很有些心思。

【注釋】

①絡子是指中國結。

慧馨見陸掌衣對包也感興趣，心頭突然冒出個主意來，便試探著問陸掌衣：「……嬤嬤說靜園裡可以出錢請尚衣局做東西，那我們是不是也可以向尚衣局出售自己的東西呢？比如說這個包，如果陸掌衣喜歡，我可以教陸掌衣怎麼做啊！」

陸掌衣微笑地看著面前這位笑咪咪的女孩，人都說手巧的人心思必也靈巧，這話果真不錯。往年的確有女紅出眾的女公子做出別出心裁的衣衫，這些衣衫都被尚衣局收購了。她本身對這次新入園的女公子也有些期待，只沒想到第一堂課就發現了好東西。

陸掌衣作勢拿起慧馨的包仔細看了看，然後一本正經地對慧馨說：「女公子做的包的確別緻，只不知女公子準備開價多少才願意教授，不過我看這包關鍵的部位就是這帶子和內襯，只要肯花些時間，總是能參透其中奧妙的。」

慧馨聽她這意思是在討價還價，只要她有意花錢就好，這朝代本就沒專利版權之說，能賺一筆是一筆，便笑嘻嘻跟陸掌衣說：「我以前沒做過這個，也不懂行情，今天又是我在靜園賺到的第一筆錢，咱們取個吉利數，二十八只勺幣如何？錢不在多，就當我在陸掌衣跟前混個臉熟了。」

陸掌衣心裡憋著笑，這女公子真是嘴甜得很，便爽快地同意與慧馨的交易。

慧馨便又做了一個包包，邊做邊給陸掌衣講解，做成後大方地送給了陸掌衣，陸掌衣吩咐春芽：「去取二十八只勺幣來，記在尚衣局的帳上。」

慧馨手捧著剛賺到的二十八只勺幣，謹恪趴在她肩上睜大眼睛盯著看，好像要流口水了，周圍的人也圍過來湊熱鬧，稀罕地瞧著靜園自製的代幣。這些勺幣都是迷你型的，散發著淡淡的檀香，慧馨開心地用繩子將這些勺幣穿成一串。

一群女孩看著慧馨賺到了錢，俱都羨慕不已，受此啟發開始認真思考自己要做的活計，尤其那些對自己女紅很有信心的，更是認真投入精力，希望也能被陸掌衣相中來個開門紅[2]。

為感謝慧馨送自己包包，謹恪打了兩條絡子，將其中一條金魚絡送給慧馨，正好與她包上的泡泡魚相配，慧馨便立刻將絡子掛在包上。

因著許多人都變更了自己準備的活計，一上午的時間做不完，陸掌衣便將時間延長到下次上課再給她看，這個上午就在勤奮上進的氣氛中過去了。

慧馨將勺幣裝進新製的金魚包的同時，已經想好接下來要做什麼。她又裁了幾塊既厚又密實的布，還撿了些別人裁剩的邊角料，趁著女紅課和午飯間的休息時間，拉著謹恪去雜物處買了五個盛水用的竹筒。

慧馨拉著謹恪，很大爺樣往桌上一拍，放下四只勺幣說：「今天姑娘賺到第一筆錢就先想到了雜物處各位勞苦功高的嬤嬤們，這不馬上就來照顧妳們生意了？咱們大家都是開門紅，也不討價還

【注釋】

②指工作或事情一開始便能獲得成功、好兆頭。

價了，第一樁生意討個吉利，買四送一，四個勺幣給我拿五個竹筒來。」

謹恪看著慧馨眼冒星星，原來買東西還可以「買四送一」，崇拜地感歎：「謹言妳懂的好多啊！」慧馨心裡竊喜，人有了錢腰板才能挺得硬啊……

雜物處的嬤嬤們看著慧馨和謹恪提著竹筒走遠了，這才感歎說：「這些女公子就是有錢，四個勺幣就相當於四文錢，竹筒這東西便宜得很，一文錢就可以買十幾個了……」

慧馨用邊角料做了三副外套罩在三只竹筒上，因她總不適應京城的空氣乾燥，要不時地補充水分，便準備泡了潤喉茶灌在竹筒裡隨身攜帶。三只竹筒，一只是她自己的，一只給謹恪，另一只她準備給杜三娘送去，外面罩的厚套子是為了讓竹筒更保溫一些，這樣杜三娘也能喝上點熱水。

另外兩只竹筒，她準備灌墨汁。以後她和謹恪要經常到皇莊去，總免不了需要寫寫記記，毛筆還好攜帶，硯台便不好在外使用了，索性隨身攜帶墨汁吧！

簡短的午睡後，慧馨和謹恪拉著謹飭和謹諾要去找林趙杜三位嬤嬤。因她們兩人要合作開發皇莊的地，莊客要共用，地也要合併挖魚塘，為免將來有人挑撥是非，昨晚她倆諮詢了謹飭和謹諾後，在她們的指導下擬了一份合作協議書，大致寫明兩人的成本和利潤分配，還有在合作中相應承擔的工作與風險。謹飭和謹諾是合作的監督人，她們還準備請林趙杜三位嬤嬤作見證人。七人在協議書上簽字後，每人都保留一份，這樣慧馨和謹恪的合作便更加正規且有保障了。

【第二十七回】正好引以為戒

林趙杜三位嬤嬤的院子離丙院不遠，他們同甲院和乙院的管事嬤嬤住在一個院子裡。因為甲院和乙院尚未開學，現在住在這個院子裡的人只有林趙杜三位。

慧馨四人本來以為這會三位嬤嬤必是空閒的，沒想到有人比她們來得更早，而且談的也是皇莊的事情。

謹質出身皇商顧家，顧家已經承攬後宮首飾製造十幾年，終於這次走通了任順妃的路子，將女孩送進靜園。顧家因是皇商，與皇莊自然搭得上關係，在謹質入靜園之前，便打聽到丙院這次的地分在河邊。顧家還專門派了懂農務的人到皇莊探查過，提前做好了莊田的開發計畫。

其實顧家的計畫與謹飭的打算差不多，就是種植十年齡豐果期的梨樹，這一畝地大概可以種八十來株，這樣既能適應莊田的環境，也能當年就有收穫。當然十年齡的梨樹價錢不便宜，為了讓謹質能在莊田上獲得更多的收益，顧家提前找好了百來株。莊田分下來的當天下午，謹質就向林嬤嬤提交了採購單，顧家則藉著皇莊的人脈將梨樹低價賣給靜園，這樣就可以壓低謹質的採購成本。

今天梨樹已經運到皇莊，謹質便來找三位嬤嬤結算採購的錢。慧馨四人找到這裡時，謹質正在同林嬤嬤講話，趙杜兩位嬤嬤也正坐在一旁。見慧馨他們四人過來，趙嬤嬤差了小宮女先上茶，讓她們等一會。

林嬤嬤面前的桌子上攤著一個本子，上面正翻到記載謹質莊田採購記錄的那一頁。林嬤嬤指著上面的第一條說：「這裡記著妳採購梨樹的條目，妳看一下，沒有問題就在這簽字，然後我和趙杜兩位嬤嬤核實後也會在上面簽字。」

謹質仔細地看去，只見上面記著「永安十三年二月二十一日，謹質採購梨樹八十株，支出一百六十兩整銀，加十六兩銀為代購費，共一百七十六兩銀，折欠一百七十六吊勺幣予靜園。」

一百六十兩？怎麼會這麼多！謹質疑惑地問林嬤嬤：「嬤嬤，這是不是搞錯了，買梨樹怎麼會用掉一百六十兩？」

林嬤嬤抬眼皮看了謹質一眼，氣定神閒地說：「沒有錯，八十株梨樹，二兩銀一株，共計一百六十兩，靜園慣例每次採購收取一成作為代購費，共計一百七十六兩。」

「二兩銀一株？可是賣梨樹……」謹質發現林嬤嬤的眼神越來越不善，轉頭又看看趙嬤嬤和杜嬤嬤，趙杜兩位嬤嬤也都臉色不佳地瞪著她，這下謹質再遲鈍也明白了。心中暗罵這些老貪奴，二兩一株比顧家賣給靜園的價錢還翻了五倍多！

謹質氣得牙癢，心知被這三個老奴算計了，可此刻她又別無他法，人在屋簷下不得不低頭，現在的她還惹不起這些管事嬤嬤，只得硬著頭皮說：「二兩銀一株啊，以前沒當過家，沒想到梨樹這麼貴，倒是麻煩嬤嬤們了。」說著就在本子上簽了名，又看著林趙杜三位也在上面簽了名，這才含著怨氣走了。

林嬤嬤看謹質沒有二話就簽了名，自然高興，闔上本子，眉開眼笑地詢問慧馨四人的來意。慧馨將合作協議書的事情說了，又掏出寫好的協議書給三位嬤嬤看。

三位嬤嬤看完協議書後互使了眼色，雖然之前沒碰過簽什麼合作協議書的，但往年確有不少丙院的人一同打理莊田，出了不少分配、責任方面的分歧與爭吵，她們手裡的這份協議書雖稱不上面面俱到，但幾個容易發生誤解和分歧的要點都標注清楚了，而且兩人的分工也寫得很清楚。在林趙杜三位嬤嬤看來，這麼一份思路清晰、內容充足的協議書，一定是西寧侯家小姐寫的，真不愧是皇親國戚，心思就是比一般人縝密，倒不知這位謝家小姐如何同她們搭上線，京裡傳言西寧侯家小姐架子大，不愛與人結交的。

面對西寧侯家的小姐，林趙杜三位嬤嬤不敢多拿捏，很爽快地便簽好了協議書，由七人各自收好一份。

待搞定協議書，慧馨又當場從林嬤嬤處支出十吊勺幣作為莊客的額外人工費。剛才謹質雖沒說什麼，但從她臉上表情清楚地看出，那筆採購費有貓膩[1]。慧馨暗忖有些小物件若莊客可直接買，

【注釋】

①指事情有漏洞、不合常理的地方。

不如交給莊客，不但能避免嬤嬤從中揩油，還可省去靜園的代購費。

出了嬤嬤們的院子，四人分道而行，慧馨和謹恪要回屋拿東西前往皇莊，謹飭和謹諾則準備去打聽剛才謹質的採購單到底出了什麼問題。因著謹飭和謹諾也是計畫種梨樹，只等回家時與家人商量更具體的計畫，現在有人先一步種了梨樹，她們自然要緊密關注，有啥問題也可引以為戒。

慧馨將十吊勺幣交給謹恪保管，她們兩個的分工——慧馨負責具體執行，謹恪管財務。謹恪對農務的了解實在太少，又不喜歡費腦子學習，但手裡掌握錢財支配大權，卻讓她很興奮，自然有興趣與慧馨計畫魚塘該怎麼建，錢該怎麼花。她希望自己能像大伯母般厲害，府裡人都說大伯母當家精明，即便她娘也經常自歎不如，西寧侯府能保持長年富足便是大伯母持家有道。

慧馨和謹恪背著上午做好的包包，興匆匆地往皇莊行去。慧馨的金魚包前面掛著裝滿潤喉茶的竹筒，後面掛的是墨汁，包裡放著她裝訂成冊的魚塘修建計畫書和毛筆。而謹恪的鴨子包前面掛的是從樂室拿的幾塊糕點，後面掛的也是墨汁，包裡頭擺放著她剛訂好的帳冊和毛筆。

【第二十八回】

先抽鞭再給糖吃

慧馨和謹恪先去找了娟娘和花姑，挖魚塘的事刻不容緩。兩人帶著娟娘和花姑直接去了地頭，將原來放在兩畝地中間的石塊搬開，先在地上劃出魚塘的位置，再將石頭重新放上，方便她們挖魚塘時參考。魚塘與地頭間留了空位，等開挖後，利用挖出來的土在地頭間壘個小型的防洪堤。魚塘的進水口和排水口都設好，還有塘外的防洪排水渠也規劃好，這些都要在挖的時候便設想好，等雨季來了再弄就麻煩了。

慧馨仔細地囑咐他們，交代若有不明白或者沒聽清楚的地方儘管問：「魚塘要趕在四月份下浮萍，三月份就得清理消毒，所以我們的魚塘要在三月十日前挖好。我知道只有妳們兩人活計重了些，不過只要魚塘能按時挖好，到時候妳們兩人每人都可再拿三百文的賞錢。妳們是找親戚家人幫忙也好，還是自己加班也罷，我們都不管，只要魚塘按時挖好，便能拿到賞錢。」

娟娘和花姑見兩畝地的活都要他們做，起初還有些不情願，現在聽說可以有賞錢，自然千肯萬肯，最多叫家裡的男人來幫幫忙就行了，三百文可不少，可頂半個月的月錢了。

慧馨見她們面色好了不少，便放緩了語氣又說道：「其實說起來，我同妳們恪主子是真看不中這地，原本放著不管也沒人能說錯，畢竟河邊沙地種了東西也長不好，多半也是浪費種子又浪費人力。只是我們在靜園要講面子，這才查遍了藏書閣找到建魚塘這法子，這法子北方少有人用，京城中也沒聽說哪裡有，所以我們可說是頭一回了。我在這裡提醒妳們，要好好地做，魚塘開挖後必然有人好奇盯著這裡，倘若誰為了趕時間應付了事，便是駁了我和恪主子的面子，我最是厭惡敷衍了事的人，到時候查出來，可別怪我醜話沒說在前面。

話又說回來，咱們人手少，妳們討生活不容易，這些我和恪主子心裡都清楚。只要大家工活做得好，我與恪主子臉上也有面子，賞錢自也少不了。妳們是自己做也好，找人幫忙做也好，我們只看工做得如何，有沒有按時完成，賞錢恪主子會發給妳們，有事我也只找妳們。」

娟娘和花姑互相對視一眼，心想這位言主子怕是不好糊弄，只是她們的主子是恪主子，言主子的話不一定非聽不可吧。

慧馨見她二人目光閃爍，猜到她們心裡肯定起了其他主意，便示意謹恪出來說幾句。

謹恪早就得了慧馨的提醒，今天必定要收服幾個莊客，便提了小姐的氣勢對娟娘和花姑說道：「妳們別以為名字記在我下面，就敢對言主子陽奉陰違，我與言主子已在靜園嬤嬤們面前簽訂了協議，上面已明確註明，人事歸言主子管，我只負責財務，妳們的籤子也都在言主子那裡了。」慧馨配合謹恪的話，從包裡掏出了四根竹籤對著她們晃了晃，其中兩根正是娟娘和花姑的籤子。倘若主子對名下的莊客有不滿，可憑這竹籤到皇莊找莊頭處罰她們。

娟娘和花姑這才明白，這兩位小主子早就把事情想全了，提前將她們的退路都堵死。兩人忙不迭地向慧馨和謹恪表忠心，承諾會認真並按時完成挖魚塘的任務。

慧馨看看鞭子抽得差不多，可以給她們點糖吃了，「妳們挖塘必定需要農具，我們已經打聽過往常慣例，自家有的用自家的，缺的就去莊裡借，可省了新購入農具的錢，不過我和妳們恪主子卻不想占妳們的便宜貼補魚塘，所以商量每月給妳們每人二十五文錢的農具補貼費，這個月的今日當場領取，以後每個月的第一日可到恪主子那裡領取。」

謹恪從包裡取出準備好的帳冊，刷地翻到農具補貼領取記錄那一頁，這是昨晚慧馨幫她訂帳冊時教她製作的表格，只要當事人在對應的領取人和日期格子裡簽字便可，一目了然方便查閱。娟娘簽了自己的名字，花姑不會寫字，便蘸著謹恪隨身帶的墨汁在格子裡按了個大拇指印。謹恪收好帳冊，從包裡拿出一吊勺幣，各數了二十五枚交給二人。雖這只是小事一樁，但謹恪卻很興奮有種掌大權的感覺。

娟娘和花姑看著手裡的勺幣，心裡忍不住偷樂。原本以為這兩位小主子太認真，在她們手下做事不好混，沒想到這兩位倒是真慷慨，還從沒聽說有主子給農戶貼補農具錢的。一邊慶幸跟了兩個好主子，一邊又在心裡琢磨，這魚塘得認真找人弄，兩位主子這般聰明，說不定這魚塘真能成事，那將來她們賺的錢就更多了。

搞定娟娘和花姑，慧馨和謹恪便往薛玉蘭家行去。慧馨沒有讓薛玉蘭一道去挖魚塘，因為她這邊要做的事也不少。第一是養豬，慧馨原本想養十頭豬，既能保證供應塘肥，又能保障魚飼料所用，她相中了薛玉蘭家的後院牆那塊地，只是那塊地空間有限只能養七頭豬，不過大抵也夠用的了，倘若屆時魚不夠肥，再弄點其他飼料。第二是編製魚柵欄和木筏，這些是將來在池塘捕魚和趕鴨子時要用到的。第三則是多多照顧杜三娘。

當慧馨和謹恪走到薛玉蘭家門口時，卻聽見院子裡傳出了吵架聲。原來薛玉蘭的小兒子順子在村口玩耍，見慧馨和謹恪兩人又到村子來，便一直偷偷跟在他們後面，後來在莊田那邊躲在林子裡沒聽到慧馨同娟娘她們說的話，但卻見著最後謹恪給了娟娘和花姑勻幣。這小子跑回來跟薛玉蘭一說，薛玉蘭的婆婆在旁聽了，便氣道是薛玉蘭上次怠慢主子，所以現在主子有事也不讓她做，賞錢自然更沒她的份。薛玉蘭卻回事情還沒搞清楚，再說主子自有主子的想法，他們做莊客的只管聽著就好。說著說著，婆媳兩人就吵上了。

【第二十九回】先給糖再抽鞭子

慧馨聽著裡面的吵鬧頗覺尷尬，但聽了薛玉蘭說的話，對她的好印象又更加深了些。她站在門外假意咳了兩聲，聽得裡面問是誰，這才又喊了聲薛玉蘭。

薛玉蘭來開門，見是慧馨兩人，心裡尷尬，不知剛才小主子有沒有聽到她和婆婆吵架。聽得是慧馨來了，薛玉蘭的婆婆也從屋裡出來迎接，一臉訕笑著。

慧馨看薛玉蘭婆婆一副有話要說的樣子，可她卻不想聽，但又覺得自己一個小孩完全不給面子駁斥老人家也不好，便搶在她開口前直接講了來意。

「我們想租妳家後牆那塊地方建豬圈，既然占了地方，自然要給租金，每個月兩百枚勻幣，估量那個地方可以養七頭豬，妳覺得怎麼樣？」

薛玉蘭聽了慧馨要她在家裡養豬，還給她租豬圈的錢，這活既清閒還有額外的錢賺，自然再好不過，兩百枚勻幣相當於兩百文錢，在鄉下租個小院子都夠了。

慧馨見她同意便又接著說：「除了養豬之外，還有不少事情要妳來做。地那邊等池塘挖好，將來要養鴨子和魚，我準備在四月份放養浮萍，養萍之前要先施豬糞做基肥，還要用晒乾和風乾的豬糞做魚飼料，都得妳來準備。魚塘那邊有娟娘和花姑家負責挖塘，還有魚柵欄和木筏要做，將來都會用到，便也交給妳了。木筏妳做成方便將來可在魚塘操作就好，魚柵欄需要的量較多，大多一尺半和六尺的兩種，每六尺一片，之後使用時片與片可用兩頭的繩子綁起來，六尺的至少得把魚塘圍一圈，一尺半的圍半圈吧，既然做了不妨多做一些備用。妳估計一下這些大概需多少錢？」

薛玉蘭見慧馨說得仔細，便用心地邊聽邊記，聽到慧馨問她，想了一會才回道：「做魚柵欄和木筏也就用些木頭和繩子，這些東西都容易得，莊子旁邊就有林子，不過是花些力氣罷了，錢有個三四十文盡夠了。」

三四十文的確不多，但魚柵欄和木筏都涉及穩固性和安全性，慧馨覺得靠薛玉蘭自己動手品質上不太放心，便說道：「魚柵欄和木筏以後天天要用，一定要做得結實牢固。我給妳一百五十枚勺幣來做，妳不妨找些木匠來幫忙，他們比較有經驗，務必要保證柵欄和木筏牢固安全才行。」

薛玉蘭聽慧馨願意給她一百五十枚勺幣，心下大喜，她可以拿一百枚找木匠來做，自家還能剩五十枚，這真是件好事。

慧馨本就是希望能找個專業點的人來做，確保品質。

「還有最後一件事，我希望妳以後能多照顧一下杜三娘，畢竟妳二人都在我和恪主子名下，還有娟娘和花姑，大家以後都是自己人，有時間便互相照顧，我和恪主子希望妳們四家都能過得好。」

薛玉蘭自然點頭，往年抽到杜三娘的人起初聽說她是皇后特別照顧的人，都會對她另眼相待些，不過時間久了，三娘卻會成為他們的累贅，畢竟占了一個莊客的名額。所以聽到慧馨要她多照顧杜三娘，倒也不覺奇怪，只是心裡不免疑問這次的小主子能對三娘額外照顧多久呢？

見事情大略交代清楚了，謹恪便先預支三個月租豬圈的費用給薛玉蘭，順便讓她領取農具補貼費。這可把薛玉蘭的婆婆樂壞了，一個勁地說慧馨和謹恪真是好人，頭次見到會預付莊客錢的主家。慧馨聽了忍不住回道：「欠誰的錢我們也不會欠農民的錢！」

慧馨提議一道去看看杜三娘，順子聽了兩眼發光肚子裡冒壞水，拉著薛玉蘭的衣角不放，非要賴著一起去，慧馨欣然同意。

還沒走到院門口，遠遠地便看到一群孩子躲在樹後朝杜三娘家門口扔石頭，而杜三娘還是像上回那般滿臉鍋灰地坐在門檻上，手拿本書嘴裡念念有詞，即便有幾塊石頭砸到她身上也無動於衷，連眼皮都不抬一下。

謹恪是個善良又有正義感的孩子，見這群孩子欺負腦子有病的杜三娘，生氣地跑到那群孩子面前，雙手扠腰指責道：「你們真是沒有規矩！這麼多人欺負一個病人，父母是怎麼教你們的？還有沒有家教了！」

這些村子裡野慣了的孩子，父母忙著幹活哪有時間管教他們，對謹恪說的什麼規矩家教之類的根本聽不懂，見謹恪這女孩氣鼓鼓的樣子反倒覺得好玩，全都不給面子地指著謹恪笑成一團。

薛玉蘭在後面暗忖，這位姑奶奶忒文謅謅，這些莊稼地裡長大的孩子平時都在莊子裡瘋玩，沒有人管，怕謹恪真上了脾氣就麻煩了，便開口想要呵叱這些孩子幾句。

慧馨卻先走向前對這群孩子道：「那門口的石頭不少啊，看來你們在這扔了不短時間了，這戶人家是我們的莊客，你們中都是誰扔石頭了？我們要拉他去官校那裡打板子。」

幾個孩子聽到要打板子，不敢再胡鬧，一個個低著頭裝出一副很乖的樣子，誰也不願意承認。

慧馨見他們都不說話，便又道：「拿石頭砸人可是傷人的大罪，官校那裡至少要打二十板子的，要是沒人主動承認錯誤，那就把你們全抓到官校那，每人都要挨二十板子。我看你們年紀還這麼小，也怪可憐的，這樣吧，只要你們說出是誰扔了石頭，我就給他賞錢，一個名字換一枚勺幣。」

慧馨見其中一個孩子正試探地抬頭看她，便指著他說道：「你，就是你，你說剛才誰往杜三娘那裡扔石頭了，說一個人名給你一枚勺幣，多說一個人名就再賞一枚。」說著，慧馨真的從包裡摸出一枚勺幣，朝著這群孩子晃了晃。

眼見這個孩子眼睛冒光，慧馨又用另一隻手從包裡抓了一把勺幣，「看，我有這麼多，人名說得越多賞錢也越多哦。」

那孩子見慧馨有這麼多勺幣，那還抵得住誘惑，指著這邊的一個孩子喊：「有他，他剛才扔了三顆石頭。」又轉向另一邊指著另一個孩子，「還有他，他也扔了兩顆……」他這一開口不要緊，其他的孩子見他要得賞錢了，也要爭，紛紛指著彼此。

慧馨見目的達到，便把勺幣放回了包裡，一手扠腰一手指著這群孩子，義正言辭地說道：「這麼說來你們全都有扔石頭了，這下可沒法抵賴，看我把你們全部拉到官校那裡，每人打二十板子！」

【第三十回】也該走出來了

孩子們聽到慧馨的話，這才意識到自己互相出賣了朋友，扔石頭砸人的罪名是賴不掉了。一個個都苦了臉，抱著屁股不想被打啊……

慧馨本意只想給這群孩子教訓，並非真要打他們，現在見他們個個都一副便秘的難受樣子，心裡早樂了。謹恪這會見這群孩子被慧馨耍地蔫頭耷腦[1]地，也不氣了，只捂著嘴偷笑。

慧馨見差不多了，便又說道：「本來該送你們去打板子的，不過看在你們剛才互相指認對方，原本該給的賞錢就跟板子抵消了吧，賞錢沒了，也不打你們板子了。這次便算了，再有下次一定送你們去打板子，別以為不承認便能逃掉！」

收拾了這群孩子，慧馨他們又回頭找杜三娘，杜三娘仍沉浸在自己的天地裡，捧著書搖頭晃腦地念詩。

「三娘，又在看書啊！今天讀什麼？」慧馨見杜三娘一直不理他們，只得硬著頭皮先開口。

【注釋】

①蔫念作「ㄋㄧㄢ」，耷念作「ㄉㄚ」，蔫頭耷腦是指無精打采的樣子。

杜三娘讀書被打擾，很不耐煩地闔上手裡的書，看也沒看慧馨一行人便往院裡走了。

慧馨也不跟她客氣直接進了院子，拉著謹恪一起往石桌旁坐了，又叫謹恪把從靜園帶過來的點心拿出來。

順子見他們有點心吃，口水都流出來了，弄得薛玉蘭嫌他丟人作勢要打他。慧馨卻不以為意地拿起一塊糕點遞給順子，又吩咐薛玉蘭回家取些熱水來。

慧馨見薛玉蘭出去了，順子又專心地啃著手裡的糕點，便轉身找了塊還算乾淨的布，拉了三娘給她擦了手，又塞了塊點心在她手裡，笑吟吟地看著她說：「嘗嘗看，這是從靜園帶出來的。」

謹恪正津津有味地吃著一塊核桃酥，見慧馨給杜三娘的也是核桃酥便道：「靜園裡做的飯菜難吃極了，一點味都沒有，幸好還有這糕點可以解饞。不是我吹牛，這點心做得是料足餡豐，材料用的也是上等，入口即化，清香撲鼻，比得上宮裡御膳房了。」

杜三娘聽謹恪說得誘人，不知不覺就把核桃酥放入了口中，唇齒間盡是核桃的味道，還是同以前一樣清香軟糯，令人愛不釋口。自己有多少年沒吃到過了呢？當年小姐最愛吃蔣丫兒做的核桃酥，作為貼身侍女自然沾光吃過不少，後來自己出嫁，蔣丫兒還一直留在小姐身邊，這塊核桃酥卻與當年蔣丫兒做的一樣味道，莫非她現在去了靜園？

慧馨見杜三娘吃著點心也能入神，便覺得不能再放杜三娘一個人，她這般孤僻下去便只能活在自己的世界不能自拔，永遠都好不了，該是時候讓她多與人接觸，事情都過去十多年，傷痛也該忘記了。

「三娘，我們準備在薛玉蘭家裡養豬，妳以後過去幫她吧，妳也不用做太多事，就跟著她學學，打打下手[2]。」

杜三娘聽慧馨說要她幫薛玉蘭養豬，有點反應不過來，「養豬做什麼？」

慧馨對天翻個白眼，這人果然並非真傻，見杜三娘還是一副懵懂的樣子，慧馨沒好氣地回道：「養豬好啊，等妳夫君回來請他吃紅燒肉啊！」

杜三娘無語，她作了十幾年的傻子了，頭次有人讓她去養豬，便一副倔強不聽話地回道：「我不要養豬，髒死了。」

「並不是要妳去做髒活，只是讓妳跟著她多走動走動，看看別人如何生活，」慧馨看著杜三娘，口氣突然變得認真，「三娘，我雖不知當年的事情究竟如何，可是十幾年過去了，生死已經不重要，真相也不重要了，我只想問妳一句，妳打算一直這樣下去嗎？」

杜三娘沒想到眼前的女孩會說出這話，一時愣在當地。是啊！十幾年眨眼就過去了，現在還有誰記得當年的事呢，還有誰記得當年的人呢？夫君是死是生，是忠臣還是叛將，還有誰在乎？記得

【注釋】

②幫幫忙，當個助手。

剛到莊子上的時候，皇后還時常過來探望，後來時間久了，見自己一直這般便不再往來。莊子上的人也是，最初把自己當貴人供著，怕磕著碰著了，現在還能對她保持照顧，不過是顧及皇后娘娘的面子罷了。往年新來的靜園主子知道她曾是皇后的人，都會給她更多的衣裳和食物，還曾有人找過丫鬟伺候她，可時間久了他們自然看出門道，她這個舊人早被皇后放棄了。

當年夫君忠君救主，卻因找不到屍首被說成叛將，這些年來她心懷怨氣，痴痴傻傻地過日子，累得夫君連個墓塚都沒有，更別提祭拜的人了。娘娘不再來看她，莫不是也看出了她心中的怨，只是當時的情況下大家都身不由己。而她在聽到夫君噩耗時，便萬念俱灰，第一個放棄了。其實真要論起來，若沒有娘娘幫她爭取，她只怕也活不下來。只是她一直裝瘋賣傻不肯好好過日子，這才磨盡娘娘的耐心，當年的主僕情分也所剩無幾。

慧馨見杜三娘皺了眉頭，心知她自是在反省，她只要願意重新思考，一切便還有轉機，估摸著薛玉蘭差不多該過來了，便對杜三娘道：「過幾天我叫靜園裡幫妳找個大夫看看，以後的事都由妳自己決定，我只是給妳機會，並非逼妳。」

待得薛玉蘭提了新燒的熱水過來，慧馨拿出上午做的竹筒交給杜三娘，囑咐她天冷多喝點熱水，又叮囑薛玉蘭有空就送些熱水來給杜三娘，又讓她平日裡多帶著三娘活動活動，別老待在院子。

兩人回靜園的路上，謹恪時不時地看看慧馨卻欲言又止。慧馨心知她想問杜三娘的事，她本來也沒想瞞著謹恪，便直接對她說：「今天看杜三娘說話腦子似乎沒什麼問題，想來可能是當年受的打擊過大，一時氣急攻心所致，這麼長的時間氣也該過了，回頭找個大夫說不定能治好。上次謹飭姊姊也說要我們多照顧她，就算將來好不了，我們盡了心，皇后娘娘那邊也好交代。」

三娘見慧馨她們走了，盯著放在桌上盛了熱水的竹筒發呆，這竹筒外面包著厚厚的外套，做工精巧，針腳細密，大小也正合適。往年的幾個主子也關心過她，卻不會親自來，而是常派人來送東西，順便打探皇后會不會來看她。這次的主子似乎比以往的年紀都要小，可人雖小鬼主意卻不少。杜三娘想起剛才慧馨在院門外騙幾個小孩的狡黠樣，忍不住笑了……

【第三十一回】過往只是夢一場

慧馨與謹恪回到靜園後，便聽說皇后娘娘下了懿旨，說常甯伯夫人和世子妃不會教導子孫，有負皇恩，有負祖先，罰他們各降三級，《女誡》、《女訓》各抄三百遍，常甯伯府四小姐送永福庵佛前靜心修身。

丙院的人都希望四小姐能在永福庵待上三年，只要不再回靜園就好，慧馨對此舉雙手贊同，四小姐本身就是顆不定時炸彈，隨時隨地都有可能爆炸，炸傷人的機率又特別大。

接下來的日子，除了禮儀和女紅，靜園又開了廚藝課。慧馨以前就喜歡自己動手烹飪，所以這門課對她來說不難。丙院裡大多數人都很忙碌，上午忙課程，下午忙田莊的事。

慧馨向林嬤嬤提交了他們的採購單，不僅列出需要採購的物品，還標注了物品需要的時間。因豬圈最容易建，豬就是最先到的，皇莊那邊直接送去了薛玉蘭家。

過了幾日，慧馨又向林嬤嬤提出要請個大夫給杜三娘看一下，「總是再叫大夫來看看才能放心，說不定還有得治，就算治不好，我們心裡也可以有個底。」

林嬤嬤聽到慧馨要給杜三娘請大夫，很有深意地看了慧馨許久才回道：「女公子放心，老奴會向上稟報的，過幾日便給您回覆。」

慧馨本以為會真像林嬤嬤說的幾日後才有回音，沒想到當晚林嬤嬤就過來跟她說，兩日後太醫院的劉太醫會過去看三娘。

太醫來的那天，慧馨和謹恪早早便去了皇莊，叫上薛玉蘭幫杜三娘先收拾了一下。自從慧馨吩咐她多照顧三娘後，薛玉蘭已將杜三娘屋裡都收拾了一遍，桌椅都擦乾淨，被子也拆洗過，不再像之前那樣到處抹著爐灰。

最讓慧馨和謹恪驚奇的是，當杜三娘在薛玉蘭的幫助下沐浴後，那張臉終於洗了乾淨，且她的臉居然出奇的白淨細膩，連條皺紋都找不到，一點都不像四十來歲的人。慧馨忍不住想，莫非古代的鍋底灰是很好的面膜材料？

當劉太醫被薛玉蘭帶進屋時，看到的便是端莊地坐在桌旁的杜三娘，洗得發白的樸素衣衫，沒有釵環沒有脂粉，她的手臂搭在桌上，旁邊的茶杯還冒著熱氣。她的樣貌一如當年在皇子府見到般秀麗，彷彿這十幾年來的痴傻只是一場夢。

劉太醫在太醫院裡任職有二十多年了，先皇還在世時，四皇子府有人叫醫便經常叫他去，他知道自己最大的長處是嘴嚴不會亂說話，就是那時他見過還在王妃身邊服侍的三娘。後來聽說她嫁給了皇子府的家將，成了將軍夫人，再後來又聽說她家裡出了事，人瘋癲了，皇后娘娘最初幾年也找了太醫給她醫治，那時聽同僚說她受了打擊人傻了，瘋瘋傻傻的根本不喝藥，沒法治。沒想到又過了這麼些年，皇后突然讓他來給她看病。

「勞煩劉太醫跑這一趟，前幾日我瞧三娘似乎好了不少，身體好多了人也精神了。想來她在這皇莊住了這十幾年，山清水秀養身養性，對她的病情終歸是好的。」慧馨邊說邊看著劉太醫，看劉太醫剛才進門的表情當是認得三娘的，看來這人應該是皇后挑的，既然皇后是真的對三娘有情義，應當也希望三娘能好起來吧！

「都是言主子掛心非要找大夫來看，沒想到靜園竟找了太醫來，真是勞煩大人了。興許是今年冬天沒往年那麼冷，這些日子我這老毛病倒好了不少，只有時還會有些胸悶，麻煩大人給瞧瞧。」杜三娘也認出了劉太醫，她自然記得皇后曾誇獎過劉太醫的為人，這次皇后派他來是要再給她一次機會嗎？

劉太醫客氣了幾句便開始診脈，邊診脈邊觀察杜三娘的氣色，「氣血不調致鬱結於胸，並無大礙，我開些藥調養一段時間便好。」劉太醫又詢問三娘一些平時生活上的情況，便寫了兩張藥方，留了一份給三娘做底，另一份說要帶回去配藥，過幾日讓太醫院的人直接把配好的藥送過來。

慧馨並不懂藥性，便讓杜三娘自己保留藥方，臨走時叮囑薛玉蘭對三娘的情況暫時保密，誰也不要說，若有人問起只說同以前一般便可。畢竟皇后的態度尚不明朗，她目前能做的也只有這些了。

薛玉蘭找了木匠來做魚柵欄和竹筏，專業人士動作就是快，四五天就完成了。慧馨和謹恪檢查了結實度和長度，驗收通過，付了一百五十枚勺幣給薛玉蘭。娟娘和花姑不但出動自家人幫忙，還找了一個據說曾在南方生活過，且在魚塘幫過工的人來幫忙，因此挖掘的工作進展有序。

除了每日上午的功課和下午視察田莊，慧馨還在考慮是否應該找些藥材書來看，上次劉太醫開的藥方她看不懂，這讓慧馨產生危機感。就在她猶豫的時候，林嬤嬤又來下了個通知，三月十九日乙院開院，到時丙院要負責迎接，晚上的開院宴會也由丙院全權負責。

林趙杜三位嬤嬤分了工，同時也將丙院的人分成幾個小組，每個小組負責一項具體的事情。慧馨四人被分到趙嬤嬤手下，負責宴會的食物，好在這個差事雖然繁瑣，卻不會太過勞累。

【第三十二回】

為日後鋪路

慧馨四人負責的差事是謹飭從趙嬤嬤那裡爭取來的，而謹飭和謹諾準備包攬所有工作，為得是給慧馨與謹恪更多時間管理皇莊的事。

從魚塘開挖那天開始，便有許多皇莊的莊頭與靜園裡的人來詢問，畢竟這河邊建魚塘可是京城頭一回，好奇的人自然不少，打探的人也不少。

慧馨與謹恪堅持每天都要去皇莊察看，而娟娘她們雖找了個在南方管過魚塘的人幫忙，但她還是無法完全放心，畢竟這魚塘是結合了上輩子電視上看的節目和《養魚經》、《農政全書》，與現今南方的魚塘還是有很大的差別。尤其在防洪排澇上的設計，因南方的雨季多屬陰雨連綿，而京城的雨季則是以暴雨急雨居多，為了確定進排水口的大小和位置，還有防洪渠的深度、防洪堤的高度，慧馨在地頭上用土做了好幾個小魚塘模型，又模擬下暴雨的情況，試驗了無數次才決定了最終方案。

謹恪對慧馨這種做模型解決問題的方法相當好奇與佩服，慧馨很臭屁地說：「沒聽說過嗎？實踐出真知啊！」

內院裡也有人來問魚塘的事，慧馨毫無保留地講給別人聽，畢竟這是造福農民的事，而且倘若有人與她們一同造魚塘的話，她們便不會這般顯眼了。本來這些人還認真地聽，但一看慧馨熱情地恨不得她們馬上一塊動手挖魚塘的樣子，卻覺得這事相當不靠譜[1]了，京城從沒有人開過魚塘，別這魚最後沒養活，倒連累她們欠上靜園錢了。一般人有了好的發財點子，誰不是藏著掖著，哪有同慧馨這般趕著跟別人講的。這樣一想，這些人便改了主意，打算觀望一陣再說。

謹飭和謹諾卻對慧馨和謹恪她們倆修魚塘的事很支持，難得她們的小妹能認真做一件事，她將來總要長大，也總要嫁人，西寧侯府不能永遠將她照顧得面面俱到，現在她願意跟著慧馨學習做事，對她總是好事。而且慧馨的修建計畫，她們也認真分析過了可行性很高，值得冒險一試。

再說到杜三娘那邊，劉太醫回去三天後，太醫院派了藥童過來送藥，配好的藥材包成十包，囑咐每日熬一包喝便可，十日後劉太醫會再來複診。慧馨拿著藥包，將上面寫的方子與劉太醫留下的方子比對，一模一樣……她還以為皇后會讓劉太醫在方子裡留什麼話呢！

杜三娘見慧馨盯著方子看，猜到她在想什麼，只歎了口氣，無奈說道：「妳要想從我這裡接近皇后，只怕是不成的，這麼些年過去，皇后娘娘早就不記得我了。」

慧馨一愣，她倒真沒想過利用杜三娘接近皇后，只是身為一個和平年代的穿越人士，很難眼睜睜地看著一個女人靠裝瘋賣傻過日子。不過杜三娘會這樣想她可以理解，卻不願多做解釋，有道是

【注釋】

①是指離譜、不可靠的意思。

路遙知馬力，日久見人心。

慧馨笑著回三娘道：「皇后娘娘如何想，咱是管不著的，現在妳既然選了這條路，就看妳打算怎麼做了。多與村子裡的人接觸接觸，跟著薛玉蘭學習如何生活，我能照顧妳的時間也有限，將來妳總要學習照顧自己的。」

杜三娘聽了這話眼光微閃，她看不透面前這位她稱為「言主子」的女孩，為人處事圓滑老練，做事又雷厲風行，聽說還不到十歲。丙院的人不能透露家世，皇莊的人打聽不到，薛玉蘭也不清楚。

❖

謹飭和謹諾擬好了宴會的菜單，便拿來給慧馨和謹恪看。畢竟名義上是四人一同操辦，事情的進展得讓她們清楚，免得一問三不知就不妙了。

慧馨看了眼前的菜單，便知道她們在選菜時是用了心的。我朝兩任皇后都以勤儉出名，靜園自然也以此為傳統，平時她們在飯堂的飯菜都是四人一桌，四菜一湯，參考往年的宴會菜單，仍然是以四菜一湯為主，只是食材可以選更好些。

謹飭列出的菜單——豆豉蒸排骨，話梅排骨，雞蛋羹，小蔥拌豆腐和骨湯清麵。菜色簡單，食材也容易。兩份排骨應是為丙院點的，飯堂平時的菜實在太缺少味道了。雞蛋羹和拌豆腐雖看似簡單，但要做好也得盡些心思，滑嫩的口感更是大多數女孩都喜愛的。而骨湯清麵可作湯又可作主食，還可以替靜園省點錢……

點心便容易選了，只要挑選平時樂室消耗最快的點心就成了。靜園廚房點心師傅的手藝有口皆碑，聽杜三娘說很有可能是位曾經跟過皇后的大廚。

慧馨看完菜單打趣謹餎和謹諾道：「我們這菜單哪裡是為乙院的人接風，分明是給咱們丙院的人解饞的……」

謹餎原本打的就是這個主意，被慧馨一語道破也不惱，只捂著嘴笑道：「這有什麼，他們乙院都有自己的小灶，還能跟我們計較這點吃食，再說了，我們這都是從往年的菜單裡選出來的，既省錢又實惠。」

商議完菜單，謹餎又問起魚塘的進展，慧馨道：「前幾日就已挖好了，現在蓄了水，每天觀察會不會漏水，還順便試驗了進排水口的情況。幾個莊客都挺認真的，堤埂也很堅固。明天生石灰就會到了，後天準備清塘，到目前一切都按著計畫順利進行。」

謹餎點點頭，慧馨將修魚塘的事一步步列成計畫，按部就班做得很順利，這段時間即使忙也沒見他們慌亂，看來她也應該將宴會飲食安排列個單子。

聽他們談到皇莊的事，謹諾想起一件事來，「聽說前兒有一位也開始種皇莊那邊的地了，種的也是梨樹，不過這位種的不是豐果期的梨樹，而是從梨樹苗開始。」

「從樹苗開始？那不是最快也要兩三年後才能結果？」謹恪驚訝地問，這段時間她與慧馨整日往村裡頭跑，知道了不少農務上的事。

謹諾點點頭道：「是啊，別人也是這麼說，結果人家卻回：『條件有限，盡力而為，不求能賺多少錢，惟願造福皇莊與後來的人。』」

謹飭等謹諾說完也笑著道：「原本院子裡的人都在談論妳們兩個挖魚塘的事，現在出了這麼一位，反而大家都在讚揚她品德高尚了！」

【第三十三回】
我不是妳的奴婢

今日要清塘，昨日慧馨便吩咐娟娘和花姑將魚塘的水放掉一部分，剩下不要超過三尺深，又提前與林嬤嬤打了招呼，希望她向皇莊那邊遞個信，等清塘那天請皇莊的官校來維持秩序。

慧馨和謹恪到莊田時，娟娘和花姑已經準備好了，薛玉蘭和杜三娘也過來幫忙。村子裡來看熱鬧的人不少，但都被官校隔離在外面不准靠近。

自從有太醫來給杜三娘看過病後，村裡便傳言三娘的病快好了，一時間跑去三娘家裡打探情況的人不少。杜三娘厭煩應付這些村姑，乾脆不待在家裡，經常去看薛玉蘭餵豬，也常去田莊看挖塘的進展，儼然有點管事娘子的派頭。時間久了，村裡人見到在地頭打轉的三娘也見怪不怪了。

慧馨拿竹竿測了池水的深度，沒有問題，便吩咐娟娘她們在桶裡用水將生石灰溶了，然後灑入池子裡，動作慢些沒關係，但得注意安全，囑咐杜三娘在一旁負責指揮，幫大家看著些。一時間池塘像煮開了的熱水壺，被隔在週邊的人群看到這景象忍不住興奮地尖叫，甚至有幾個頑皮的小孩想鑽過官校的阻攔。慧馨抹把額頭的汗，幸好有先見之明叫了官校攔著。

這兩畝池花了整個下午才灑完，足足用了二百五十斤生石灰。慧馨吩咐薛玉蘭她們四人，四天後再把發酵好的豬糞施入池塘。

這頭魚塘這邊還在施肥養水的階段，乙院那邊開院的日子就到了。

今天要忙一整日，上午的課停了，下午皇莊也去不成。

當天整個靜園都很忙，慧馨一早便起床，與謹飭她們一道點收皇莊那邊運來的食材，她們要全權負責晚宴的食材準備。除了檢查量夠不夠，還要注意新鮮度。謹飭做了幾個牌子，每驗好一筐便放上一個牌子，免得廚房裡的婆子拿錯。

眾人吃過早飯後又繼續忙碌，林嬤嬤一大早便帶人開了乙院的門，進進出出地收拾東西，說是收拾也就是檢查還有沒有疏漏，乙院前幾天便已經打掃過了。

慧馨四人用過早飯後又去了廚房，她們負責的幾個筐子已經送來，整整齊齊地擺放在一邊。謹飭驗過牌子確認沒有問題，這才支使廚房的小宮女將裡面的東西取出歸放好，該保鮮的保鮮，該醃漬的醃漬，慧馨將做雞蛋羹用的一籃雞蛋吊到了房梁上。

忙完廚房裡的事，他們暫得片刻清閒，謹恪拉著慧馨要去看熱鬧。兩人一路走去，遇著不少抱著大包小包的宮女。因著乙院的人都是帶著一大堆行李入園，宮裡頭今天派了不少宮女和小火者過來幫忙。

遠遠見到一隊人走過來，謹恪突然拉著慧馨藏到旁邊的假山後面。慧馨奇怪地向謹恪使眼色，前面是什麼人啊？

謹恪趴在慧馨耳邊偷偷道：「那是廣平侯府的袁表姊，她凶得很，可別讓她瞧見我……」

慧馨將兩人的衣角都拽緊了，免得露到假山外頭，又學著謹恪從假山的石縫裡往外偷看。走在最前面領路的女孩身上掛著名牌，遠遠地看不到上面的名字，不過戴名牌的都是丙院的人，奇怪啊，這些乙院的人都在靜園待了幾年了，還需要領路？

這位袁表姊看來似乎不太高興，等那女孩將她領到了乙院門口，突然很不耐煩地轉身，扔了枚東西給那女孩，「磨磨蹭蹭地，領個路都不會！本來準備了好些勺幣今天用來打賞，看樣子也用不上了，真不知道林嬤嬤是如何教妳們規矩的，丙院真是一年不如一年了！」

那女孩呆呆看著手中的那枚勺幣，心裡覺得委屈，眼眶一紅，哭出來了，旁邊提行李的宮女和小火者全都低著頭，好像什麼都沒瞧見般地跟在袁小姐身後進了院子。

慧馨和謹恪直到那女孩捂著臉哭著跑走了，才從假山後出來。謹恪拍了兩下胸口，「幸好沒讓她瞧見我……」

靜園前廳一反往常的寧靜，有些亂哄哄。乙院的人進園可以攜帶行李，且沒有限制，只是要登記造冊。小姐們自然早就準備好行李清單，丙院的人則負責查實。宮女和小火者們提著包袱，排著隊等候察看。

大概是頭一次做這些事，行李登記得有點慢，幾個乙院的小姐開始有些不耐煩了。

「妳瞧那個，笨手笨腳的，把我的書都弄掉在地上了。」

「那個也是，那包衣服都看半天了，還沒看完，好像沒見過好衣裳似地。」

「動作這麼慢，連累我們在這等半天，我不要等了，先回院子裡休息。來人，給我領路回乙院。剛才給橙衣領路的人呢？怎麼還沒回來？」

有人不屑地哼了一聲：「這麼笨的，肯定是被橙衣弄到哪裡挨訓去了！」

慧馨和謹恪站在廳外也聽到了裡面的抱怨聲，慧馨看著裡面的情形，突然像醒悟了些什麼，這分明是靜園給丙院上的一節課。

前廳裡，乙院的人帶著大包小包行李入園，身上穿的是自己的衣服，他們不用掛名牌，別人恭敬地稱呼她們某小姐。這些都與丙院的待遇相差甚遠，正像主子與奴婢的差距，莫名中給丙院的人心裡產生了壓力和自卑感。倘若頂不住這些壓力，就像剛才給袁橙衣領路的人，便成了自甘下賤落了下乘。林趙杜三位嬤嬤分配任務的時候，只說前廳的人只負責察看和登記，可沒說要她們伺候這些小姐。畢竟靜園培養的可不是奴婢，而是能獨當一面，為人表率的女子。

【第三十四回】

再慌也要穩住

謹立心裡也有點著急，這些乙院的人為什麼要帶這麼多東西啊？明明靜園裡什麼都不缺……從吃完早飯就在這兒清點，腿腳都站累了，那些人還在旁邊說風涼話。謹立心裡有話臉上卻不顯，動作俐落地在冊子上記下一件件物品，冊子上的簪花小楷寫得端正秀麗。

又有人嚷著要先回院子，謹立看看旁邊的人，確實也有人想離開了。不過林嬤嬤安排任務時特意強調過，清點物品時小姐們一定得在場，核對完還要她們簽字。剛才袁小姐非要人領路去乙院，她便已覺得不妥，這要是再有人提前走了，她們這次負責前廳的工作只怕要被判不合格。

謹立朝周圍掃了一圈，看到站在門口的慧馨和謹恪，正好她們是負責晚宴飲食的，這會兒應該有空，便急急過去向兩人道：「兩位妹妹來得正好，妹妹現在是否有空去廚房說一聲，讓他們送些茶水和點心過來，乙院的姊姊們一大早就在這裡等著，待會只怕要口渴了。」

慧馨明瞭地點點頭：「姊姊放心，廚房今日的茶水和點心都有多備下的，我們這就去讓他們送過來。」

謹立聽了感激地道：「有勞妹妹了。」這會園子裡正亂著，今年乙院有二十一位小姐，現下才來了不到十位，各個都氣勢十足，整個靜園宛若雞飛狗跳一般，比他們丙院報到那天熱鬧許多。再不想點法子安撫他們，丙院這面子可就丟定了。

慧馨又朝前廳看了一眼，問道：「沒想到她們帶了這麼多行李，要不要告訴林嬤嬤再派些人手過來？」

謹立搖了搖頭道：「剛才已派人問過，但人人都分派了任務，這會已是沒法抽人過來了。」

慧馨覺得這樣不是辦法，前廳是今天的第一關，她們做不好，會影響一整天的氣氛，「姊姊，我看妳們是每人單獨負責一人，這樣核對得慢，乙院的小姐便得全都等著，不如姊姊們一起集中核對，一人結束再核對下一人，這樣起碼完成一個可以走一個，等待的人少點自不會這般亂了。」

謹立想了想便握著慧馨的手道：「妹妹這個法子好，我立即同她們說。」說完便回前廳去召集丙院的人。

慧馨與謹恪又回到了廚房，吩咐人送了些茶水和點心去前廳。慧馨拉著謹恪到角落裡提醒她：「今天我們要把眼睛睜大點，不能讓人鑽了空子[1]，讓丙院在乙院面前丟臉。」

謹恪睜大眼睛不明所以地看著慧馨，慧馨忍不住在她腰上扭了一把：「妳別忘了靜園除了明課，還有暗考。在特殊的日子，靜園做的安排多半都是別有用意的，畢竟咱們來靜園可不是為了享福！

為了晚上多吃點排骨，午飯許多人都只吃了一點，晚宴的菜單前幾天就公佈了，丙院不少人都等著晚上改善伙食呢！」

一直到晚宴前一個時辰乙院的人才來齊，前廳的人終於忙完，全跑到樂室裡喝茶休息。她們看起來累得不輕，但她們精神卻很好。聽說她們改採合作登記後，速度快了不少，到了下午合作熟練了，大約幾分鐘便可完成一人，結束後還得了林嬤嬤的誇讚。

慧馨四人則已經在廚房開始準備晚宴餐點了，再次檢查一遍材料，清點管理宴會器具的人送來的餐具，然後搭配好食材放在一邊。菜要在宴會開始前一刻才能下鍋，現在還是乍暖還寒的天氣，做得太早菜會冷掉。

四人中慧馨的廚藝最好，她今晚要在廚房裡負責監督菜的製作，謹飭在廳裡負責安排佈菜，謹諾和謹恪則要監督傳菜隊伍。

下麵用的排骨湯從中午就熬上了，最先上席的菜是小蔥拌豆腐，因為宴會一開始會有乙院的人開場致詞，慧馨她們四人也必須到席。

致詞的人正是袁小姐，「靜園不許飲酒，我便以茶代酒敬各位姊妹，」她一口飲盡後繼續說，「今日乙院許有得罪丙院各位妹妹的地方，我代表乙院向各位道歉，我們也不過是按靜園的老傳統辦事，還請妹妹們海涵。靜園是個好地方，各位待久定能學到許多，我祝各位妹妹能早日如願進入

【注釋】

①有機可乘、見縫插針的意思。

乙院。」這會兒的袁小姐與白天判若兩人，言談之間充滿了豁達之感。

過了開場，四人便離了席，慧馨立即趕往廚房監督流程。先是要製作兩份排骨，雞蛋羹和骨湯清麵最後才上。

待每席都上了兩份排骨，四人又回了席位。靜園的宴會是學國子監，主菜上完後，丙院的人要輪流給乙院的人敬茶，之後還要玩擊鼓傳花的遊戲，等這些遊戲完畢才會上最後的飯菜。

慧馨這般剛跟席上的人一起敬完茶，旁邊便上來個宮女同她說，廚房的人來找她。慧馨起身走到廳外。只見這宮女很焦急，額頭都出了汗，慧馨瞧她這副樣子，心裡咯噔一下，該不會是廚房出了什麼事吧？

【第三十五回】事有蹊蹺不單純

那小宮女見慧馨出來了，急急忙忙上前，「女公子，剛才廚房裡收拾東西，有人不小心將裝雞蛋的籃子碰倒掉到地上，雞蛋全都破了……」

謹飭剛在席上見有人叫走慧馨，怕廚房有事便也跟了出來，這會聽了小宮女的話，便與慧馨對視一眼，早上明明已將晚上用的雞蛋單獨放了。

謹飭與慧馨到了廚房門口，就見廚房的嬤嬤正在訓話，那嬤嬤見兩人來了，急忙過來行禮，「老奴給女公子們請罪，都怪老奴沒看好她們，將女公子們要用的雞蛋都給打破了。」

謹飭留下聽嬤嬤解釋詳情，慧馨則直接跨進了廚房。往屋頂一瞄，早上挑出來的雞蛋正穩穩當當吊在橫梁上，慧馨嘴角一彎會心一笑。這事可真是歪打正著了，早上她將新鮮且個頭一樣大的雞蛋撿了出來，專門找了個小籃子盛放，因見早上廚房被新送來的蔬菜堆滿，找不著空地，這才將籃子吊在橫梁上，那裡原本是專門用來掛鹹肉的地方。多虧沒人注意屋頂，這些雞蛋終是躲過一劫啊！

確定了要用的雞蛋安然無恙，慧馨才看到一旁灶台邊的地上，雞蛋碎了滿地，放雞蛋的筐子歪倒一邊，沾滿了蛋液。

慧馨轉身出來，正聽見嬤嬤和謹飭說：「本來若少的是其他材料，還可以找代替的，可雞蛋羹沒有雞蛋便做不成，這菜單又是一早就公佈的，沒了雞蛋羹便等於少了一道菜……」

「嬤嬤不必擔心，今晚的雞蛋羹照做不誤。」慧馨笑著對謹飭點了點頭，示意她雞蛋沒問題，「嬤嬤還是先叫人將裡面打掃一番，這蛋液在地上黏久便不易清理了。」

謹飭見慧馨笑著出來，便知他們要用的雞蛋無礙，見廚房的嬤嬤一臉迷茫地看著他們，便也笑了，「嬤嬤先去將廚房收拾乾淨吧，這事無妨，交給我們姊妹解決便是，不會誤了今晚的宴會的。」

嬤嬤滿頭霧水地帶著幾個小宮女進去打掃，慧馨同謹飭說：「幸好早上另外挑出來了，倘若真少了一道菜，我們的臉可就丟大了……」

「也幸虧我們沒和她們說，不然上面的估計也保不住，好歹也是個教訓，我們這菜單訂的還是有漏洞，」謹飭說道，「雞蛋羹這道菜，少了雞蛋就做不成，不管少一個材料還是用別的菜替換，都太明顯。」

「看來擬定菜單學問也不小，」慧馨笑道，「現下我可不敢回席上了，還是在這廚房盯著好。」

「我和妳一起吧……」謹飭也不放心，索性已經吃得差不多，再一會就該上最後的菜了。

兩人便在廚房裡擺了點心和茶水，坐下吃起來，看到嬤嬤不明所以的目光也不去點明，只道：「嬤嬤不必擔心，等會兒做這道菜時雞蛋自然會有，我們姊妹在這裡坐坐，看這時間也差不多，便不去前頭湊熱鬧了。」

慧馨與謹飭正喝著茶，謹恪也來了，「妳們兩個果然躲在這裡，前面廳裡要再上十碟點心，還有沒有？」

謹飭聽了，一面吩咐嬤嬤們將點心拿出來擺盤，一面問謹恪：「怎麼妳一個人過來？謹諾呢？」

謹恪嘿嘿一笑，「她在裡面應付袁姊姊呢，還好我跑得快。」謹恪又想去淨房，便拉著慧馨一道，謹飭叫了宮女過來陪她們一塊去。

去淨房的路上，慧馨將雞蛋的事情同謹恪說了，「……還沒同嬤嬤說呢，待會直接把雞蛋從上面拿下來，估計她們會吃一大驚……」

從淨房出來，她們遇到了一隊宮女正要往廳裡送點心。慧馨一向覺得古代大戶人家的奴婢都極講規矩，像這樣送東西時，必排成一列，間距相等，邁著同樣的步子，手裡捧著食碟，翩翩前行，既整齊又好看。

慧馨看了一眼送點心的隊伍，又再仔細地看了一眼……突然轉身叫住她們。謹恪不明所以地望著慧馨，又看看這些小宮女，就在她第三次看這些宮女時，也發覺到有點不對勁……

一、二、三、四、五、六……六個宮女，十二碟點心，可是方才廳裡傳來需要十碟，謹恪去廚房吩咐的也是十碟，而謹飭讓人準備的也是十碟……怎麼多了兩碟點心，也多了一個人……

慧馨向謹恪使了個眼色，謹恪便小聲吩咐那個跟著她們的宮女，去叫廚房的嬤嬤和謹飭，然後兩人一眼不眨直直盯著這六名宮女。

幾個宮女雖不知道發生了什麼事，見兩位女公子只盯著看卻不說話，便都低了頭，不敢言語。畢竟是從宮裡借來的人，很懂規矩。

慧馨一面盯著這六名宮女，一面在心裡頭琢磨。她們四人分工的時候，謹諾和謹恪負責監督傳菜，就是為了避免上菜途中發生問題。剛才雞蛋的事件已是有驚無險，警惕心便一下鬆懈，幸好又被她們路上碰到。這好好的多了一個人，多了兩碟點心，說不定裡頭藏了什麼貓膩。

謹飭和廚房的幾個嬤嬤很快便來了，因這會天稍黑了，他們還提了兩盞燈籠過來。慧馨見她們並未開口說話，而是示意謹飭和嬤嬤直接看前面的宮女。幾個嬤嬤經的事多，一眼便看出了問題，不須提醒便明白了。

慧馨見幾位嬤嬤臉上難掩驚訝，覺這事只怕不簡單，便道：「嬤嬤們可上前看一下，這些可是剛才從廚房出來的宮女？」

跟著嬤嬤前來的宮女便提了燈籠靠近這幾位宮女，將她們的臉照亮了給嬤嬤看。輪到第四個宮女時，排在最後的那人，突然從手上端的盤子裡抓了東西就往嘴裡吞。

慧馨直覺不妙，正要呵叱，原本站在旁邊的兩位嬤嬤已先一步跑了過去，拽住那宮女的手臂，用力拍打她的背後，語氣嚴厲斥責：「吞了什麼？還不馬上吐出來！」

【第三十六回】到底有何目的？

慧馨一時心驚，握住了謹飭的手，無論如何，靜園的暗考應該不至於弄到這種程度吧。那宮女也不知吞了什麼，兩位嬤嬤弄了半天也沒讓她吐出來。

兩位嬤嬤拍在她背上的力道和位置，都是有門道的，可這女子竟能忍住不往外吐，硬是咬緊嘴唇一言不發……

謹飭臉色也不好看，不過倒比慧馨表現鎮定。她畢竟是家中最年長的女孩，母親和姑姑們經常帶著她出入宮闈，教她許多事，她不但要保護自己還得照顧妹妹們，對宮中和豪門裡的勾當懂得更多。要說剛才雞蛋的事是靜園設的套，那現在這事絕對是意外。

謹飭讓嬤嬤們將這宮女看好，又吩咐人去將林趙杜三位嬤嬤請來，事情發展到這步已經不是他們能解決的。

慧馨也穩了下心神，雖然出了事，可前頭宴會還在進行，這事也不能鬧大，便對謹飭說：「姊姊，這點心我看也別上了，萬一要再有點什麼可就麻煩，不如我和謹恪現在回去先將雞蛋羹做好端上席。」

謹飭想了一下，這點心確實不敢再送過去，可不送過去只怕前頭又會有人來催問，便點頭道：「也好，先將雞蛋羹端上去吧。」

慧馨拉著謹恪回到廚房，吩咐眾人準備做雞蛋羹，她親自過去放了繩子將雞蛋取下。廚房裡的嬤嬤們看得目瞪口呆，難怪兩位女公子一點也不急，原來她們早藏了後手。

慧馨親自監督做好了所有的雞蛋羹，叫了宮女捧著，與謹恪兩人跟著隊伍將菜送到了前廳。回頭又將剛發生的事情同謹諾說了，吩咐謹諾與謹恪留下來，讓她們兩人注意廳裡，她則去看謹飭那頭處理的狀況。

慧馨找到謹飭時，林趙杜三位嬤嬤已經在問話了，慧馨過去給三位嬤嬤行了禮，回頭小聲詢問謹飭。謹飭搖搖頭，這個宮女什麼都不肯說，看她吞了東西卻沒事的樣子，應該不是毒藥之類，是什麼東西如此重要，讓她不惜當眾銷毀，還是用吞進肚的方式？

慧馨直覺這事應不是衝著他們來的，見三位嬤嬤急於想問出個所以然，她不得不提醒道：「嬤嬤，前面宴會已經進行得差不多了，一會便要上最後一道菜了，這兒離淨房近，難保不會有人經過……」這種事自然知道的人越少越好，前頭宴會得照常進行，不能讓人瞧出什麼端倪，既不能延長時間也不能突然結束，且宴會一旦結束，來往的人只會更多更亂，所以這事得在結束前處理好。

林嬤嬤聽了慧馨說的話，心中一動，真是離了宮舒服日子過久了，這些事怎能當著女公子們問。馬上吩咐人將這六名宮女都帶走，吞東西的那個特別叫了兩人押著。正好各院管事嬤嬤住的院子裡有空屋，便叫人先將她們關到那裡。

林嬤嬤安排完這六人，又轉身叮囑謹飭和慧馨：「女公子們請各自去忙吧，這事老奴會向上稟報處理的，這般刁奴自會被嚴懲。為免走漏風聲，還請幾位女公子勿將此事告訴別人。」

謹飭見林嬤嬤不讓她們再插手此事也覺甚好，畢竟靜園裡人事太複雜，進得了靜園的人哪個是沒有背景呢？

見林趙杜三位嬤嬤帶著那六名宮女離開，慧馨二人便回了廚房，見時辰已經差不多，可以準備上最後的骨湯清麵了。

待宴會散去，靜園裡已經點了燈，慧馨四人才聚在謹飭房裡說起晚上的事。

「那宮女的事應不是衝著我們來的……」慧馨說道。

「我也是這麼認為，看那宮女吞東西的情形，不像是要陷害人，倒像是想要掩蓋什麼秘密。」謹飭說道。

慧馨點點頭：「我也覺得更像是有秘密，不過她的做法不免太激烈，當著眾人的面便吞了，只怕這秘密也不是好事。」

「……最近我們小心些吧，這乙院的人一來，靜園就不太平了，再過一個月，甲院的人也要回來了……」謹飭說著似乎想起了什麼，便又不說了。

就在慧馨四人談論晚宴事件的同時，另一個房間裡也有人正談論著這事。

「消息傳過來沒？」

「沒，按說今晚宴會上便該遞消息過來的，但既沒見到人也沒得到信。」

「……明天要想辦法打聽一下，別是出了事我們卻不知道，這幾天得格外謹慎，千萬不可露出馬腳。這靜園想安插個人進來可不容易……」

【第三十七回】

享受收成的喜悅

畢竟那晚人太多，尤其有不少廚房的人，因此消息還是走漏了，幸好林嬤嬤當晚便將事情報了上去，第二天就有人來將那六名宮女都帶走。雖然慧馨覺得另外五名宮女應是受連累的，但這卻不是她們該管的事。

劉太醫每隔十天便會來複診一次，杜三娘依然喝著太醫院送來的藥，慧馨心想不知太醫的出診費和藥材錢是誰支付，反正沒人找她要錢就好。出診次數多了，慧馨與劉太醫也熟絡了。劉太醫是個很好相處的人，聽說慧馨養了豬還要養魚，便建議慧馨可以多採些蒲公英、車前草和馬齒莧給豬吃，這些花草在田間地頭多得是，餵豬既省飼料又能預防生病。慧馨還問劉太醫有沒有能防治魚病的草藥，結果當劉太醫再來時，給了慧馨一張方子，說是做成藥餌投放入魚塘，可以預防毒病。自此，劉太醫在慧馨心裡的等級又高了一層，甚至慧馨還曾忍不住想，這麼棒的人若能娶三娘就太好了，肥水不流外人田嘛！

忙得不可開交的三月份過去後，接著便是更加忙碌的四月份，先是魚塘下萍種和魚苗，之後是放養鴨子。慧馨讓娟娘他們用短柵欄將池塘分成兩邊，鴨子先在一邊養上一周。鴨子主要以浮萍為食物，等浮萍吃得差不多，再趕到另一邊，等原來那邊浮萍長好再趕回來，這樣兩邊輪流養，便不用擔心浮萍不夠。為防止魚塘滋生病菌，魚塘每隔段時間便要在四周放下長柵欄，然後打開進水口和排水口換水，每月潑灑一次生石灰，劉太醫配的藥餌也會定期投放。

慧馨又訂了本冊子，專門記錄魚塘維護狀況和魚鴨的生長情形。現在她們手下的四個莊客，薛玉蘭專門負責養豬、晒豬糞，娟娘和花姑負責魚塘，而杜三娘則被升做了小管事，慧馨還抄了幾本農書送給她。三娘如今已算是莊子裡有點頭臉的人了，畢竟在貴人身邊待過，又做過將軍夫人，雖落魄了這些年，但只要端起架子，還是很有氣勢的。

魚塘這兒很快便有了收穫，看著娟娘和花姑從魚塘邊的鴨棚裡提出一筐筐的鴨蛋，慧馨和謹恪笑得見牙不見眼。慧馨開心地撿了十幾個鴨蛋，放在三娘給她準備的小竹籃裡，她要帶些回靜園，上廚藝課時醃起來，鹹鴨蛋啊……好久沒吃到了。

賣鴨蛋的錢六成存起來還給靜園，三成拿出來兩人分作零用錢，一成作為杜三娘四人的賞錢。成為丙院最早有收入的人，這是慧馨與謹恪沒想到的，只不過仍欠靜園上百兩。謹飭和謹諾也為她們高興，打趣她們該掏點錢出來請丙院的姊妹們吃一頓。

慧馨覺得這提議不錯，她們第一次靠自己賺到錢，院子裡不知有多少人眼紅嫉妒，這時候她們不能顯得太小家子氣。慧馨與謹恪商量，從她們自己拿的三成零用錢裡又拿出一部分，請飯堂裡的嬤嬤中午給大家加了一道菜。

丙院眾人見她們知趣，也知她們賺的錢不多，還得歸還靜園的欠款，能出錢加份菜也算表了心意，自然沒人特別為難她們。

田莊那邊既已上了軌道，慧馨便將大部分事情交給了杜三娘處理，她和謹恪仍舊每天下午去皇莊那裡，但現在已經改監督為消遣了。這朝代女子能這般自由自在地出門，機會實在是少。而且天氣越來越好，皇莊的空氣也越是令人心儀。

❖

待得甲院開園的日子，乙院和丙院的人一大早便在前廳排隊迎候，這次與乙院開院又大不同。

現今的甲院只有三位小姐，一位是看守馬棚的玉兒提起過的韓三小姐韓沛玲，兵部尚書三女兒，韓淑麗妃的親妹妹；一位是南昌侯嫡孫女崔靈芸，南昌侯是皇后的舅舅；還有一位是潁川陳家的小姐陳香茹，潁川陳家傳承千年，子弟遍佈朝野，不論做官的還是經商的，都少不了出自陳家，光陳家開設的學堂大趙朝便有五家。

乙院和丙院的人由袁橙衣領頭，排在前廳列隊迎候，其他事物一概不需她們插手。靜園給甲院的小姐每人配了兩位嬤嬤和四位宮女，這六人算是皇后的賞賜，隨身伺候她們，不只在靜園內，出園時也會跟著，將來小姐們出嫁也當作陪嫁，歷來只有公主才能得此榮耀。

三位小姐幾乎一早同時到達，在雲台互相寒暄過後，才往園裡走。韓沛玲在前，崔靈芸居中，陳香茹最後。她們邊走邊對兩側候立的嬤嬤點頭，行至袁橙衣身邊時與她互相致意。

隨後她們的嬤嬤和宮女才帶著行李入內，慧馨側頭看去，她們的行李並不多，聽說她們平時可以自由出入靜園，一年有很長的時間可以在園外度過。還聽說甲院在皇莊的地每人有五百畝，其上的生產都歸自己所有。

慧馨覺得甲院對她來說太遙不可及了，她只要能混入乙院，便能對謝老爺有個交代，看謹飭她們的態度，似乎也沒打算進甲院，這甲院的名頭畢竟太招搖了。

甲院開院後，便是期待兩個月的休假了，慧馨盼著這一天已經好久。京裡頭只有大太太帶著兒女守著，慧馨回府裡可比江寧自在多了。

【第三十八回】

假期終於來了！

今天一早便可以出園，慧馨四人一早便去林嬤嬤那裡掛了名，然後到雲台去排隊，一個一個地搭船回到燕磯碼頭。謹恪原本想邀慧馨去西寧侯府，慧馨卻覺得這般直接去似有些不妥，便推辭說府裡有大伯母在，若要去侯府拜訪，得先同大伯母說過才好，不如這次她回去先與家裡說過，下次再去拜訪。

慧馨忽又想起一事，便走到謹飭旁邊：「姊姊可否幫妹妹一件事，我想查一下杜三娘當年的事情。這次放假後魚塘的事情多半會在京裡面傳開，我擔心有人會將當年的事情挖出來，即便我們改變不了什麼，但總也要心裡有數才好。我家在京裡不熟，打聽事情只怕不得力，所以想要麻煩姊姊看這事可使得？」有心人回家自會提起皇莊那邊的事，魚塘這事鐵定藏不住，估計以後去那裡查探的人也要多起來。

謹飭點點頭道：「妳顧慮的很對，這事交給我好了。妳們的魚塘不管成不成，都少不了被人關注，小心些總是好的。恪兒請妳去府裡的事，妳也不用擔心，只管與家裡說就是。」

謹恪聽了謹飭說的話，也一個勁地點頭，又纏著問慧馨這兩天有沒有出府的機會，到時候她們可以約在外見面。慧馨雖知在京城比在江寧自在，但出府這樣的事卻非自己能做得了主的。

慧馨見謹恪一副坐不住的樣子，便想給她找點事做，「對了，帳冊妳可帶在身上了？」

謹恪聽慧馨提起帳冊便很得意，「自然是帶了，我要帶回去給娘看看，我也會做帳了。」

慧馨見她一臉得意，也抿嘴笑了，「妳可記得不要只回去炫耀，得找人打聽一下帳上東西的價格，外面是什麼價，與靜園的採購價比較一下，我們也好心裡有數，倘若靜園價格太高，咱們以後便直接找莊客在外面採購。」

謹恪鄭重地點頭，「妳放心，我省得了。」

❁

待得慧馨從燕磯碼頭下來，便看到等在一邊的大哥謝亮和二哥謝睿。

「大哥，二哥，怎麼你們兩位都來了？哥哥們親自來接，倒教小妹汗顏了。」慧馨趕緊上去寒暄，她平時與家裡的幾位哥哥並不怎麼熟悉。

「我整日在家讀書都快悶死了，趁著接妹妹出來透透氣。」謝睿道，做為二房的長子，他今年要參加秋闈。

「二弟不熟悉京城，母親不放心，我便與他一道來了。」謝亮道，做為長房長子，他今年也要參加秋闈，但聽說他準備過了舉人便可，謝家對他似乎另有安排。

回到謝府，慧馨先去見了大太太，現在謝府裡的長輩便只有她一人。二房在慧嘉三日回門禮後便起程回了江寧，只留謝睿一人在京備考。

慧馨與大太太談了些靜園的課程和皇莊的事情，大太太問起她在靜園都認識了些什麼人。慧馨斟酌著說道：「時間太短尚無頭緒，只有幾位平時要好的，家事猜到幾許，對方應是西寧侯府的小姐，行幾不知，正要請大伯母幫著打聽。今天對方還曾邀我去西寧侯府，只這事還得大伯母幫著拿主意，便沒敢應。」

大太太聽了慧馨這番話，一時反應不過來，七丫頭這才進了靜園兩個月便與侯府攀上了關係？而且還是有兩位公主的西寧侯府！

慧馨看著大太太的樣子，故作為難地說道：「姪女以前從未與侯府小姐打過交道，心裡十分惶恐，怕壞了禮數，丟了謝家的臉，還請大伯母做主，您看這事兒是不是應先同父親、大伯父他們商量過後再做決定？」

大太太這會才反應過來，又見慧馨為難的樣子，以為她定是誤打誤撞運氣好才攀上了西寧侯府。不過既然搭上了侯府，這份人脈自得好生經營，大老爺臨上任前特別囑咐她，藉著七丫頭入靜園的機會，多與京裡的官家和權貴來往，將來情勢如何還不好說，謝家不能將寶都押在漢王身上。

別人家有事是老爺太太拿主意，謝家則是內事外事都由老爺們作主，所以侯府這事還是得老爺們先拿個態度，思及此大太太便對慧馨道：「這事的確要先知會妳父親和妳大伯他們，不如妳寫封信給妳父親，我派人送去江寧，妳大伯就在京畿離得近，我下午便差妳大哥去一趟，將這事告訴他，西寧侯府不比一般人家，咱們得從長計議。」

【第三十九回】二哥謝睿

與大太太寒暄過後，慧馨便去書房找二哥謝睿，謝睿也正在等著慧馨。

二房離京以後，謝睿便一直在府裡閉門讀書。從年前家裡給他訂了親後，頓時覺得肩上的壓力重了。以前他只一門心思讀書，從未在意過其他事，可今年在京裡發生的事，卻讓他驚覺除了讀書還有更多的東西需要揹負。

過年期間，謝老爺帶著他走親訪友，讓他對讀書考功名有了更多的想法。二妹做了漢王側妃，七妹進了靜園，他開始意識到謝老爺兄弟對謝家未來的初步規劃。這些規劃的起步卻是要借助妹妹們的力量，身為兄長他感到愧疚，所以想儘量幫助妹妹們。

謝睿看著坐在對面的慧馨，打量了一番，忽覺她好像瘦了，心裡有點酸。七妹妹這麼小便得進靜園那種地方，他跟著謝老爺在京城訪友的日子，很是體會京城權貴眉高眼低的勢利態度。

慧馨直覺謝睿看她的眼光有點怪怪的，她自然不知謝睿認定她在靜園裡肯定受了欺負。

謝睿心疼自己妹妹：「七妹，妳受委屈了……」

慧馨眉頭一挑，這話怎麼說的？「二哥何出此言啊？妹妹並不曾受委屈。」

謝睿以為慧馨不肯與他說實話，便道：「妹妹辛苦，哥哥都是明白的，權貴勢利，咱們家在他們眼裡不過小門小戶，雖現在二妹嫁為漢王側妃，可我知道他們骨子裡還是看不上我們家，靜園裡又多是貴女，妳一人待在裡面，定是受了不少委屈。七妹有什麼委屈盡可和哥哥說，倘若需要家裡做什麼也儘管說，即便大伯母那兒不方便，哥哥也會想法子幫妳。」

慧馨聽他這麼說倒是一愣，以前覺得二哥是個書呆子，卻沒想還有份真性情，便安慰他道：「二哥這般為妹妹著想，妹妹真是有些感動，不過妹妹真的不曾受委屈，二哥切莫再擔心了。」

謝睿見她仍這樣說，急道：「七妹不用瞞我……」

慧馨見她不相信自己，便直說道：「二哥，我過來找你是有事相商，我在靜園裡結交了西寧侯府家的小姐，多得他們提攜，在靜園裡過得雖不算如魚得水，卻也無人敢欺。今天回來時他們還邀我過府玩耍，我拿捏不好分寸，所以先推辭了。剛才同大伯母說了這事，大伯母已遣了大哥去京畿告訴大伯，再叫我過來找哥哥商量一下給父親去封信。」

慧馨又將靜園與皇莊的事情細細地同謝睿說了，只是剛皇莊那兒改成了謹恪出的主意。謝睿聽著慧馨講起在靜園的生活，這才相信妹妹並沒有受委屈，心裡好過了些。

謝睿聽完慧馨講述，立即提筆開始給謝老爺寫信，邊寫邊與慧馨商量。

等謝睿寫好信差人拿去給大太太後，慧馨又問起了慧嘉的情況：「二姊出嫁，我也沒法參加，二哥可知二姊這些日子過得如何？」

謝睿有些為難地說：「只三朝回門的時候見過一面……」

慧馨知他顧忌男女有別，再加上漢王是武將，與他共同的話題也少。只是謝家若疏遠了慧嘉，只怕慧嘉在王府的日子要不好過，便道：「二姊的婚禮我沒參加，原本準備給姊姊添妝的物品都還沒送出去，不如哥哥下午幫我同大伯母說聲，給漢王府遞個帖子，問問明天方不方便我們去探望二姊，妹妹年紀小，二哥陪我一同去吧！」

謝睿聽慧馨要他一道去看慧嘉，心裡有些猶豫。漢王府門宅高，漢王又是武將，他不知道自己去了能做什麼。

慧馨見他猶豫，便再接再厲地勸道：「二哥陪我去吧，不然就得大伯母陪了。二姊只是漢王的側妃，倘若是大伯母去，便得先同王妃說話，王妃是個怎樣的人我們都不清楚，若大伯母吃了虧，我們就沒法跟父親交代了。二哥去便不同，二哥是男客，自當有王爺和王爺的兒子們陪，到時去見王妃的只有我一人，王妃自然不會難為我這個小人[1]。再說咱家已經與王府結了親，這關係便是脫不開的，倒不如清者自清，任別人怎麼說，我們只做我們該做的事便是。」

謝睿見慧馨說得有理，便暫時拋開顧慮答應她，「七妹說得是，是二哥狹隘了，一會我便去與

【注釋】

①孩童、兒童。

大伯母說給王府遞帖子。」

慧馨見謝睿這般明事理，便覺欣慰，想起聽說他這些日子一直閉門讀書便又勸他道：「二哥專心讀書是好事，可也不要太過了，這書讀了還是要活學活用。有合適的機會不如同大哥出去走動走動，結交些朋友，將來無論做什麼都有個助力。哪怕二哥將這當成鍛鍊身體也好，多走走多看看，興許學問上還能更有長進。書裡不也說『讀萬卷書不如行萬里路』，妹妹就怕哥哥變成那些四體不勤五穀不分[2]的酸儒[3]了。」

謝睿聽慧馨說到酸儒，忍俊不住笑道：「妳膽子倒不小，敢稱別人酸儒了，小心被父親知道了罰妳。」

「二哥不告我的狀，父親如何能知道呢？」慧馨有點小人得志地笑道。

謝睿莞爾，歎氣道：「我明白妳的意思，以後會多跟大哥出去應酬的。」

「二哥其實不必多慮，你本就有真才實學，結交幾個朋友知己的，只是給將來官路錦上添花，切莫學那些清高的人，也莫妄自菲薄。」

【注釋】

②指從來不參加生產勞動，無法辨識五穀，沒有收穫方面的常識，也有人稱書呆子。

③形容迂腐、寒酸的文人。

【第四十回】人事已非

慧馨回到自己的院子，木槿和木樨兩個領著幾個小丫頭正在門口等著，慧馨微笑對她們點點頭，進了屋子。

慧馨將其他丫鬟都遣出去，只留了木槿木樨。分別兩個月，兩個丫頭看到慧馨回來都很激動，木樨還好些，她性子本來就穩，木槿則眼淚在眼眶裡打轉，拿著帕子一個勁地擦鼻子。

慧馨知她們擔心自己，便先好言相勸一番，才問起她們這些日子在府裡的情況，木樨見此自發去了門外守著。

「府裡這兩個月倒沒什麼大事，二少爺整日關在房裡讀書，倒是大少爺經常有朋友來請他出去，四小姐這段時間也一直待在府裡，聽說大太太要給四小姐說親，想趁著這三年大房都在京城，將四小姐嫁在此處。」

四小姐慧妍今年已經十四，是該說親了，過年時大太太帶著她出席了不少聚會，估計那時候便打這主意了。不知大房想找個什麼樣的女婿？

「二姊呢？二姊那邊有什麼消息過來嗎？」

「二小姐回門那天奴婢們沒見到，不過聽太太跟前的紅芍說，漢王對二小姐極好，老爺太太都很滿意。前些日子寒食節，王府那邊還給府裡送了節禮，是大太太那邊收的又回了禮。」

「還有一件事有些奇怪，奴婢辦不明真假，」木槿猶豫著說，「奴婢前幾日聽廚房的盧大娘同別人說，她家阿三最近調到大少爺身邊伺候，經常有機會跟著大少爺出門會友，說是常見到蔣家的少爺。」

蔣家？三姊的夫家？慧馨想起到京城這麼長時間，一直都沒能見到的三姊慧琳，「這件事情妳再仔細打聽一下，看是蔣家的哪位少爺，能不能問到三姊的情況？」謝家自來了京城，只有謝太太去看過慧琳，其他人都沒去過，平日裡老爺太太也甚少提起蔣家，似乎有疏遠的意思。

「小姐，江寧那邊出了點事，您入靜園沒幾日，江寧那邊便送來了信，三姨娘染病去了。說是九小姐回到江寧後也一直不見好，後來大姨娘便把九小姐送去了廟裡，三姨娘跟過去照顧也染上了病，結果九小姐病好了，三姨娘卻沒挺過來便去了。因是得了疫病去的，江寧那邊也沒操辦便直接埋了。九小姐卻要給三姨娘守孝，便留在了廟裡。」木槿邊說邊看著慧馨的臉色，她自進京就一直在慧馨身邊，自然知道三姨娘被遣送回江寧的原因。

三姨娘死了？慧馨乍聽這消息，有些不敢相信。謝老爺真的這麼狠心？三姨娘當初做的事是有些不地道[1]，可最後謝家也沒有實質上的損失，不過是在南平侯面前丟了面子，怎麼也不至於到丟了性命的程度啊！謝老爺難道是在警告家裡的人，他說的話做的事絕不允許任何人破壞嗎？與他同床共枕快十年人的性命也算不得什麼！

想到小九還被留在廟裡，慧馨只覺更加黯然，越發覺得靠自己謀劃未來的必要，她不能將命運放在謝老爺的手中。小九在江寧，慧馨幫不了她。但是在京城，卻有人能夠幫她，休假的這兩天她一定要見一下慧嘉。

「府裡要送帖子去漢王府，倘若明天王府方便，我和二哥會去看看二姊，到時候妳和木樨跟我一道去吧。」慧馨囑咐木槿。

吃過午飯，慧馨和謝睿便將想去探望慧嘉的事與大太太說了，大太太也覺得由謝睿與慧馨去漢王府拜訪較妥當，謝大老爺不過是六品，大太太連個敕命都不算，若讓她領著慧馨去底氣實在不足，倒不如讓他們兩個小孩去，王府那邊反倒不好過分苛求。

大太太派了管家去王府送帖子。慧馨覺得難得有休假，便想出去看看京城，算起來她來京城也有半年，還沒逛過一次呢！過年時太太們帶小姐去聚會，也沒輪到她。

正好謝睿上午聽了慧馨的話，這會也想放鬆一下，便提意陪慧馨出去。而大少爺今天也不準備讀書，便跟大太太說要帶他們去逛逛。大太太好說話，被三人磨了一會便同意了，只提醒他們注意安全，交代不許去太亂之處。

【注釋】

①指人不安好心、不老實。

【第四十一回】

見世面

謝亮帶著慧馨和謝睿去了慶春樓。慶春樓是京城首屈一指的茶樓，倚庭院而建，彙集奇珍花翠，不但文人墨客趨之若鶩，來往商賈也以能在這兒請客為榮。謝家三兄妹包了一間廂房品茶，前院有人開詩會，不便賞花，只能待在廂房裡，偶爾偷偷從窗口向院子裡望望。茶博士[1]給他們上了一壺白茶，這慶春樓不但茶葉好，茶泡得也好，慧馨端起一盞品了一口，鮮醇爽口，回味無窮。

茶雖好，但慧馨仍舊忍不住歎了口氣，本來想在街上隨意逛逛，就像上次路過鄒城那般逛逛店鋪之類，結果兩位哥哥完全沒有興趣，便直接帶著她來到這裡，俗話說得對，女人逛街不能跟著男人。

沒坐一會，茶博士又過來了，原來開詩會的人正在賽詩，出了幾首好詩，眾人要評個魁首卻爭論不下，便想請樓裡的其他客人幫忙看看，替他們評個第一出來。

慧馨對詩會一類沒啥興趣，便道：「兩位哥哥去吧，難得有機會見識一下，小妹不善詩詞不去也罷，留在屋裡歇會，有木槿木樨陪著我，你們不必擔心。」

謝亮和謝睿的確有些意動，聽慧馨這般說，便囑咐丫鬟們伺候好小姐，跟著茶博士一起往院子裡去了。

木槿倒是好奇想跟著一道去看看，見慧馨拿著茶杯一副無聊，便笑嘻嘻地過去慫恿她：「小姐難得出來一趟，不如也去看看詩會，聽說有不少今年要參加秋闈的學子在呢！剛才那茶博士說，院子裡專門支了屏風，方便小姐們在旁看的。」

慧馨也覺得這樣枯坐著實在無聊，索性去看看熱鬧，不然今天下午就白出來了。

院子裡擺了一排屏風，屏風後已經坐了不少位小姐。這些小姐慧馨一個也不認識，便獨自找了靠後的一張桌子坐了。

幾首被公認為佳作的詩，被貼在一張木板上，豎在一旁，許多人看看這首又瞧瞧那首，慧馨在品詩的人裡看到了謝亮和謝睿。

這些人作了什麼詩，說了哪些話，慧馨沒興趣，只一雙眼睛滴溜溜地觀察這些人。果然被她發現個有趣的人，此人外表算得上風流倜儻，只一身樸素的長袍，可頭上的束髮用的是紫帶，腰上玉佩質地雖看不到，但數量卻有五枚，似乎是被請出來品評詩作的客人。

大趙朝皇家衣飾定制為：皇為九蟒五爪袍黃底黃冠、王為五蟒五爪袍朱底朱冠、郡王單蟒五爪袍紫底紫冠、冠上身上的頂珠和佩玉依次為九七五。不知這位公子是哪家的郡王？

等結束回府時，慧馨問起那位公子，謝睿一臉迷茫，謝亮倒是有點吃驚：「今日這位是魯郡王，七妹如何看出來的？」魯郡王是太子次子，趙良娣所生，聽說為人和藹可親，與太子長子燕郡王關

【注釋】

①古人稱陸羽為茶博士，後來泛指賣茶的伙計，更包含表演茶藝者。

係極好。

慧馨笑著回答謝亮：「這位郡王穿了布衣，頭上雖沒帶冠卻束紫帶，腰上還掛著五枚玉佩，擺明著告訴別人是郡王微服，今天這詩會裡沒瞧出來的只怕沒幾個人，他們請客人出來品詩估計也是為了見這位郡王吧！」

謝亮聽慧馨這般說，倒是對她有些刮目相看，年前聽說謝家要送七妹慧馨入靜園，想起慧馨不過是二房庶出，他心裡便有些替自己妹妹打抱不平，可現在見慧馨能說出這番話，只覺得這位七妹往日裡是真人不露相。

謝睿此時才恍然大悟，頓時心生慚愧，他往日真的只是死讀書了，連七妹都注意到的事他卻沒看出來。

慧馨今日當著謝亮說這番話，也是有意為之，謝家其他房的人對送她入靜園多有不滿，有這樣的機會誰不想送自家的女孩去？不過既然人選已定，她就得讓謝家人贊同她，支持她，她在靜園的日子還長呢！大房這三年都會在京城，謝睿和她都需要靠大房照應。

慧馨看著兩人的表情很是滿意，便又問道：「這慶春樓真是名不虛傳，一草一物都透著細緻，原就聽說京城臥虎藏龍，大哥可知這慶春樓什麼來歷？」

「……聽說慶春樓的主事是太子門客的親戚。」謝亮猶豫了一下終是說道。

三人回了謝府，謝亮自是到大太太處，慧馨卻跟著謝睿去了他的書房。沒一會，大太太便差人過來給他們兄妹回話，漢王府那邊已經允了明早讓他們去看謝側妃。

書房裡，慧馨看著情緒低落的謝睿，心知他今日受了打擊，她也心疼哥哥，但這打擊又不能不受，早點受還能避免將來犯錯，眼前只能盡力開導他：「二哥今日有什麼想法，也同妹妹說說吧。在這府裡頭，二房只有我們兄妹相依，早上二哥還要妹妹有委屈便告訴二哥，這會二哥倒跟妹妹見外起來了。」

謝睿歎了口氣才說道：「二哥明白七妹的心意，早上我還對七妹勸我多走動的話不以為然，下午慶春樓的事讓我茅塞頓開，二哥以後會多與大哥出去走動的。」

慧馨見他已經想明白，便點點頭道：「二哥能這般想，妹妹便也放心了。只是去哪些地方走動，二哥還需要多思量，像今日去的慶春樓，二哥還是少去得好。方才聽大哥的意思，慶春樓應是太子的地方，咱們家二姊畢竟嫁了漢王，有些地方、有些人終要避諱一些。」

謝睿點點頭，他自是不笨的，以前只專注讀書，這些人情世面想得少，現在開了這個竅，考慮多了自然懂得也多。

慧馨想到明日要去漢王府，又提醒謝睿：「明日去漢王府，二哥多半會見到漢王，我們兄妹都要守好君臣之禮，與內宅說，二姊前面有王妃；與漢王說，那是皇室貴冑。不管將來如何，謝家與漢王之間都有條鴻溝，我們必須守著本分，絕不能跨越一步。」

【第四十二回】

初進漢王府

為了趕在午飯前回來，慧馨與謝睿吃過早飯便往漢王府去了。

漢王府邸坐落在煙波街上，是漢王受封後皇帝賞賜的，原是前朝宰相的家宅。煙波街上有不少前朝王侯將相的府邸，大部分已被先皇賞賜給了開國功臣。

慧馨與謝睿被迎進正門，有小廝來引謝睿往前廳，世子和幾位少爺已經在等著了，又有嬤嬤來引慧馨往內院。慧馨對著謝睿點點頭，示意他放心，才跟著嬤嬤走了。

慧馨目不斜視地跟在嬤嬤身後，鼻子上微微滲出了汗，王府太大了……

不知是王妃有意為難還是規矩如此，以王府之大，嬤嬤行走速度之快，慧馨跟得可是有點吃力。幸好她這段時間天天都與謹恪走路去皇莊，算是變相鍛鍊身體，最近身體健康了不少。這一路走下來慧馨不但出了汗，小臉也變得紅撲撲，不知道別人拜見王妃是不是也這麼個走法？

終於到地方了，有宮女上來領著慧馨進屋，那位嬤嬤直接退了下去。

屋裡正座的應該是漢王妃了，有宮女上來往地上鋪了墊子，慧馨走上前向王妃行了跪禮。這一跪慧馨雖不情願可是沒辦法避免，謝老爺雖是進士出身，又開設書院，可他沒有官職，慧馨見漢王妃便得行君臣之禮，還得自稱民女。

行完禮慧馨才抬起頭來打量屋裡的人，王妃下首兩側各坐了兩名女子，這應該是王府的四位側妃了，二姊是右手的第二位。王妃身後又站了三名女子，看裝束應是王府的姬妾。

漢王妃是永昌侯嫡女，武將家出身，與漢王算得上是青梅竹馬。

漢王妃讓旁邊的宮女拿上給慧馨的見面禮，是一對赤金鏤空雕花手鐲，做工精緻應是宮中出品。慧馨看看慧嘉，見她點頭這才收下。王妃似乎很和藹，話家常般問了幾句在京城可住得慣之類，慧馨一一答了。

王妃又問起在靜園裡學習可順利，慧馨正要答話，站在王妃身後的一位女子卻開口了：「姊姊還是先給七小姐看座吧，您瞧她累的，從進門到現在臉紅還沒退去。肯定是那些老奴又欺生了，連個軟轎也忘了備，讓七小姐走到內院來，這一路可夠嗆，進了屋也沒個歇息。」

慧馨看了說話的女子一眼，這話有點挑撥王妃與謝側妃關係之嫌。前半段話似是心疼慧馨，後半段話則是埋怨王府奴婢，有心人自然想得到給客人備不備轎哪裡是奴婢能決定的，王府內宅是王妃當家，王妃不給謝家人備轎，便是不給謝側妃面子了。

王妃臉上的笑容果然有點僵硬，慧嘉倒是不動聲色地向慧馨眨了眨眼睛，看來王妃的道行不如自家二姊。

慧馨笑了露出嘴邊的小酒窩：「以前聽人說漢王府裡多勇士，漢王府家眷也是巾幗不讓鬚眉，今日見了便知此言不假，連府中上了年紀的嬤嬤也是健步如飛。慧馨心中敬佩，聽說王妃還曾跟著王爺上過戰場？」

漢王妃本來還有點心虛，現下聽慧馨這般轉移話題，又見她兩眼放光地看著自己，便覺這個女孩既乖巧又可愛，也懶得理李氏的挑釁，「哪有外頭說得這般厲害，不過是年輕時跟著王爺守過城罷了。」

漢王妃招手示意慧馨近前說話，慧馨走到離她十步的地方停下。漢王妃又詢問起她在靜園的生活，語氣親近了不少。

慧馨巧妙地說起靜園的人事，把看到的聽到的別人的趣事說了。提到自己時便說，剛開始一個人都不認識，規矩又大，有些不知所措，幸好遇到脾氣性情都相投的朋友提攜。王妃問起她朋友身分時，慧馨只遺憾地說不知。

不管她將來會否借用到漢王府之力，她都不想讓漢王府的人認為她聰明。她在靜園的朋友是西寧侯府小姐這件事，不該由她來告知漢王府，最好是由漢王府來告訴她。這樣既能在漢王府面前降低她的殺傷力，又可在漢王府前顯示她的能力。

王妃聽到這，似是想起了什麼，便說道：「你與謝側妃好久沒見了，下去說說話吧，不用老在我這裡待著了。」

慧嘉起身向王妃謝恩，慧馨也跟著行了禮。見慧嘉帶著慧馨下去，王妃立刻臉色拉下，留在屋裡的人都有些心兒惴惴，李氏剛才惹了王妃不快，王妃現在怕是要發作了。

【第四十三回】
豪門一入深似海

慧馨隨著慧嘉去了她的芳菲苑，王府裡只有王妃和側妃擁有單獨的院落，侍妾夫人們則住在一塊。

姊妹二人先寒暄了幾句家常，慧嘉才問起慧馨在靜園的情況。她揮手示意紅玉，從床頭的一個櫃子開鎖，取出一個木匣，慧嘉伸手接過木匣放到慧馨面前打開。裡面放著一本書，慧嘉拿出來交給慧馨。慧馨翻開一看，是靜園丙院的名冊，後面還附錄有乙院各人的介紹。

「這是王妃特意從皇后宮裡弄來的，你可得在靜園好好學習，莫辜負了王妃的心意。」慧嘉道。

「姊姊放心，我曉得輕重，怎麼也得在三年裡升到乙院去。」慧馨信誓旦旦地說。

慧嘉端起茶杯呷了一口，問道：「來得這麼早，可曾吃過早飯？」

「來之前在大伯母那裡喝了棗粥。」

「妳就是愛吃甜，連早飯都離不了。」慧嘉笑著說，放下茶杯回頭看了一眼站在她身後的王嬤嬤說道：「勞煩嬤嬤去趟廚房，看看昨兒做的杏仁酥還有沒有，拿些來給我妹妹嘗嘗。」

慧嘉說完也不看王嬤嬤的反應，又轉向慧馨道：「咱們王嬤嬤的點心手藝連王爺都誇的，正好昨日做了些杏仁酥，妳可是有口福了。」

慧馨記得這位王嬤嬤，她是慧嘉出嫁前王府送到謝府的兩位嬤嬤之一。慧馨起身向王嬤嬤行禮道謝：「有勞嬤嬤了。」

王嬤嬤趕緊避開不受，看這架勢她是非得到廚房走一遭了。謝側妃的妹妹頭次來王府，面子總要給足才好，再說屋裡還有紅玉。王嬤嬤想到這，便笑盈盈地接差往廚房去了。

見王嬤嬤離開，慧嘉又招了紅玉吩咐：「妳去庫裡將大婚時皇后賞的茉莉線香找出來，七妹最愛聽我彈琴，我要與七妹焚香品琴。」

紅玉不敢像王嬤嬤般拿大，只得爽快地應了。紅玉出去後，慧嘉便將屋裡其他的宮女都遣了出去。

屋裡終於只剩下了姊妹兩人，慧馨關切地問道：「二姊最近可好，怎麼不見金竺金蕊她們？」當初慧嘉出嫁，謝家給她配了兩個一等丫鬟、四個二等丫鬟跟著，可剛才進了芳菲苑，竟一個也沒見到。

慧嘉哼了一聲才道：「王府規矩大，王妃說讓她們先去學規矩，什麼時候學好了什麼時候才能過來。」

「王爺說什麼了嗎？」

「王嬤嬤與紅玉便是王爺的人，下面那些小的是誰的人，我管不了也沒必要知道，有王爺的眼線看著，其他人也翻不出風浪。」慧嘉歎了口氣後看著慧馨：「那本名冊，我知道妳其實不需要，想來妳心裡肯定有一番自己的計較，只是王妃要施恩，我不能不接著。妳只需做做樣子，具體事情還是按妳的想法來辦，不必太計較王府這邊。」

慧馨點頭表示明白：「我在靜園認識的是西寧侯家的小姐，很可能是二位公主的女兒。姊姊也不必為我擔心，這事妳可以找個機會同王爺說，就說我從這冊子上認出來的。等下回出園，我可能會去侯府拜訪，到時王爺這邊肯定會有消息。」

慧嘉心中一動，知道這是七妹想給自己撐腰，嫁入西寧侯府的安成公主和長寧公主可是漢王的親妹妹。

「二姊若是沒有嫁入王府，我也進不了靜園，我既進了靜園，自然要努力幫著姊姊。」

慧嘉聽慧馨這麼說，心中一暖，又與她說起京裡有關靜園的事。

「前些日子，常甯伯家四小姐的事鬧得沸沸揚揚，常甯伯就這麼一個嫡孫女，常甯伯夫人還帶著世子妃到王府裡來求王妃說情，被王爺給駁了。王妃還被王爺訓斥了一頓，叫她管好家裡的子女，別跟常甯伯家學，壞了家風連累家人。那段日子，常甯伯家真成了京裡的大笑話，夫人和世子妃都被降了三級，到現在，京裡有宴請他們都不出來，只能躲在家裡。」

「四小姐只在靜園待了兩日，看她脾氣確實有些囂張跋扈，不過這事只怕是宮裡頭藉題發揮，不然沒必要連常甯伯夫人和世子妃一起受罰，還得降級這麼嚴重。我在靜園裡聽說，皇上早就對常甯伯不滿，這才藉皇后的手警告常甯伯。無怪王爺叫王妃收斂，常甯伯一直是漢王的人，王府這邊自該小心些，別被搭了進去。」

【第四十四回】側妃卡位戰

「剛才在王妃那裡說話的是哪位？」慧馨問道。

「……是小李氏。」慧嘉挑挑眉說道：「前頭那位被休的李側妃的妹妹。」

慧馨疑惑：「哪個李家？」

「錢糧李家，大趙最大的米糧商……也只有商人出身才會厚顏讓姊妹共侍一夫。規矩都不放在眼裡，在王妃面前就敢搞事。王妃也真是的，聽說前面那位李側妃更厲害，連王妃都鎮不住她。」

「李家掌著大趙大半的糧脈，王爺帶兵離不了李家的支持，王妃自然要多給面子。而且今日我見王妃喜怒形於色，心計上只怕搞不過商人出身的李氏。她今日針對妳，是不是李家對王爺廢了李側妃心生不滿？」

「李家對廢了李側妃哪有不滿，聽說李家還十分理解王爺。聽王府裡的人說，前頭那位李側妃出嫁前被李家嬌生慣養，養得脾氣大得很，嫁給王爺後也不知收斂，搞得闔府雞犬不寧，聽說還與王妃打過架，要不是王爺給李家面子早就休了。後來李家才將現在這位小李氏送過來，聽說兩人是親姊妹。結果那位李側妃連自己妹妹都容不下，弄得王爺和李家都對她不滿。所以王爺請廢時，李家才沒有阻攔。只是李家原本打著好主意，廢了大的再把小的扶起來。可惜李家怎麼算都算不過王爺，我進了門，小李氏仍然是侍妾。」

「李家吃了這個虧，便這麼算了？」

「不算了還能如何？胳膊終究扭不過大腿，再說前段時間李家得了西北軍糧的供應權，小李氏還給王妃和我們四位側妃都送了東西，瞧那邊窗台上擺的便是。」慧馨順著慧嘉所指看去，窗口的木台上放著一尊寸高的玉雕嘲風，個頭不大，但玉質通體盈翠，應是一整塊玉石雕成。

「這個小李氏倒是有點心計，一面送東西討好，一面又挑撥是非。」慧馨道。

慧嘉卻有點不以為然，小李氏今日敢在王妃面前煽風點火，不過是大婚後王爺一直沒去她那裡，這才狗急跳牆了。

慧嘉正打算與慧馨說些其他的，門外卻有了聲響，紅玉已經取了線香回來。慧嘉洗了手，讓紅玉燃香，坐到琴旁，「妳到門外守著便可，不要讓人打擾我和七妹。」

「冊子裡面潁川那兩個妳認不認得？」慧嘉邊彈琴邊小聲地繼續同慧馨說話。

慧馨將冊子翻開看了兩眼，想了一會才又闔上，說道：「陳氏只聽說過，她在田莊那種了梨樹苗，說是造福後來人，名聲很好。郭氏倒是說過幾句話，看起來有點心計，但並不出挑。」

「聽說過年那段時間，太子的病又重了，太子妃張羅著要給燕郡王選妃，據說原本訂的是陳家的香茹小姐，也不知陳家那邊用了什麼法子，太子妃那邊又改選冊子上這兩位做燕郡王側妃。前幾日，王妃同王爺商量，想去皇后娘娘那裡求旨意，要搶在太子妃之前訂下這兩位給世子。」

倘若漢王世子真娶了潁川陳家和郭家的小姐，謝家對漢王的利用價值便要大減。無論是家族根基，還是朝堂上的影響力，謝家與流傳上千年的陳家和郭家根本沒法比，無怪漢王和王妃心動。

「今年靜園甲院只有三位小姐，其中之一便是剛才姊姊提到的陳香茹，按說太子妃要給燕郡王選妃，最佳人選自該是這位陳香茹小姐，怎會又改了主意？」

「說起來陳家自換了家主，行事便有些讓人看不懂，人都說陳家能流傳千年不衰，得益於陳家行事低調，潔身自愛，可是近幾年來，陳家高調了很多，黃河洪災，南方旱災，都是陳家人辦的賑災，長江修堤也是陳家承辦，況且聽說最近陳家連京畿防務也插手了。」慧嘉不解地道。

「興許陳家是故意不將陳香茹嫁給燕郡王，只不知他們究竟打的什麼主意，是不想插手儲位之爭，還是另有其他想法。看陳家這幾年的行事，八成有更大的想法，說起來我朝後宮中尚未有姓陳的主子。」慧馨越想越覺得陳家打的是送陳香茹入宮的主意，若真是這樣，陳家未來的勢力便會更大了。

【第四十五回】
眼線

「陳家與郭家的事，我回了靜園會去仔細打聽，幸好他們三人都在靜園，總會有消息走漏出來，」慧馨說道，「丙院這兩位最快也得明年才能進乙院，他們兩家既然將人送進靜園，肯定會等出了丙院才定親。我們還有時間可從長計議。」她得回去了解一下這三人的品性，方能決定未來該如何。

慧馨又想起一事，便問慧馨：「聽說大哥最近經常外出訪友，還與蔣家密切往來，我看大哥似乎志不在科舉，家裡是……打算讓他從商嗎？」

「父親同我提過幾句，叔伯們想讓大哥做儒商，等他中舉人便不會再考了。咱們謝家能一直維持清明的聲望，皆因祖上留下不菲的產業，讓父親和叔伯們完全不必為錢財分心。可不論是父親書院的收入亦或叔伯們的俸祿，連他們在外應酬的開銷都不夠，若一直這樣下去，產業總有消耗完的一天，謝家必須有人出來經營。大哥他也是為了整個謝家放棄仕途。」

「父親他們能這麼想也好，像陳家、郭家這些世家皆有子弟專門經營產業。謝家想要流傳長久，絕對少不了錢財的支持。」

慧嘉聽到這，心裡似有所感。嫁給漢王也不知是對是錯，雖然目前看來謝家得到的助益更多，可將來呢？目前父親尚未決定站在漢王這一邊，畢竟太子的儲君名分已定，而父親眼裡父女情分遠比不上家族利益。倘若到了那一天，成王敗寇，成了謝家自然興盛，敗了謝家又如何才能從泥潭中抽身？就算犧牲她這個女兒只怕也撇不清了！

謝老爺一向謹慎，卻仍將女兒嫁給漢王，只怪漢王這塊蛋糕實在太難得了，謝老爺突然站在了擁立之功的大門前，如何能忍得住不去爭取呢！

慧嘉一時陷入了沉思，連琴聲斷了也沒發覺。慧馨心知她現今在王府中過日子心事重，便沒去點破她。但一個愣神的工夫，慧嘉便清醒了，無奈地笑笑又繼續彈琴。

慧馨覺得事情已交代差不多，便問道：「倘若我想給二姊捎消息，該怎麼做？」

慧嘉搖搖頭說道：「時間太短，我還插不進手，再等等吧！」

❖

王嬤嬤終是從廚房忙完，端著幾碟杏仁酥往芳菲苑行去。昨兒晚上林夫人竟將剩的杏仁酥都要走了，肯定是又給她那幾個窮親戚留的，害她剛才只得新做了幾塊，若是空手回芳菲苑，豈不是在謝家人跟前丟了王府的臉面。

當王嬤嬤回到芳菲苑，便見到丫鬟們都在院子裡，連紅玉也站在門外，屋裡傳出琴聲，隱隱約約好似還有說話聲，卻被琴聲掩蓋所以無法聽真切。

紅玉見王嬤嬤回來，鬆了口氣，假咳了一聲，並未攔著王嬤嬤進屋。

王嬤嬤端著杏仁酥的碟子直接挑簾進了屋，只聽謝家七小姐正說：「可憐九妹妹才七歲便要獨自一人待在廟裡，姊姊有機會就勸勸父親，別再生氣了。」

慧嘉的琴聲停了下來，拿起帕子按按眼角，看似沒見到王嬤嬤已入屋，「哎，父親只是愛面子了些，誰能想到一場風寒三姨娘就去了，倒教九妹妹受了連累。妳只管放心，待我向王爺說一聲便給父親寫信，家裡還有太太在，怎麼也不能讓九妹妹待在廟裡。」

慧嘉拿帕子擦了淚抬起頭，才發現王嬤嬤已進了屋，苦笑一聲道：「我們姊妹話些家常，不知怎地竟掉了淚，讓嬤嬤見笑了。」

王嬤嬤眼珠一轉，只作未聽到慧嘉姊妹談話的樣子，咧嘴說道：「昨日剩的杏仁酥被林夫人那邊要走了，老奴剛才在廚房給七小姐現做了些。七小姐快些嘗嘗，剛出爐，還帶著溫呢！」

剛才慧馨姊妹聽到紅玉在外咳的那一聲，便換了話題，故意將三姨娘的事說給王嬤嬤聽。雖說三姨娘和九小姐的事是家醜，但不讓漢王抓點謝家的把柄在手，又如何能對謝家放心呢？

慧馨因已跟謝睿說好要在午飯前回去，吃了幾塊杏仁酥，便向慧嘉告辭了。

慧馨來時帶了補送給慧嘉添妝的禮物，已被外院檢查過，由王府的婆子直接送到芳菲苑。慧嘉便叫王嬤嬤拿了提前準備好的禮物讓慧馨帶回去，給大房的東西是專門的另一包。慧馨得了兩匹錦緞，謝睿則是一塊端硯。

【第四十六回】

回憶難免感傷

回到謝府吃過午飯，慧馨躺在榻上午睡。本來一直好眠的她卻有點睡不著，翻來覆去。休假的這兩天似乎比在靜園還累，謝府要操心的事一點不比園內少。

既然睡不著，索性到院子裡晒太陽。慧馨躺在樹下的躺椅愜意無比，斑駁的樹影偶爾漏下幾點陽光，感覺有些刺眼便將絲帕敷在臉上，朦朦朧朧地看著天上的雲彩發呆。

四月的天春暖花開，微風送來陣陣花香。慧馨喜歡花卻不懂花，也不知這院子裡種的是什麼，昨天回來只注意到入靜園前種的羅勒發芽了。

這朝代的人也喜歡花吧！哪個院子沒種花呢？這叫附庸風雅。

慧馨上輩子也愛看花，還專門去旅遊賞花。記得也是四月天，開車去婺源[1]看油菜花。那一片黃色的海洋，令人欣喜，還拍了許多照片帶回家。心想將來倘若有自己的地，也要種油菜花，種成一片一片，風一吹就變成了海洋。這個主意不錯啊！油菜花既可以榨油又可以餵豬……

【注釋】

①位在江西省的東北方，景色優美，文化和生態資源豐富，有「中國最美的鄉村」之稱。

成龍好像有首歌叫〈油菜花〉[2]，怎麼唱得來著……一條大路呦通呀通我家，我家住在呦梁呀梁山下，山下土肥呦地呀地五畝啊，五畝良田呦種點啥，誰會記得我的模樣，誰會記得我受過的傷，誰的欲望誰的戰場，讓我們都背離善良，何時才能回到故鄉，何時才能看她的紅妝……

是啊，何時才能回到故鄉？她這輩子只怕是回不去了，只能為那五畝良田奮鬥了……

謝睿剛走進院子，便看到旁邊樹下的慧馨，臉上遮著帕子，身上蓋著薄褥，小丫頭睡得正酣，呼出的氣息不時掀起帕子的一角。

謝睿本不想打擾慧馨，只她自己卻醒了。小丫頭的臉睡得紅撲撲的，迷迷瞪瞪[3]地坐起來。原本站在她身後的兩個丫鬟，一個拾起掉在地上的帕子和薄褥，一個打水擰了帕子過來給她擦臉。

謝睿以前從沒注意過這個妹妹，似乎在四位妹妹中也不出眾。可她昨天卻對他說了那般話，今日在漢王府也是應對自如，他心裡總有點說不清道不明的小彆扭，於是便跑過來看看她。現下看到她這副小人樣，倒是有點釋懷了。

慧馨擦完臉才清醒過來，發現謝睿笑盈盈地站在院門口看著她，忙招呼他：「二哥來了，快來坐。」吩咐木槿再添把凳子。

謝睿落了座才道：「想妳明天又要回靜園了，來看看妳這缺不缺東西。」

慧馨無耐地道：「我倒有好多東西想帶，可丙院不允許，幸好裡面什麼都不缺，二哥不用擔心。既然二哥來了，不如陪妹妹下盤棋吧，以前都是陪二姊下，還沒與二哥下過呢！」

人常說棋如人生，行棋如做人，謝睿棋風沉穩內斂，越挫而不折，如此將來必有所成。

慧馨對謝睿很滿意，決定好好地引導他，將來作她的靠山，謝老爺是靠不住的，幸好她還有兄弟姊妹。

翌日一早，謝睿和謝亮送慧馨到燕磯碼頭，慧馨回到靜園找林嬤嬤銷了假。她回到丙院推開自己的屋門，發現謹恪已經坐在裡面等著她了。

謹恪笑嘻嘻地上來拉著她的手：「妳怎麼才來啊？比我還晚。」

慧馨無奈地回道：「是妳來得太早了吧，什麼時辰起的啊？」

謹恪無聲地訕笑了一下，這兩天在家裡待得悶，又不能出門，也找不到人玩，所以她一大早便起來往靜園趕。

兩人攜手去了樂室，謹飭和謹諾正在裡面泡茶，見到她們進來，謹諾笑道：「妳可來了，她回家這兩天可沒少念叨妳，今天一大早就把我們拉過來。下回休假妳可一定要去府裡陪陪她，省得我們耳朵磨出繭來。」

【注釋】

②電影《大兵小將》的主題曲。

③迷迷糊糊的意思。

謹飭也笑道：「她這麼積極想回靜園，還不是因為嬸嬸誇了她。妳們魚塘的事府裡人都知道了，她還把帳冊拿出來給人看，連我娘都說她做得好呢！我們家人人都盼著見見妳，想瞧瞧是什麼樣的人能管得住她。」

【第四十七回】
出版成冊

上午上課下午去皇莊的日子又開始了，除了女紅、廚藝和禮儀外，靜園又開了藥材課，教大家辨識常用的藥材，授課師傅是太醫院的女醫師。這位李醫師恰巧是劉太醫的弟子，慧馨從她這裡淘到不少免費藥材與劉太醫的八卦。

原來劉太醫有一子一女，原配已經去世了，家中也無其他兄弟。劉太醫一直堅持每十天去杜三娘那裡複診，雖然三娘早已不需要再吃藥。劉太醫新開了藥膳的方子，為的是三娘這十幾年來日常生活紊亂，對身體有不小損傷，所以讓她服用藥膳來調理。慧馨每次遇到劉太醫來看三娘都忍不住想，他們配成雙就好了。當然她不敢將這想法說出來，這朝代女子貞潔開不起玩笑。

❖

韓沛玲小姐要開賞花會啦！這個消息讓內院沸騰了，原本安靜的院子變得經常能聽到竊竊私語的聲音。

「聽說韓三小姐的五百畝莊田全部用來種花，是出了宮裡的御花園外最大的花園子了。」

「聽說還有暖房呢，冬天花都養在裡面。也只有她的田莊上冬天時還能賣鮮花，每年京裡人家都以能買到她莊子上種的花為榮呢！」

「所以說韓小姐是甲院最有錢的，才能戰勝崔小姐和陳小姐標下颯露紫啊！」

「啊……颯露紫好漂亮啊！」竊竊私語的人雙眼呈愛心狀。

慧馨也很期待韓小姐的賞花會，她對甲院分得的五百畝地很好奇，這三位小姐到底是如何經營的呢？

宴會當天早上，靜園通往皇莊的門口停滿了馬車，是韓小姐特意為眾人準備的。韓小姐則是騎著她的颯露紫，早早便去田莊了。

慧馨四人同在一輛馬車上，謹恪撩起簾子向外面看，崔小姐騎了一匹棗紅馬，陳小姐騎了一匹白馬，她們走在車隊的最前面，引著馬車往田莊那邊行去。馬車晃悠悠地往前走，感覺有點像春遊。

甲院三位小姐的莊子從南到北，依次是陳香茹的印書莊，韓沛玲的花莊與崔靈芸的田莊。原來陳小姐的田莊被她改成了印刷書籍的莊子，還在京裡開了個「匯演書局」。韓小姐的自然是花莊了，光暖房就有百畝。只有崔小姐的莊子仍然是田莊，據說靜園八成糧食都是從她的莊子上採購來的。

一行人首先路過的是陳小姐的莊子，遠遠便能看到莊子裡擺了好多桌子，有人抱著厚厚的紙傳來傳去，有人在桌子上按壓紙張，有人在刻著木板，有人則在一旁的水罐裡洗著東西，人來人往地異常忙碌。慧馨未曾見過是如何印書的，看得好奇，暗想：「印刷術哎，中國古代的四大發明之一呀！」

過了陳小姐的莊子便是韓小姐的。韓小姐將莊子用柵欄圍了起來，四周種滿了樹，宛若圍牆般將三個莊子分了開來。

眾人下了車，慧馨掛記著想看印刷，便拉著謹恪跑去找陳小姐，問問能否去她莊子裡參觀。陳香茹笑著將馬鞭遞給身後的宮女道：「歡迎之至，我帶妳們過去吧，看還有誰想去的，也跟著一道好了。」

最後是慧馨四人跟著陳香茹去了她的莊子，她們邊走陳香茹邊說：「那些幫工是專門找來做印刷的，算是雇傭，所以不能住皇莊，在那邊建了排屋給他們住。我還在排屋後給自己建了屋子，有時候忙起來可以住那兒。那邊的作坊是燒陶活字的，孤本書籍[1]要用陶活字來印。那邊正在刻的是雕版，我這裡的雕版用的是梨木和棗木，大部分常用書籍都可以用雕版印刷。《女誡》、《女訓》與《金剛經》之類的我這都有現成的雕版，也有專門的冊子記錄已有的雕版名稱，倘若妳們想印書，可直接來找我。這些年我蒐集了不少孤本和寺廟裡碑文的拓本，匯演書局都有賣，靜園的人去買可以打對折。」

【注釋】

①僅存一本的書籍。

慧馨邊聽她解說，邊左瞅右看，又偶爾回過頭來看看陳香茹。自從在漢王府裡與慧嘉談到陳家的事，便對她感到好奇，想知道她是怎樣的人。原以為世家出身，又能升到甲院的人，多少必有些許高傲，但現在反而覺得陳香茹說話做事，平易近人，和藹可親，讓人一見便想結交。

慧馨眼珠一轉，心裡溜出個主意，便笑嘻嘻地問陳香茹：「陳姊姊，前段時間我與謹恪建了個魚塘，現在魚塘已經開始有收入了，我們兩個是丙院裡最早賺到錢的哦！」

見陳香茹點點頭，便知她已知曉魚塘的事，慧馨從包裡掏出本書遞給她：「這是我們倆修建魚塘的資料，我整理成冊，妳幫我瞧瞧是否能印成書，在妳的書局販售呢？」

陳香茹聽她要印書，有些詫異地接過冊子，翻開看了幾頁。只見書名是《浮萍、鴨子和魚混養技術詳解》，裡面詳細記錄魚塘從尺寸規劃、建設等常見的問題以及解決方法。最讓陳香茹吃驚的是，裡頭還清楚地寫明從規劃到解決問題所依何據。要知道現今很多書，作者會講他如何做，但卻極少解釋原因。這本書不但將魚塘的各個方面寫得面面俱到，且寫作方式清晰有條理，建設魚塘的方法變得淺顯易懂，連她這沒接觸過的人都可以理解。

這是一本好書，不過這本書的局限性也很大，畢竟只講了這一種魚塘的建法。

陳香茹見慧馨幾人都盯著她看，想了一下說道：「這書寫得很好，可以試著印來賣，妳想如何印呢？」

慧馨歪頭笑笑地眨著眼，對此不甚了解，謹恪也不懂，在一旁陪著她眼睛眨呀眨地。

陳香茹道：「我這莊子印書有兩種方式，一種是賣斷，我給妳一定數額的銀子，這本書妳賣斷給我，如何印，印多少，書局裡賣多少價，再與妳不相干。另一種是抽成，書局裡每賣掉一本書，我分妳六成，書的價格可由妳定。」

乍聽下來，抽成的方式似乎更賺，書賣得越多錢就越多，且能分到六成，貪心的人多半會選抽成。可慧馨卻有自知之明，首先這本書的內容僅局限在建魚塘，其次這是本農書，農書在這朝代基本上沒啥人看，看得懂的人也用不上，用得上的人不識字……像靜園藏書閣的《養魚經》和《農政全書》都算在孤本裡。

慧馨忙問陳香茹：「賣斷是多少呢？」

陳香茹比了個八字說道：「八十兩。」

「成交！」慧馨一聽立即點頭，「八十兩賣斷給妳！」

陳香茹一時有點呆愣，沒想到慧馨這般快便決定了，可她話已出口，只能無奈道，「好，等回了靜園，我去嬤嬤那裡直接劃八十吊勺幣給妳。」

慧馨高興地直點頭，謹恪卻還沒反應過來，看一眼陳香茹，又看一眼慧馨。

【第四十八回】有機健康果子露

逛完了陳香茹的莊子，眾人走得都有些累了，打算回賞花會的宴席休憩片刻。

賞花會這邊擺了幾十桌宴席，桌子上除了點心茶水，還多了果子露。果子露由崔靈芸的莊子提供，據說是秘製的，一年只產百來罈，專供京城的幾個大酒樓。

慧馨給自己倒了一杯果子露，端起小抿一口，好香好醇啊！入口滿嘴的桃香，襯著淡淡的酒香。這輩子加上輩子都沒喝過這般好喝的桃子露，能不能打包帶走啊？慧馨左右瞧瞧，每桌桌上都只有小小的一罈。

要說這穿越最大的福利，便是口福了。這朝代頓頓吃的都是無農藥、無化肥、無激素的食品，蔬菜水果都是最原汁原味的。穿越前她不但要擔心食物裡的添加物，沒想到日本地震，又多了個核輻射汙染，還有上輩子有機蔬菜賣得多貴啊……

慧馨瞇著眼品嘗桃子露，一時走神後想再來一杯，竟發現罈子已經空了。坐在她旁邊的謹恪正咕嘟咕嘟地喝著桃子露，敢情這一罈全被她喝光了。慧馨無奈地捏塊棗泥糕塞進自己嘴裡，心裡忍不住碎碎念……

慧馨緩了口氣才打量起他們周圍，韓沛玲的莊子不愧有僅次於御花園之名。莊裡不但種有牡丹、月季等常見花種，連鬱金香、蝴蝶花都有，這些舶來花不但難養，連會養的人都少之又少。

旁邊柵欄單獨攔了一個小圈子，裡面放著幾盆名貴的牡丹，據說是準備獻進宮裡的。慧馨不太懂牡丹，只從顏色上分辨出有「魏紫」、「姚黃」、「禦衣黃」與「趙粉」，今日真是開了眼界。

眾人都在花叢中尋找最喜愛的花朵，剛才韓沛玲已經允諾每人可以摘一朵花佩戴在頭髮上。

慧馨拉著謹恪也去摘花，她選了朵粉色，不知叫啥的花插在髮髻邊，見謹恪仍挑來挑去拿不定主意，便指著一朵與她同樣粉色的花給她看，謹恪開心地摘了戴在頭上。

他們倆頂著同樣的花在花叢中晃來晃去，正嘻嘻哈哈地互相取笑，席上那邊不知誰提議要玩遊戲——擊鼓傳花，輪到的人要嘛作詩，要嘛得表演才藝。

慧馨一向對這種遊戲感冒，她自認既無詩才也無藝才，謹恪就更加不喜歡了，他們倆便悄悄地往北邊走去。

韓沛玲為了便於灌溉花木，從雁河引了水道到莊子裡，水道的末端形成一個小湖泊，湖裡種了荷花。這個季節正是「小荷才露尖尖角」的時候，有些乘了小舟在湖裡飄來蕩去。

謹飭與謹諾正和崔靈芸站在湖邊說話，慧馨兩人也過去湊熱鬧。

「上回說要給我們留的果子露，今日讓我們帶一罈回去吧，席上實在太少了，幾個人分分便沒了，不過癮。」謹飭笑著說道。

「就知道妳們會討，已經給妳們備好了。只允許帶一罈喔，這果子露雖然不上頭[1]，但喝多了會帶酒氣的，被靜園的嬤嬤發現可不好交代。」崔靈芸說道。

「有沒有梨子露可以選？剛喝了桃子的，想換個口味。」謹諾說道。

「當然有，不過，倘若妳們選了梨子，那最好過了今日再喝，同時飲了不同種類的果子露，會醉的。」

「我要梨子的，喝梨子果露最舒服了，不但口感好，喝完喉嚨也舒暢。」謹恪趕緊插嘴道。

崔靈芸伸出指頭點點謹恪的額頭，笑道：「數妳最嘴饞。」

謹恪趕緊馬屁地說：「表姑姑最疼我們了。」

慧馨聽了心中明白，謹恪她們果然是西寧侯府裡公主的女兒。崔靈芸是南昌侯嫡孫女，南昌侯是皇后的親舅舅，謹恪她們是拐了個彎的姑表親。

慧馨上前問能否參觀崔靈芸的莊子，崔靈芸欣然答應。這三位甲院的小姐都出人意料地和藹好說話。

過了荷花池便是崔靈芸的莊子，莊子的東邊同樣建有排屋，想來也是給照看莊子的莊客住的，最北邊成片種植的應是麥子，中間有六排暖房。慧馨走到離她們最近之處仔細看，竟然是果樹與蔬菜混種。果樹她認出了杏樹、李子樹與油桃樹。蔬菜則認得韭菜，萵苣和油菜。

慧馨不得不讚歎古人的智慧，而且更加明瞭，為什麼靜園畢業的女子在外面能有這般大的影響力。以往她只覺得靜園教授的課程很實用，現今看陳韓崔三人的莊子，各有特色，且莊裡使用的技術算得上這朝代裡最先進的，每個莊子都可說是當朝同類莊子裡數一數二拔尖的。在這種環境下調教出來的女子，完全夠資格獨當一面。

【注釋】

①喝酒後出現頭痛的情況。

【第四十九回】翻船意外

差不多快到午飯的時刻，眾人往花莊回轉，那邊玩遊戲的也該結束了。

才走到荷花池邊，崔靈芸的宮女秋桐急匆匆地來找她，見秋桐面有急色卻沒在眾人跟前開口，崔靈芸心知有事，便道：「她們先過去好了，我回頭叫他們送些果子過來。」

秋桐見慧馨她們走遠，這才俯在崔靈芸耳邊小聲說了幾句。崔靈芸聽了眉頭一皺，忍不住抱怨：「這個不省心的，也不看看場合就跑出來，教人看出來該如何是好？人現在在哪兒？」

「奴婢剛與那邊說人才從水裡上來，衣服都濕了，要文杏帶人去荷花池旁的憩房，這會秋香和文杏都在那兒守著，奴婢說要回來拿衣服，才得脫身來回稟小姐。」

崔靈芸揪著帕子想了一會才道：「妳去莊裡找趙老三的小女兒，她是南邊過來的，立刻帶著人去秋香那邊，不管用什麼法子，先將人換出來。換出來後趕緊帶回莊子命人看好，他今日來莊子的事，絕不能讓人知道。」

秋桐領命，小跑著往莊子去找人。崔靈芸則歎了口氣，加緊腳步往荷花池邊行去。

這頭慧馨四人剛走到荷花池邊，便發覺氣氛有些不對勁，來往的宮女都是小跑步，有些手裡還抱著被子之類。

謹飭對他們使個眼色，跟在幾個宮女後面走了過去，在一排廂房前見到正在說話的韓沛玲和陳香茹。

韓沛玲先看到謹飭幾人走來，立即閉了口，轉而招呼她們：「怎麼從那邊過來了？宴席上不好玩嗎？」

謹飭笑道：「那邊玩擊鼓傳花，又是作詩又是彈琴，妳也知道這我不在行，一聽要作詩便犯頭疼。這才叫她們陪我去崔姊姊的莊子，這會正肚子餓著回來蹭妳的午飯呢！」

陳香茹也發現有人來，似乎用帕子擦了擦眼角才轉過身來，掃視謹飭幾人一圈，皺著眉頭與幾人打招呼。陳香茹眼眶泛紅，謹飭幾人自然都看到了，卻不好直接問。

正巧有個宮女抱了一疊衣服，匆匆進了旁邊的屋子。

謹諾迷惑地朝周圍看了一圈問道：「這是怎麼了？都這般急急匆匆地，兩位姊姊也不在席上，是這兒出什麼事了嗎？」

陳香茹低頭拿了帕子按按眼角，沒有作聲。韓沛玲見她這番做派，氣上心頭，可臉上卻不能顯出來，歎了口氣道：「剛才幾位小姐在荷花池遊湖，也不知怎麼地船就翻了，四個人都掉進湖裡，幸好崔妹妹的宮女從這裡經過，才將四人都救了上來，現在都躺在屋裡呢！」

陳香茹好似才緩過氣來說道：「也不知在水裡泡了多久，四人全都昏了過去。幸好崔妹妹的宮女會游水，不然只怕……我過去看一下那位宮女，怎麼著我也該親自道謝才行。」

崔靈芸正好趕到，忙拉了陳香茹的手說道：「這哪裡值得妳親自去，待會收拾好讓她過來就行了。我們還是先去看看幾位小姐吧，還有什麼需要的，儘管吩咐她們到我那邊拿，大夫呢？派人去叫了嗎？需要去太醫院那邊請太醫過來嗎？」今日的賞花會，為了讓眾人玩得高興，三個莊子上都只有女莊客，人手有些不足，陳香茹和崔靈芸都派了人過來幫襯。

韓沛玲看了崔靈芸一眼道：「我叫人替她們先換衣服，全都泡了水若不趕緊換，恐怕會生病。我已經派人去將皇莊裡的大夫叫來，太醫院那兒也派了人去請，只是那邊離得遠，不知道什麼時候才能到。」

幾人正在說著時，一個宮女從那邊屋裡走出來，給幾人行了禮低頭道：「小姐，幾位女公子的衣服都已經換好了。」

韓沛玲歎了口氣說道：「我們一起進去看看吧。」

韓沛玲三人走在前，謹飭四人跟在後面進了屋子。

這屋子本來就是給遊湖的人休憩用的，沒有專門的床，榻卻有好幾張。有四張榻被屏風圍了起來，上面各躺了一個人。

慧馨認出了其中三人，一位叫謹惜，是與常甯伯府四小姐一塊候補上來的五人之一，另外兩位正是潁川陳氏的謹律和潁川郭氏的謹立，第四位卻是一點印象都沒有。難怪陳香茹一副悲痛的表情，出事的人之一是她的妹妹。

崔靈芸似乎懂點醫術，她過去給四人診了診脈，搖了搖頭什麼也沒說。慧馨也過去看了下，問旁邊的宮女：「讓她們吐過水了嗎？」

一直守在旁邊的文娟回道：「已經吐過了，人一救上來奴婢們便幫著給女公子們吐了水。」

慧馨也不知該如何是好，她上輩子既不會游泳也不懂急救，以前看電視上不是只要水吐出來，人能呼吸了便會清醒嗎？只是她們四人現今仍呼吸微弱，昏迷不醒，莫非是大腦缺氧造成的？也不知她們究竟在水裡待了多久？

皇莊的大夫終於到了，正是替慧馨她們上課的李醫師，她今日正好在皇莊裡出診。

李醫師診了脈，又翻開眼皮仔細察看，然後拿出工具挨個給她們施針。施完針她才對韓崔陳三人道：「我剛給她們施完針，現在她們不宜挪動地方，能否醒來就看今晚了。聽說太醫院那邊已經派了人，我在這裡等他們過來會診。」

韓沛玲聽了點點頭，轉身對謹飭四人說道：「妳們四個先回席上吧，我們三人都要暫時留在這等太醫院的人過來，宴席那邊就拜託妳們幫著照應一下了。」

謹飭也覺得再待在這也幫不上忙，且今日這事涉及陳郭兩家，又是發生在韓沛玲的莊子上，後頭還不知會怎樣，只怕麻煩不小。便帶著慧馨她們回了席上，又囑咐三人暫時不要談論方才的事。

【第五十回】真相到底是……

文杏是韓沛玲的貼身宮女，她望著面前站著的小丫鬟，總覺得哪裡彆扭但又說不出個具體詳細。這個丫鬟是崔小姐莊子裡今日過來幫忙的，幸虧她回崔小姐莊子時聽到湖裡的呼救聲，才招來了其他人。而他們這邊的人都不會游水，也幸虧她諳水性，最後靠這小丫鬟一人將四位小姐都救了上來。

見她衣服全濕了，文杏和秋香便將她帶到荷花池旁的這個憩房，這裡是僕人暫時休息的地方。本來她想吩咐人就近去拿衣服來，秋桐卻堅持要回莊子拿給她，秋香還將自己的外衫脫下來披在小宮女身上。

這個小宮女倒是很害羞的樣子，一直低著頭，瘦瘦小小的身子沒想到竟有這麼大力氣，救了四個人，看起來還遊刃有餘。

在文杏沉思時，終於有人過來了，是秋桐帶著個小丫鬟，小丫鬟手上捧著衣服。

秋桐進了屋便拉了文杏的手說道：「妹妹快與我說說到底發生了何事，也好讓姊姊我向小姐回話。剛才路上遇到我們小姐，我也說不出個所以然來，倒被斥了一頓。」又回過頭來吩咐跟在她身後的小丫鬟：「將衣服拿進去吧！」

秋桐見文杏不動，便拉了她往屋外走：「妹妹與我到外面說吧，讓她們在裡面換衣服。」

秋桐拉著文杏的手腕一動，這一動玉鐲便從秋桐手腕轉到了文杏手腕上，而後又附在文杏耳邊低聲道：「聽說掉進湖裡的女公子中有陳小姐的妹妹，是不是真的啊？」

文杏原本一心放在救人的小宮女上，這會被秋桐一問，便以為是崔靈芸派她來打聽韓沛玲和陳香茹的笑話。許多人都知韓陳二人不合，這次陳香茹的妹妹在韓沛玲的莊子上出了事，韓沛玲只怕難辭其咎。文杏心思立刻轉到了幾位小姐身上，想著該如何應付秋桐，幫自家小姐說話。

那邊韓崔陳三位卻是又出了廂房，三人自是有話要說，身邊的丫鬟都識相地站得遠遠的。

卻是韓沛玲先開了口，她不屑地看了陳香茹一眼道：「這裡也沒其他人了，何必還作態這般哭哭啼啼。別人不了解妳，可我們三人相處也有四五年了，大家誰不知道誰呢？可別在我面前裝這副柔弱樣了。」

陳香茹聽了她的話也不惱，只拿著帕子按按眼角，說出來的話口氣卻有些強硬：「隨妳如何說，妳總是看我不順眼，只是這次裡面躺著的有我親妹妹，無論如何都要向妳討個說法。」

韓沛玲仍是不屑道：「妳妹妹又如何？妳不會蠢到以為此事與我有關吧？若是我做的，怎麼也輪不到屋裡那幾個，她們沒那資格。」她說完這話卻看了陳香茹一眼，眼中似透著不懷好意。

陳香茹一改剛才的柔弱哼了一聲道：「我自知不是妳，只是人在妳的莊子上出的事，自然該由妳給個交代。怎麼妳被人陷害了也要忍氣吞聲嗎？何時變得這麼好欺負了？」

陳氏和郭氏送來的燕郡王側妃人選現下都在裡面躺著，今日此事只怕與這有關，加上族裡頭已拒絕將陳香茹許給燕郡王作王妃，她便不能再與這件事有所牽扯，倘若因此生出變故，族裡謀劃這麼多年的事便要泡湯了。

但將自己的妹妹交給別人她又不放心，索性讓韓沛玲來辦這件事。她很了解韓沛玲的脾氣，這次被人陷害她不可能忍氣吞聲，人交給她照顧，她自然也會盡十二分的心，不會讓人再出一點差錯。否則韓沛玲這些年的名聲便是毀了，她還盼著嫁給南平侯呢！南平侯正是韓沛玲和陳香茹這些年不合的起因，想起那個高大英俊的身影，陳香茹趕緊掐滅心裡的那點奢望。

韓沛玲自然聽出陳香茹話中的挑撥，但也確實不能這般任人栽贓。她一轉頭便看到崔靈芸一副事不關己的模樣，想起了那個救人的小宮女可是崔靈芸的人，便道：「說起來，咱們都還得謝謝靈芸，要不是她的人，只怕都沒人曉得出了事，我聽說四個人都是那宮女一人救上來的，崔妹妹莊子裡的能人倒是不少啊！」

崔靈芸見話題轉到了自己身上，也不著急：「韓姊姊這話真是太抬舉我這些下人了，我聽說這人一直被扣著呢！不知姊姊對我的人有何指教？」

「我哪有什麼指教，不過是出事時旁邊沒有別人，只有這個宮女碰巧經過那裡，自然得問問她看到什麼？聽到什麼？幾位小姐是如何掉進河裡的？」

「姊姊儘管問好了，自從事情一發生人便在妳手裡，想問什麼，怎麼問，全憑妳做主好了，畢竟出了這麼大的事，我當然要體諒姊姊，不會阻攔著的。只是我身邊難得幾個得力的，希望姊姊也能諒解，早點問完早點將人還給妹妹。」

【第五十一回】
展開調查

太醫終於來了，而且還派了兩位太醫過來。太醫們診脈後又問了李醫師情況，三人商量後決定今晚暫留在韓沛玲的莊子上，每隔一個時辰施針一次，四人能不能醒就看今晚了。韓崔陳三人將身邊的嬤嬤都留下來幫忙，還派了不少宮女在旁等候差遣。

今日這事已經通報靜園的管事嬤嬤，估計明日宮裡便會派人來，韓崔陳三人得提前做些準備。

文杏那邊來報救人的小宮女已經收拾好，隨時可以過來回話。韓沛玲見崔靈芸並不說話，知她是要避嫌，便吩咐文杏將人帶過來。

鶯兒跟在秋桐身後進了屋，行過禮就低頭等候小姐們問話。

崔靈芸首先說道：「這是我莊子上趙三家的小女兒，叫鶯兒，今日姊姊這邊人手不夠，我才調過來幫忙。人是我的，話就由韓姊姊和陳妹妹問吧！」

陳香茹見崔靈芸已經認了人，那這宮女的身分便不是問題，剩下的就是她對這事知道多少。

陳香茹緩了緩口氣問鶯兒：「妳不用怕，妳救了小姐們，便是她們的恩人，妳救的人裡有我妹妹，我也要謝謝妳。」說著陳香茹站了起來，要向鶯兒行禮。

鶯兒趕緊驚慌地避開了，她在崔靈芸的莊子裡已經有兩年多了，莊裡的宮女姊姊教過她們規矩，畢竟莊裡不時會有貴人來遊玩。

韓沛玲總是看不慣陳香茹的做派，便直接開口問道：「聽說四位小姐是妳一人救上來的，當時是什麼情況給我們說說吧！」

「……宴席上果子不夠了，奴婢奉命回莊子再取一些來。經過荷花池旁的時候，突然聽到湖裡有人喊『救命』，奴婢這才發現有人掉進湖裡。奴婢趕忙一邊叫人一邊下水救人，奴婢將第一位小姐拖到湖邊時，文杏姊姊幾個便等在邊上了，也是文杏姊姊她們幫奴婢將小姐們拉上岸的。奴婢救了四位小姐後，又在湖裡游了一圈，確認沒人之後才上了岸。那時湖邊已經來了好多位姊姊。文杏姊姊她們幫四位小姐吐了水，後來奴婢要換衣服，文杏姊姊和秋香姊姊便帶奴婢去了旁邊的屋子。」

「照妳這麼說，妳到荷花池時幾位小姐已經落水了？」韓沛玲問道。

「是的，奴婢剛聽到小姐們的聲音，因為聲音太小，一開始還不知道發生了什麼事，是奴婢跑到湖邊看到幾位小姐在水裡掙扎，才知曉小姐們落水了。」

「這麼說妳並不知道小姐們是如何落水的？」

「奴婢不知。」

「妳是在哪裡學的游水？我看妳身子瘦力氣倒不小，連救四位小姐還能在湖裡游。」

「奴婢家原是南方海邊的，後來家鄉犯海潮，這才全家遷到了京城。奴婢八歲以前都在海邊生活，我們那兒人人都會游水，女孩都要到海下採珠。奴婢到了崔主子莊子上，平日做的也多是粗使活計，才有了兩把力氣。」

崔靈芸聽韓沛玲問到這裡，不想她再繼續糾纏下去，便道：「我那莊子自然比不得兩位姊姊風雅，做的都是粗活，用的也都是粗人。」

聽崔靈芸這般說，知她有點惱了，韓沛玲卻也不想與崔靈芸交惡，便改叫了文杏上前問話：「按鶯兒的說法，妳是第二個到湖邊的，是不是？」

「回小姐，是奴婢第二個到湖邊的，當時有幾位小姐剛離開廂房會席上，奴婢正領著人在房裡收拾，便聽到鶯兒的叫喊，這才和當時一起的幾個丫鬟跑去了湖邊。奴婢幾個到的時候，正好看到鶯兒跳下湖。因奴婢幾個都不會游水，奴婢便吩咐露兒和環兒去找人來。鶯兒拖著小姐到湖邊，奴婢便同其他人一起將小姐拉上來。因奴婢小時在家鄉見過落水的人，要先吐出腹中的積水才行，便和其他人一起給幾位小姐空了水。後來四位小姐都救上岸後，便和其他人一起將小姐們安置在最近的廂房。」

「妳知道給小姐們吐水，太醫已經說過做得很好。只是妳也沒看到小姐們是如何落水的了？」

「奴婢不知。」

問到此處，韓崔陳三人心裡都清楚，只怕除了屋裡躺著的四人，再沒有人曉得發生什麼事了。

四人始終還未清醒，那邊的花會自然也結束了，靜園專門派管事嬤嬤過來接了眾人回去。韓沛玲和陳香茹留下來等消息，崔靈芸卻是帶著人回了自己的莊子。

崔靈芸摒退了眾人之後，才推門進了屋子。秋香本站在門口守著，見崔靈芸進來忙行了禮。

崔靈芸看了一眼屋裡正坐在桌旁喝茶的小丫鬟，歎了口氣吩咐秋香去門外守著。

崔靈芸走到桌子的另一邊坐下，看著小丫鬟沒好氣地道：「你這傢伙怎麼就學不乖，又偷跑到莊子裡，還攙和進這種事情。」

那小丫鬟見崔靈芸臉色不好，忙倒了杯茶給崔靈芸，賠小心地道：「表姑姑別氣，先喝杯茶潤潤喉。我雖然闖了禍，這不是還有姑姑嘛，就知道姑姑肯定會救我。」

「幸好我莊子上有女孩會游水，又同你差不多年紀、身量[1]，這才能將你換了出來。也多虧了這個鶩兒機伶，沒被她們察覺，只是今日雖過了，明日只怕宮裡也會派人來。這會兒三個莊子裡都來了不少官校，你暫時不可離開，先待在我這裡吧。你要保證不能惹事，也不許讓人認出你，不可踏出這屋子半步！」崔靈芸邊說邊瞪眼看著小丫鬟。

【注釋】

①是指人的高度、身材的意思。

小丫鬟立刻笑嘻嘻地道：「我保證絕不踏出這屋子，表姑姑，那四位小姐醒了嗎？」

崔靈芸歎了口氣道：「還沒有，太醫都要留在那邊莊子上，今晚是關鍵，過了今晚醒不來估計便不行了。你呀，膽子也太大了，遇到這事不躲著還跑去救人，叫人發現了可怎麼辦？即便沒這事，倘若被人認出你傳了出去，堂堂承郡王竟然在靜園小姐聚會上男扮女裝，還扮作小丫鬟，不僅靜園和你的名譽要受損，連太子府恐怕也得受到連累！」

【第五十二回】
男扮女裝

承郡王──坐在崔靈芸對面的小丫鬟，聽崔靈芸這麼說也歎了口氣：「我這也是沒法子了，母親那邊要大哥娶陳家郭家的小姐作側妃，可我前幾日在皇祖母那裡聽說，前段時間皇祖父在乾清宮怒罵常甯伯的時候，還連帶著罵了其他幾家，其中就有陳家，『貪功冒進，廣植黨羽』這個罪名可不小。」

承郡王是太子的第四子，燕郡王的親弟弟，年方十歲，尚未分府另居，仍住在太子府裡。因喜歡習武，從小頗得皇帝喜愛，經常出入宮中。「我回去和母親說了，但她不信我，我急得不行，又不能去找父親。若皇祖父真對陳家不滿，大哥便決計不能娶陳家的人。正好聽說靜園有花會，這才偷跑進來，看能否在陳家小姐身上找到什麼問題，好讓母親退了大哥的親事。誰想到這般巧，我本要找陳小姐，沒想到竟看到她已經落了水。」

崔靈芸聽了顧承志的話，若有所思，上次回家南昌侯特地叫了崔靈芸談話，皇上藉常甯伯府四小姐的事懲罰常甯伯夫人和世子妃，皇上對權貴結黨之事早有不滿，只因涉及太子和漢王才遲遲沒有發作，近幾年朝堂上鬧得不成樣，皇上已決定拿幾家來開刀，文武兩派這次估摸將有不少人家要落馬。

皇后娘娘顧念親情而提點南昌侯，太子和漢王都是皇后的親生兒子，南昌侯又是皇后的親舅舅，只因太子儲位定得早，南昌侯又是朝中重臣，與太子的關係自然比與漢王更親近。

南昌侯特意囑咐崔靈芸最近要避開文武兩派的人，皇上要處置的名單沒人得知，但平時不安分的都心中有數，只是沒想到涉及陳家。

陳家這幾年的確有些不對勁，不但摻和進文武之爭，還弄了個陳香茹進甲院。前幾年陳香茹與韓沛玲為南平侯私底下爭風吃醋，從去年起陳香茹突然消停了，明年便是選秀，陳家怕是打算送她進宮。

崔靈芸想到這裡，便決定以後對陳香茹敬而遠之，而眼前這件事她也絕對不可牽涉進去。

崔靈芸回過頭來叮囑顧承志：「現在陳家和郭家小姐都昏迷不醒，燕郡王的婚事你暫時不用著急，只等看明日能否醒來再說。」

顧承志心中有數，人昏迷了這麼久，即便明日醒來，身體恢復的機會也不大。為了確保能藉這個機會使燕郡王的婚事泡湯，他可是等人落水一會兒才呼叫救人。只不過他回想在他們落水前的那一幕，心裡又浮現更多的不安和疑惑，於是尋問崔靈芸：「表姑姑可認得與她們一同落水的另外兩人？」

「不認得，以前從沒見過，可能不是京城的，怎麼？」

「沒什麼，只是覺得她們有些可憐，受了陳郭兩家小姐的連累。」顧承志敷衍地說。他心裡實在沒底，便決定暫時不將自己所見告訴任何人。

原來顧承志今日一早便盯上陳郭兩家小姐，當她們在湖裡遊船時，其實他一直在湖邊看著。當湖裡僅剩她們這一艘船時，顧承志正想弄艘船過去偷聽她們說話，便看到坐在後面的兩位小姐，突然拍了前面陳郭兩家小姐一下，接著後面兩人藉跳下船的力道弄翻了船。四人都落了水，顧承志並沒有立即救她們，據他觀察，坐在後面兩人明顯是會游水的，他一直等到四人都在水裡停止了掙扎才呼叫救人。

後面兩人顯然要置陳郭兩人於死地，顧承志自然不能放棄這機會，只是這兩人究竟是什麼身分？不論是漢王抑或韓家，下手都不該如此狠毒。若要破壞陳家和燕郡王的婚事，只要製造點流言便可，而要奪人性命，事情就複雜了。

❖

太醫又在施針，韓沛玲和陳香茹則在隔壁廂房等著，兩人都無心睡眠。隔壁突然傳來了聲音，韓陳二人對視一眼同時起身。

經過這次施針終於有一位醒了過來，醒來的這位名牌上刻著謹惜，正是與常甯伯府四小姐一起補上來的五位之一。

陳香茹見醒來的並非她的妹妹，心裡有些失望，可臉上仍是軟聲柔語地安慰這位剛醒來的小姐。

韓沛玲急於知道事發時的情況，在太醫確認謹惜可說話之後，便坐在謹惜的榻旁問道：「……妳還記不記得妳們的船是怎麼翻的？當時發生了什麼事？還有沒有其他人在旁邊？」

謹惜哽咽著斷斷續續地道：「……見其他人都回了，我們也正打算往湖邊划，但謹律和謹立突然吵了起來，我記得是謹律打了謹立一巴掌，謹立便推了謹律一把，我嚇了一跳，想上去拉開她們，結果船一晃，就掉到了水裡，我嚇得以為自己要死了，只聽到謹敬在喊我，她伸著手臂要拉我上船，好像快拉到了，可是船突然整個翻了，再之後的事情便不記得了……」

韓沛玲心中一動，看了陳香茹一眼，接著問道：「妳說謹律和謹立兩人吵架，妳可聽到她們在爭吵什麼？」

謹惜皺著眉頭想了一會才道：「她們本來說話聲音很小，也沒聽清楚，後來她們生氣了，彷彿有聽到是『……郡王……側妃』之類，後來謹律打謹立那一巴掌時，只聽到她說什麼痴心妄想……」

韓沛玲聽到這心裡鬆了一口氣，照謹惜這般說，船分明是她們自己弄翻的，與她毫無瓜葛，即便追究起來，至多不過是「失職」。但倘若陳郭兩人真的在船上吵架，還打了起來，這可是陳家的大醜聞，還牽涉到了燕郡王，看來陳家和太子那兒恐怕難收場了。

【第五十三回】
爭風吃醋

丙院的人都被林趙杜三位嬤嬤帶回了靜園，眾人安安靜靜地坐在車上，謹恪的梨子露沒了，崔靈芸這會兒是顧不上他們了。

離席之前，不少人已知道出事了，尤其今日來的也有乙院的人，她們有自己的丫鬟，打聽起事來自然順手，所以最後來參加花會的人都知道有人落水仍昏迷不醒中。丙院一下少了四個人，無論如何都遮掩不過。

直到後來莊子裡來了許多官校，眾人更意識到事態嚴重，再沒了遊戲作樂的心思，幸好不久後嬤嬤們便來了，眾人沒有因賞花會被破壞而不快，反倒都鬆了一口氣。

上馬車前袁橙衣來找慧馨她們，謹飭在一旁和袁橙衣說了幾句，兩人臉色都有些不好。

慧馨心裡有些五味雜陳，休假時剛從慧嘉那裡聽說燕郡王和陳郭兩家的事，還答應慧嘉要打聽兩位小姐的事，沒想到有人已先行動。只是究竟何人動的手卻讓人摸不著頭緒。漢王那頭打的是為世子爭取這兩位小姐的主意，斷不會下狠手取她們的性命。四人遲遲不醒，這事查起來困難重重，若是太子那邊懷疑起漢王，只怕朝堂上又要掀起波瀾。

慧馨四人在回程路上誰也沒開口，都心知倘若這四人無法清醒，事情一旦鬧大，今日參加賞花會的人都可能受到牽連。

當晚慧馨四人又湊在一塊兒，慧馨先道：「這事應不是漢王那邊做的，我休假時去漢王府看過我二姊，聽二姊說王爺和王妃想聘陳郭兩位給世子，斷不可能沒幾天便要取她們的性命。」

謹飭呷了口茶，猶豫一會才道：「今日事出在韓沛玲的莊子上，雖看她的樣子似是不知情，可也不能排除韓家的人瞞著她下此重手。皇莊靜園的管理一向嚴格，外人混入的可能性極低，能在甲院莊子上插人手的，怕也只有甲院自己人了。」

目前看來確實韓沛玲的嫌疑最大。韓陳兩人間一直存有嫌隙，聽說起因於南平侯。南平侯當年成親後不久便赴戰場，在即將得勝回朝之時，南平侯夫人突染風寒一病不起，沒等到南平侯回來便去世了。後來在南平侯為夫人守孝將結束之際，又碰上了孌童癖事件，結果南平侯的婚事便這麼一直耽誤了下來。

直到現在京裡人都明白當年的「孌童癖事件」是怎麼回事，加上南平侯府聖寵不衰，即便南平侯已不在朝為官，爵位卻坐得穩穩的，於是這幾年便有不少人家動了與南平侯府結親的心思。畢竟南平侯才是貨真價實的國舅，近幾年無論後宮誰得寵，都沒人能撼動皇后在皇帝心中的地位。

再說哪個少女不懷春呢？南平侯英俊威武，又帶著成熟男人特有的滄桑，正是「窈窕君子，淑女好逑」的年紀。韓沛玲與陳香茹便是這場南平侯未來夫人爭奪中的佼佼者，從競標靜園裡那匹南平侯送的黑背馬開始，兩人私底下小動作從沒少過。

❁

翌日靜園裡依舊繼續往日的課程，只是多了幾名宮裡派來的侍衛，還有乾清宮的許嬤嬤。許嬤嬤是皇后娘娘派來問話的，將昨日與四位落水的小姐接觸過的人都叫去挨個問了話。慧馨四人因在事後曾去廂房看過四人，也被叫去問話。

下午慧馨與謹恪仍舊去了魚塘那邊，謹恪本有些惴惴[1]，慧馨卻說這事本就與他們無關，與其胡思亂想，不如以不變應萬變，原本該做啥仍舊做啥。

謹飭與謹諾則去找了袁橙衣，乙院每人都有單獨的小院子，院子裡除了小姐和丫鬟的住處，還有單獨的廚房。

袁橙衣的丫鬟送來茶水與點心後便退下了，屋裡只剩袁橙衣、謹飭與謹諾三人。

「昨晚上醒了兩個，不過不是陳郭兩家的，聽說今日再不醒，便要叫各自的家人領回去了。」

【注釋】

①音同「墜」，形容因害怕或擔心而感到不安。

袁橙衣說道。她昨日回來時，便吩咐莊子上的莊客留意甲院那邊的消息，今日一早又派了丫鬟過去，得到的消息卻大出她所料。

「醒的兩個可是能說話了？」謹飭問道。

「不僅能說話，據說還交代了事情的經過。你們猜是怎麼著？」袁橙衣不屑地扯了嘴角，想到那陳郭兩家落水的原因，忍不住想嘲笑。

「怎麼回事？」謹飭見袁橙衣表情怪異，便急忙問道。

「說是陳郭兩位為了燕郡王側妃的事吵了起來，還在船上大打出手，這才弄翻了船，連累同船的人。」

「怎麼會這樣？陳家和郭家一向交好，燕郡王側妃之事也是兩家提出的，兩位小姐怎麼會為這吵架？」

「有什麼奇怪的，陳郭兩家是提出兩位小姐為側妃，可燕郡王正妃位置空懸，這兩位小姐未嘗沒有機會成為正妃，而正妃只能有一位，兩位小姐別有想法也算合情合理啊！」袁橙衣說到這兒，又想起丫鬟帶回來的話，「這事是醒來的那兩位說的，雖然那兩位都說沒聽到陳郭兩位小姐的具體談話內容，但幾個關鍵字眼卻聽到了。而且昨晚先醒來的謹惜這般說，後醒來的謹敬也說法相同。倘若只有一位這麼說，陳家還有翻盤的機會，但兩位都說法一致，並且毫無串供的機會，這事只怕就這樣了。」

三人都沒再說話，這事若真如謹惜和謹敬說的那般，就跟其他人毫無關係，反而成了陳家郭家與燕郡王府之間的醜聞了。燕郡王側妃的事情尚未定下前，就傳出這種醜聞，不僅陳郭兩家與燕郡王要受申飭，估計太子府那頭也不會太好過。最終吃了大虧的莫過於太子那一派，眼下漢王的嫌疑自然成了最大。

【第五十四回】
巾幗不讓鬚眉

慧馨向杜三娘詢問了這幾天魚塘的情況，因天氣漸漸變熱，為預防魚塘滋生細菌，她讓杜三娘每日都要去察看水質，一旦水色有變化，就將少量生石灰水灑入塘中，以調節水的酸鹼度，還讓潤兒每日都抓魚上來察看魚的狀況。魚類生病，傳染的速度非常快，所以慧馨在防範魚病上下了不少工夫。在醫學不發達的古代，防止生病比生病後治療來得重要。

潤兒是劉太醫的女兒，從小跟著學醫，因劉太醫的母親不喜歡她在外拋頭露面，小姑娘一直悶在家裡，後來見劉太醫為慧馨的魚塘翻找魚病的資料，潤兒便自告奮勇承擔起了責任，是以近來老跑到杜三娘這裡玩耍。而劉太醫仍是每十日來給三娘複診，可見皇后娘娘一直都在關注三娘的事情。

慧馨聽完三娘的回話點點頭，三娘很細心且知輕重，凡慧馨吩咐的都會照做，從未懷疑過慧馨的想法是否正確。

慧馨猶豫了一下，還是決定將昨日賞花會上發生的事告訴三娘。慧馨從沒將三娘當作普通的莊客，畢竟她待在皇后身邊多年，後又嫁與將軍為妻，見識定非普通農婦可比。賞花會上的事涉及皇家，三娘又在當年的皇子府待過，興許知道些外人不知的事情。且三娘現在置身事外，稱得上是局外人，說不定比他們這些局內人看得更多。

杜三娘聽了慧馨的話沉吟許久，開口便講起了許皇后的事情，「……皇后娘娘的父親是開國元勳，年輕時打仗受了許多傷，才會英年早逝。當年許老侯爺去世後，繼承爵位的少爺才七歲，府裡的人都說小姐失了依靠。小姐幼時隨老侯爺習武，熟讀兵書，性格潑辣直爽。她與四皇子青梅竹馬，婚後四皇子也寵著小姐，可是大皇子送了不少美人給四皇子，還有皇上賜下的美人，府裡頭漸漸不太平。

後來前朝叛軍在南京作亂，四皇子奉皇命去平叛，可叛軍有二十萬人，四皇子只帶了五萬人，許多朝廷的將領同時稱病，四皇子不僅兵不夠，連領兵的將領也不足。小姐去求皇上允她和大少爺、二少爺同隨四皇子出兵。後來四皇子帶著二少爺去攻城，小姐便跟著大少爺守城。

有一次，四皇子深陷重圍，身邊將士皆亡，是二少爺單槍匹馬救回了四皇子，而小姐一直在城樓上，直到四皇子兩人衝回城裡才關閉城門。當時城樓上的其他將領都勸小姐關閉城門，小姐直接拔劍斬下了一名將領的頭顱，我記得小姐當時說：『四皇子未回，城門便不能關，誰提前關城門便是謀害皇子！』

後來四皇子設計離間叛軍，奪下南京城。叛軍十二萬人分兩路重回南京，四皇子出城設伏。其中一路七萬叛軍包圍了南京，當時南京城只留了一萬軍隊，小姐帶著南京城的百姓和軍隊硬是將叛軍拖延了十五天，直到四皇子回來，內外夾擊全部殲滅。

待叛亂結束大軍班師回朝，不論皇子府抑或京城權貴，包括先皇都對小姐敬重有加，再也沒人敢挑釁小姐……」杜三娘私下喜歡稱許皇后為小姐，這樣讓她感覺更加親切。

慧馨與謹恪聽著杜三娘講起許皇后以前的偉績，心中很是敬佩。只不過慧馨不太明白，皇后與這事有什麼關係呢？

杜三娘看慧馨與謹恪的表情，心知她們不明白，但她卻也不願點破。有人在靜園搗亂，許皇后絕不會這樣作罷，靜園是許皇后的地方，即使她從不到靜園來，可不代表靜園裡的事她會不聞不問。

【第五十五回】
這事非得要查

四日後，謹惜與謹敬回到了靜園，而謹律和謹立在兩夜後仍未醒來，被家人領了回去。

事態並沒有像眾人以為的愈演愈烈，因為大家都知道是陳郭兩人打架才弄翻了船，陳家與郭家為了平息流言，採取了大事化小，小事化了的態度。但流言向來難以扼殺，整個京城裡大街小巷，都聽說了兩家小姐為燕郡王打架一事。陳郭兩家與太子府堅信兩位小姐家教森嚴，斷不可能打架，定是有人故意設計陷害。

丙院裡因為又少了兩個人，靜園又再一次補了人，這次只補了一位。

吃過飯，謹飭將這位新來的謹慎介紹給慧馨：「這位是……嗯……承郡王。」

慧馨慶幸自己沒有正在喝茶，否則肯定一口噴出來。郡王？男扮女裝？

屋裡頭只有慧馨很吃驚，謹諾與謹恪完全一副習以為常的樣子。

顧承志見慧馨一臉吃驚，清了清嗓子道：「大家不用多禮了，我到這裡來是身負任務的。皇祖母特許我到靜園來調查上次的賞花會沉船案，希望各位姊姊妹妹們多多幫忙。」

謹飭聽了一笑，伸手拍在他頭上道：「你就得了吧，肯定又是花言巧語騙了皇后娘娘，你就是不老實，快說實話，這次又想玩什麼花樣？」

顧承志摸摸腦袋，十歲的男孩稚氣未脫，臉上還有點嬰兒肥，又是一身女孩家打扮，可愛得緊！慧馨很想上去掐掐他的臉。

顧承志聽了謹飭的話，很委屈地辯解：「表姊，我哪有玩花樣，這次真的是我親眼看到的。她們船翻時我就在旁邊，見到坐在後面那兩個打了陳郭兩家的小姐，將船弄翻的。」

謹飭聽顧承志這般說，心中吃驚不小，急忙再向顧承志確認：「你真的看到了？你怎麼會看到的？」

顧承志不想說他是跟蹤陳郭兩家小姐，便說道：「我正好去找表姑姑玩嘛，結果看到韓家那兒在辦賞花會便去湊湊熱鬧，結果正好見到翻船那一幕。原本他們的計畫天衣無縫，絕沒想到會被我瞧見。我回去便向皇祖母說了，於是皇祖母派我進來，代她調查那兩個女的。」

謹飭皺皺眉，果真如他所言，那這事非得要查不可，倘若放任兩個動手害人的留在靜園，以後她們的安全都會受到威脅。

謹飭思索了一會說道：「若是這樣，平時你可以多跟著謹言、謹恪她們倆，跟著我和謹諾很容易被人注意。那你現在有什麼計畫嗎？」

顧承志聽謹飭說到計畫，臉色一正道：「我來之前查了這兩人的背景，那個謹惜是白族土司的義女；謹敬是長安濟安堂收養的孤女。謹惜還罷了，那個謹敬竟是因為在長安有濟世之名，被當地士紳推薦來的。這樣的兩個人實在很難讓人聯想在一塊。」

當年太祖建國後，馮皇后在全國各地建了許多庵堂，專門收養因戰亂家破人亡的孤兒孤女，後來這些庵堂便一直保留下來。經過這些年的經營，除了收養孤兒外還兼給人治病，在當地擁有很高的名望，長安的濟安堂便是其中之一。

顧承志又繼續道：「這兩人背後肯定還有主使者，關鍵是要查到這主使者，在靜園外面實在沒法下手，所以皇祖母才特許我進園的。靜園畢竟是皇祖母的地盤，讓別人來查實在不能放心。目前我打算先了解哪些人與他們有接觸，然後再順藤摸瓜。這幾天勞煩謹恪與謹言配合我跟蹤她們，要小心別被發現，免得她們提高警覺，有所防備便不好查了。」

慧馨心裡覺得由他們來調查「賞花會沉船事件」有點不太靠譜，但顧承志一個十歲男孩，心思能這般縝密，倒是難得，知道最要緊是不可打草驚蛇。

【第五十六回】

靜園裡的藥房

為了幫顧承志查「案子」，慧馨與謹恪最近都無法去皇莊。

卻說慧馨第一次刻意接近謹惜和謹敬時，聽到她們的聲音讓她大吃一驚。這兩人正是當初她剛來靜園那晚，半夜起床為了喝口熱水，在樂室門外聽到談話的那兩人。慧馨一時後悔當初沒將兩人的話聽個清楚，若當時聽仔細，些說不定會知道兩人的身分，但又慶幸自己當時沒有多聽而選擇了回房，光看這兩人對待陳郭兩人的狠毒手段，若是她當時被發現，只怕小命已經不保。

又過了幾天，在慧馨幾人的調查留意下，終於列出了謹惜與謹敬的日常交往人員名單，但卻無法確認哪些人可疑。除了內院的人之外，其他都是在靜園待了很多年的人，所以單憑跟蹤確實難以查明真相，需要進一步與這些人接觸。顧承志將名單上的人劃分開，分批具體調查。

進入靜園各處的藉口易找，只除了平安堂。平安堂坐落在靜園西南方的一座小庵堂，不對外開放，從靜園西南方的角門出去，有廊台蜿蜒延伸到平安堂。此處可以說是靜園裡的藥房，堂內的靜安師太會診病開藥，堂中專門種有藥材供園內人使用。慧馨配的潤喉藥茶，便是找靜安師太開的方子。

謹敬因在長安濟安堂長大，熟讀經書且略通歧黃之術，她每日都會去平安堂聽主持講經，並且常與靜安師太談論醫道。

慧馨終於想到一個混入平安堂的好法子——她親手抄了一本金剛經，向主持表明想將金剛經供在佛堂，誦讀七七四十九日，在母親壽辰之日送與母親。這麼一來，便有正當的理由天天往平安堂裡報到。

之前慧馨來配藥茶時多在藥方處打轉，沒有到大殿裡去。大殿正中央供奉的是觀世音，兩邊則是羅漢像。這些銅像已經有些年頭，約莫當年靜園初建時便有了的。當年馮皇后認為學佛可修身養性，平安堂才一直保留了下來。慧馨也覺得抄佛經比起抄女誡之類的，令人容易平心靜氣。

將金剛經遞給主持，主持將佛經供在觀世音像前，慧馨便在佛前背誦金剛經。謹恪陪著慧馨一道來，因為是第一天供佛經，便也老老實實地跪在慧馨旁邊聽她背誦。

主持靜宜師太也一直站在旁邊，聽著慧馨用清晰的聲音誦經。今年丙院開院後，除了謹敬經常到佛堂來，慧馨還是第一個手抄佛經來供奉的。

謹敬通常每日的酉時到平安堂，慧馨便將自己來的時間定在申時，比謹敬提早一個時辰。

很快地，慧馨在平安堂供奉金剛經過了五日，這些天來，慧馨在背誦佛經之後，還去找靜安師太討論醫藥之事。在平安堂遇到每位師父，慧馨都會點頭道安，態度和藹卻不多言，有時會遇到謹敬，卻也只是點頭之交。畢竟時間太短，慧馨不想過於急躁，要站在暗處才能看得到真相。

又經過數日的暗中觀察，慧馨終於發現平安堂裡一件奇怪的事。

某日慧馨在請教過靜安師太後，便拉著謹恪到藥園認草藥，藥園裡正好有師父在除草，兩人便不時向幾位師父請教，師父們見這段時間來兩人態度良好，對她們的問題便也笑著回應。

其中有位法號靜惠的師太，年約五六十歲，談吐較其他人更加文雅，保養得也很好，臉上雖有皺紋，卻掩不住眉眼間的異域風情，這位師太五官深邃，應是有異族血統，年輕時一定是位大美女。

靜惠師太對慧馨兩人也很和藹，聽說慧馨在佛堂供了金剛經，還邀請她們兩人到靜室品茶。慧馨上輩子有個好朋友是佛教徒，從這個好友口中聽了不少佛教的教義，這時與靜惠師太論起佛，勉強可以順著靜惠的論調講上幾句。

靜惠師太倒是對慧馨的見解感覺新鮮，便一直留著她們談話，直到另一位師父靜平來喚她做晚課，才放慧馨兩人離去。

幾天下來，慧馨發現只要有靜惠師太的地方，必可見靜平師太，包括藥園裡大多數活也都是靜平師太幫忙做的。慧馨原以為是靜惠師太年紀大了，可今日在靜室裡，她注意到靜惠師太的手比其他師太明顯細嫩許多，顯然沒有從事過勞動。庵堂一般都是自給自足，像靜惠師太這般保養好的實在沒見過，她不像是在修行，反而更像養老。

【第五十七回】
當探子查案

慧馨看著手上的名單，感覺有點無所適從。她從沒想過自己有一天會當別人的探子，剛穿越過來時，覺得盡本分當個小家碧玉就夠了，後來進了靜園便告訴自己得做個大家閨秀。可這大家閨秀的背後，卻有太多不為人知的事情。她壓根不想管這些，只想過好自己的小日子。

靜惠師太和靜平師太都不在名單上，這才是真正的問題，謹敬經常找平安堂的師父們談佛，但卻沒找過靜惠和靜平。而靜惠明顯也喜歡與人談佛，她會邀請慧馨與謹恪，卻從來沒有請過謹敬，這種忽略太過於刻意了。

慧馨沒有立刻將靜惠的事告訴顧承志，她希望靜惠像杜三娘那般，只是借助靜園避難。謹恪也察覺了靜惠的不同尋常，她本就極為聰明，只是以前被家人寵著，心思沒有放在對的地方，自從與慧馨一同建設魚塘、掌管帳務，注意力較之前集中，心思自然也縝密起來。

慧馨無奈地歎口氣與謹恪說：「說不定靜惠師父只是來此避世的世家老太太，聽說她已經在平安堂待了三十多年了，要說她有問題，我還真不相信，我們再多看幾日吧。」

顧承志每晚都會出去夜行，慧馨四人則負責替他掩護。慧馨第一次半夜見到顧承志穿著黑衣在靜園翻身上房頂時，很吃驚地羨慕了一陣，忍不住幻想若是自己有了一身武藝要做什麼，俗話說得好，每個人的心中都有一個江湖夢嘛……

謹惜與謹敬的言行沒有破綻，若非顧承志親眼所見與慧馨曾聽到過她們的談話，實在找不到理由懷疑她們。整個靜園也查不出其他可疑的人，調查貌似走入了死胡同。

其實慧馨隱約察覺顧承志應查到了什麼，卻沒有告訴她們。每當慧馨她們談論到平安堂，顧承志便會欲言又止。

終於有一天，慧馨拉著謹恪去皇莊找杜三娘，她問三娘：「聽說靜園是前朝留下來的，至今有一百年了嗎？」

「沒有，只有五十八年，是前朝末代皇帝建的。」杜三娘說道。

「靜園裡的平安堂是從前朝便有了嗎？前朝的皇帝為什麼會在行宮建庵堂呢？」

「平安堂是太祖時期改建的，原來並非庵堂。」

「原本裡面的人呢？改建後又是哪些人進了庵堂？」

杜三娘眼光微閃，想起了早年宮中的一些流言，緩緩道：「最早平安堂改建成庵堂後，馮皇后將許多將領的遺孀收留在那裡，那時靜園尚未被用作女士院，裡頭住的大多是前朝皇帝的妃嬪，馮皇后還經常來看望她們。」

慧馨若有所思，也許靜惠師父是前朝皇帝的嬪妃，後來一直在平安堂養老。卻說慧馨的想法雖不是事實，離事實亦不遠。

慧馨點點頭又問道：「妳聽說過平安堂的靜惠師太嗎？她好像與其他人有些不同，會不會是前朝皇帝留下的妃嬪？」

「這倒沒聽說過，平安堂的人大部分都是從馮皇后那時便住在裡面了，我以前沒見過她們。妳怎麼會特別留意她？」

「她的談吐比其他師父文雅，五官深邃像是外族人，態度和藹，還與我和謹恪論過佛。」

杜三娘聽了慧馨的話，皺了眉有些不太確定地問：「妳說她像外族人，多大年紀了？」

「大概五十來歲的樣子，保養得極好。」

杜三娘的臉色越來越沉：「妳怎麼會去平安堂？這段時間沒到皇莊來，都待在平安堂？」

「還不都為了幫承郡王查『案子』，這幾天為了混入平安堂，我天天在佛前誦經，可什麼也沒查到，說實話我們幾個小孩能查到什麼？如同小孩子過家家一樣。」慧馨忍不住抱怨，實在不覺得自己是做偵探的料。

杜三娘沉思了半晌才道：「這事妳們最好別再管了，承郡王要查讓他自己查吧，他五歲便有神童之稱，該如何做他應該比妳們清楚。以後最好躲開靜惠師太，不要再與她和她身邊的人有接觸。有些人有些事並非妳們該知道的，最好儘快從這件事裡脫身。」

【第五十八回】妖妃伊娜

杜三娘目送慧馨與謹恪走遠，神色依然凝重。就私心來說，她很喜歡慧馨這孩子，不是因兩人的身分，也不是因慧馨幫助了她，而是慧馨身上有種特別的氣質，讓人感覺寧靜，寧靜中又帶著希冀。

而慧馨與謹恪二人受了杜三娘的警告，回去便告訴謹飭，謹飭雖有些不以為然，但仍同意她們不再摻和這事。

慧馨將每日誦經的時間改在午睡後，在拒絕了幾次靜惠師太的邀請後，慧馨與謹恪在廚藝課上親手做了些素點心，將點心交給主持，請她代送給靜惠師太，並轉達她們這段時間每日誦經後要趕去皇莊，沒有時間陪師太，請主持代為致歉。

雖然兩人已經決定不再插手這事，可好奇心仍在。慧馨拉著謹恪在藏書閣泡了幾天，終於找到了她們要找的書。

一個朝代發生故事最多的時期，一是建朝初期，一是朝代末期。這本書講述了許多前朝末和本朝初，宮廷和民間發生的故事，有點像是小話本，連野史也稱不上吧，這本書會被收入藏書閣裡真是奇蹟！

裡面記載了前朝末期發生的許多稀奇古怪之事，雖歷經時間的消磨，事實也許早已經被歷史的風沙掩蓋，但仍然無法抹去這些故事吸引人之處。

其中慧馨與謹恪看得最入迷的，是前朝末代皇帝李勁與妖妃伊娜的故事。傳說妖妃伊娜是前朝某胡姓絲綢商人從西域購買回的舞姬，透過皇帝身邊的太監進獻給李勁。伊娜一入宮便得到了皇帝李勁的專寵，而胡姓商人則得到了鹽鐵的經營權。鹽鐵關乎國家命脈，一直由朝廷壟斷，這下朝堂一片譁然。伊娜被人稱為妖妃，不僅因她的容貌，還因李勁與她在一起後的作為。

皇帝殺掉了反對他的大臣，這對已經腐化的朝廷來說正是雪上加霜。當李勁忙著與伊娜雙宿雙飛時，胡姓商人與那太監裡應外合，把持朝政，控制了國家經濟命脈。民間起義、官員反叛開始興起，可惜皇帝看不到，他為了擺脫百官的糾纏，在京郊雁河的對岸建了個園子，與伊娜搬到了那裡生活，那個園子便是今日的靜園。

當本朝太祖帶著他的軍隊打開京城大門時，李勁與伊娜還在靜園裡作夢呢！一直到太祖帶人將靜園抄了，把皇帝和妖妃抓起來，並於十日之後當眾斬首。

當年皇帝李勁和妖妃伊娜的故事，可是家喻戶曉，人人都憎恨他們。雖然至今幾乎沒什麼人記得，可他們確確實實是前朝覆滅的罪人之二。

慧馨與謹恪互相對看一眼，看到對方眼睛冒光，心知對方估摸猜得一樣，那位靜惠師太很有可能與這位妖妃伊娜有關係。

慧馨壓低了聲音附在謹恪耳邊道：「這事兒絕對不能告訴別人，倘若外面的人得知靜園裡有一位前朝活下來，且與那位導致前朝滅亡的妖妃有關的人，會有損本朝名聲的。而且靜惠師太是個好人，已經這個年歲了，便讓她安安靜靜地在平安堂養老吧！」

謹恪點點頭，都過去幾十年，確實沒必要將這些陳穀子爛芝麻給翻出來。

這本書少了故事的下集，因為皇帝和妖妃被砍頭後，故事並沒有結束，只是變成了本朝初的皇家醜聞，想來作者肯定也不知道了。

慧馨覺得顧承志應是查到什麼線索，因為他說他可以離開靜園，所以從明天起他便要開始裝病了……

翌日，顧承志果真因病被送出了靜園，慧馨幾人終於鬆了口氣。

❖

由於端午要在園裡過，這次的廚藝課程自然學得是包粽子。慧馨拿出醃好的鹹鴨蛋，煮熟後將蛋白和蛋黃分開，將蛋黃包入粽子裡。因為鴨蛋有限，每個粽子裡只能放一點。慧馨的鴨蛋粽獲得了一致好評，謹恪私下偷吃了不少，撐得她午飯都吃不下了。

下午去平安堂誦經時，慧馨將早上做的一些紅豆粽拿給主持，請她給靜惠師太捎一些。又陪著謹恪去靜安師太那兒開了幾副消食藥，在藥房候著時遇到了靜平師太，向她問了好。

慧馨與謹恪打包了一堆粽子帶去皇莊，分給四家莊客。薛玉蘭家竟也準備了粽子回送給她們，雖然她包的粽子用料沒有慧馨的好，難得的是這份心意。自從薛玉蘭幫慧馨養豬後，家裡生活改善了不少，光是每月的場地租金便是家裡開銷的幾倍了。像這種時節，土地並沒有收穫，一般莊戶人家都要靠四處打短工賺取生活費，而她在家裡養豬卻比四處找活幹輕鬆多了。寒暄一會後，慧馨與謹恪接著轉往杜三娘那兒。

當兩人剛跨進杜三娘的院子，便察覺到些微不尋常。有幾個宮裝女子站在院子裡，裡面似乎還有女官。他們一踏入院子，便被兩名宮女圍住，有名女官則上前示意他們到柴房去。

慧馨猶豫了一會，在兩名宮女的簇擁下，暗忖似乎沒有選擇的餘地。這些人能在官校的眼皮下進入皇莊，還守在院子裡，那邊屋裡頭該是有更重要的人物。

謹恪眨眨眼詢問地看著慧馨，慧馨點點頭，兩人一道走進柴房。

【第五十九回】初次拜見

屋裡頭，皇后正和杜三娘在說話。

許皇后看著跪在地上，身形瘦消，雙手緊握略顯緊張的杜三娘，心生憐憫。早年跟著她的丫鬟們，大都已非富即貴，只有三娘偏居在這個莊子上。當年怕四皇子擔上袒護下屬治軍不嚴的名聲，並沒有為她據理力爭，若不是三娘裝瘋賣傻，恐怕今日也見不上面了。

皇后對宮女們揮手說道：「扶三娘起來，賜座。」

離三娘最近的宮女立刻將杜三娘扶起，又有宮女從屋裡找出個小凳放在一旁。杜三娘素知皇后心性坦率，最不喜做作的人，便聽話地坐了。

皇后見三娘並不與她生分，心下寬慰，說道：「妳剛才說的事，本宮已從承郡王那有所耳聞，即知此事與那人有關，接下來本宮會親自處理，妳不必擔心。」

杜三娘見皇后態度和藹，對她也仍是關心，心下感念皇后的恩情。雖說她當年裝瘋是出於保命的無奈，可後來幾年卻真是她心生不滿，對皇上和皇后有些怨言。平心而論，在當時情況下，恐怕也沒有更好的辦法，那些御史拿杜將軍作把柄，謀的卻是四皇子手中的兵權。倘若當時四皇子稍有不慎失了兵權，別說杜三娘的命，只怕天下也不是現今這模樣了。

杜三娘憶起往事，聲音有些哽咽：「奴婢自聽說這事可能與那位有關，心裡便一直放不下，擔心娘娘被那批小人算計。沒想到娘娘會親自來，奴婢真是……」說著三娘的眼淚再也抑制不住，流了下來。

皇后見三娘真情流露，心裡頓時傷感，想起年少時的辛苦和委屈，即便現在貴為皇后，仍有許多事不得不隱忍。皇后也忍不住拿起帕子揩了揩眼角，溫和道：「難得妳還掛念本宮，可憐妳受了這十幾年的苦……」

杜三娘聽皇后這般說，連忙搖頭道：「奴婢不苦，這些年有娘娘關照，莊子裡對我也照顧有加，不用勞動也能衣食豐足，多虧了娘娘。」

杜三娘又趕忙擦了眼淚笑道：「您看我，見了娘娘便不知道如何是好了，這眼淚也收不住，還累得娘娘傷心。娘娘別擔心了，奴婢的苦日子已經到頭，接下來必然是越過越好的。」

皇后笑著點了點頭，以後三娘有自己照顧，諒也沒人敢欺負她，「聽說妳現在幫著靜園的女公子做小管事，做得如何？」

聽皇后問起她做小管事一事，杜三娘心下高興，她以前當將軍夫人時也管過莊子，可那時心思卻不在那上頭，平時聽莊子管事的回話也完全摸不著邊。這段時間和慧馨與謹恪學管理魚塘，管著四家莊客的帳目，倒也做得井井有條。雖只是兩畝魚塘，卻讓她從慧馨與謹恪那兒學到了不少。

杜三娘略帶微笑地說道：「奴婢現在不過是管著四戶莊客，照看兩畝魚塘。今年丙院分到的河邊沙地，許多年都沒有收穫，沒想到這回的女公子用來建魚塘，裡面不單養了魚還有鴨子。魚苗下塘時間不長，還不夠大，但鴨子已可下蛋了。現在每日的產蛋量固定，原本量少時主要賣給京城的各大酒樓，現在蛋多了，打算弄個工作坊專門製作鹹鴨蛋和松花蛋[1]。奴婢前些日子也做了些，娘娘帶點回去讓御膳房給您弄弄嘗嘗鮮。」

皇后聽三娘這般說，又見她面色略帶紅潤，知她是真心高興：「沒想到妳現在會做這些。春禧，記得待會在三娘這裡多拿些鹹蛋和松花蛋，讓御膳房弄好了，給本宮和皇上都送些嘗嘗。」

皇后又道：「看來妳那位女公子頗為聰明，能想到建魚塘，終究沒廢了那塊地。」

杜三娘有心幫慧馨說話，便道：「雖還是個孩子，倒是個心地善良，心思靈巧的。」

皇后聽三娘誇慧馨，倒有些好奇，想看看這孩子，便向身邊的許嬤嬤道：「不知這孩子這會兒在哪，我倒想親眼見見，去問問這會方不方便帶過來？不要讓靜園的其他人知曉了。」

許嬤嬤忙應著便出了屋，可不到片刻就笑著回來：「娘娘，這可真是巧了，兩位女公子正好來找三娘，現正在院子裡候著呢！」

慧馨與謹恪跪在地上，小心地回答皇后的問話。謹恪倒沒什麼，皇后本來就寵她，她自然不害怕。而慧馨也只是好奇，身為穿越人士，內心對皇權階級的氣勢似乎很容易忽略，所以在面對皇后時也不覺得害怕。

「皇奶奶，我們帶了粽子過來，裡面加了鹹鴨蛋，可好吃了，您也嘗嘗啊？」謹恪說道。

「哦？是妳們自己包的嗎？」

「是呀，是我們早上廚藝課包的。」

「難得妳也會動手做東西，春禧去看看，挑幾個過來給本宮嘗嘗。」

喚作春禧的宮女，正是當初慧馨第一天進園領她上船的宮女。她出去了一會，便又端著一個碟子進來，裡面放了切成小塊的粽子，旁邊放著竹籤，想起來是為了方便皇后食用切成塊的。皇后從碟子裡挑了一塊給那宮女先試過，這才用竹籤叉著吃了幾塊。

皇后邊吃邊點頭，將一小碟的粽子都吃完了，旁邊的宮女奉上盞茶，皇后漱了口才說道：「粽子不錯，味道特別，還有蛋香呢！」

謹恪咧了嘴，說道：「裡面放的鹹鴨蛋是我們自己醃的，皇奶奶，過幾日我們還要在京城裡賣自己醃的鹹鴨蛋和松花蛋呢！」

皇后聽了謹恪的話笑道：「妳這丫頭，這才進靜園幾天，長進了不少，沒白費了妳娘給妳求來的名額。上次聽妳娘說，妳現今都懂管帳了，將妳的帳簿拿來我瞧瞧。」

謹恪忙將包裡的帳本拿出來呈給皇后，開心地道：「現在我這只做總帳了，細帳全在三娘那裡。」

許皇后見謹恪帳目做得清晰明瞭，知她確實精進不少，這才稱許地點頭將帳簿還給她。

【注釋】

①皮蛋。

【第六十回】
高檔消費食材

皇后看了眼慧馨，見她一直不亢不卑地跪在地上，低著頭，身子挺直，目不斜視，並未因皇后一直沒理睬她而動搖。皇后點點頭，這孩子沉得住氣有定力。

皇后笑著說：「妳們兩個都起來吧，站著說話就好。」

慧馨低眉順目地站在謹恪身邊，聽著皇后問完了謹恪，轉而問她如何想到要建魚塘。

慧馨如實答道：「以前在家時聽父親說過，長江以南沿河的農家，有不少挖魚塘養魚的，也有挖池塘養藕的，丙院分到的地離河近，種莊稼並不合適，便與謹恪一道去藏書閣找了書察看，這才決定建魚塘的。」

「不錯，能將平日裡聽到的看到的，活學活用，書沒有白讀。」

「民女當不得誇獎，只是進靜園後開了眼界，才知這世上還有這麼多道理要學。就像我們起初修了魚塘，還有些沾沾自喜。後來聽說有人種了梨樹苗，這卻是造福後人又不必改變河道。才知原本自己想的不免流於市儈膚淺，便覺得還有許多要學的。」慧馨謙虛地說道。

皇后聽了慧馨的話，不以為然地笑道：「倒也未必，不過是人各有志，各有所求罷了。」一者求利，一者求名。所想不同，所做自然不同。

謹恪似是沒有聽懂皇后的話，迷惑地看了慧馨一眼，慧馨則若有所思地低了頭。

皇后想起杜三娘今日最先說的事情，便問兩人：「聽說妳們最近常去平安堂？可有何心得說與我聽？」

「民女在平安堂的佛堂前供奉了親手抄的金剛經，發願誦經七七四十九日，祈求佛祖保佑遠在南方的父親母親身體康健。原是為了承郡王打探消息才去的平安堂，雖然並沒有打聽到什麼，可是孝順父母的心意卻是真的，便一直沒有間斷。」慧馨記起三娘曾提醒這事不是她們該知道的，索性當作什麼都不知。

謹恪聽慧馨這般說，心知慧馨所想便道：「原是為了幫承志哥哥打探消息去的，結果什麼也沒打聽到，只是當初已經發了願，就要做到底，否則便是不孝了，所以我們現在每日午睡後還是去平安堂誦經。」

想來只憑兩個孩子如何能打探到皇家內幕，皇后便點點頭道：「都是承志胡鬧，怎麼能讓妳們兩個女孩家去打探消息，回頭本宮自然要說他。妳們只管在靜園裡好好學習，別讓其他事亂了心，可記住了？」

「記住了。」慧馨與謹恪同聲應道。

自那日見過皇后之後，慧馨心裡踏實了許多，再不去想那些事，只專心準備過端午，像現在，就正繡著一條錦上添花的手帕。

原來端午當日雖然靜園不放假，但城裡雁河上的龍舟賽有一段會經過靜園前，屆時靜園的小姐們可以在雲台上觀看。據說當龍舟經過雲台時，小姐們可以將帕子投給自己屬意的龍舟。到時得到靜園小姐帕子最多的龍舟，會有額外的獎勵。

丟在龍舟上的手帕也會拿給眾人欣賞，所以小姐們都會親手準備一條手帕，絕不能丟了靜園的臉。

端午當日的雲台，臨河的一面圈了護欄，桌椅已經備好，眾人按安排好的位次入了座。

慧馨四人自是一桌，桌上放著她們包的迷你粽子與其他點心果子。謹飭剝了一個蛋黃粽，送進口中，身旁立刻有宮女捧了水盆過來，謹飭淨了手端了茶杯，啜口茶水送下喉中的粽子，方才說道：「這鹹蛋粽真是美味，連我都忍不住貪嘴。妳們那鹹鴨蛋和松花蛋準備何時開賣？我得叫府裡頭來買點。」

這朝代的人雖已經會做鹹鴨蛋和松花蛋，但因為家畜還不興大規模養殖，鴨蛋的產量較雞蛋少多了，所以鹹鴨蛋和松花蛋的價格不低，算是高檔消費食材。

「再過十日第一批就好了，原本打算直接讓莊客去京裡賣，可上次見皇后娘娘時也說了這事，所以現今只能透過靜園向外賣了。不過你們這邊要，我便先讓莊客預留一些。」慧馨說道。

謹恪有些抱怨地道：「一過靜園又得被裡面的人貪去不少。」她自從掌管財務後，這些人為貓膩倒是懂了不少。

慧馨見她有些不高興，便安慰她：「這也是沒辦法的，不過咱們第一批量不多，先讓靜園幫咱們探探路，若是她們貪得太多，咱們以後就只給靜園一部分，其他都出到城裡頭。不但可以直接賣給酒樓，還能賣給行商，鹹蛋和松花蛋都不易壞，也可以往外地賣的。」

慧馨想起謹飭她們的莊田，便問道：「姊姊們的地準備怎麼辦？種樹還是跟著我們開魚塘？」

謹飭歎口氣放下茶杯：「家裡頭說是今年跟著妳們開魚塘，容易造成跟風，不如讓我們種樹苗來得穩妥。我倒是想弄魚塘試試，瞧妳們現在做得有聲有色。妳們那魚什麼時候拿出來賣？」謹飭極愛吃魚，只是這北方沒人養魚，想吃還得專門去捕，成果就要看運氣了。現在慧馨她們養了魚，只要能賺錢，估計京裡開魚塘的人便會多了起來，魚就能經常吃到了。

「怎麼也得到年底了，不然魚不夠肥，賣不到好價錢。加上年底的節氣多，誰家不想弄條魚上席啊？到時生意應該會很好做。」慧馨答道。

謹恪聽了她們的話彷彿想起什麼，開口問道：「當初第一個種梨樹苗的是不是陳家那位？」

聽謹恪問起這個，幾人都不再談笑，只有慧馨微不可見地點點頭，正是陳家那位落水的小姐第一個種梨樹苗，還記得當初她說：「條件有限，盡力而為，不求能賺多少錢，唯願造福皇莊和後來的人。」

只如今不過個把月，就已物是人非。上次聽到的消息是她們仍然昏迷不醒，看來即便被家人接了回去，在這醫療條件不發達的古代，昏迷的人又能活多久呢……

【第六十一回】師太的真實身分

不時有靜園的小姐跑到護欄處翹首張望，明明連影子都沒著，就都揮著手帕，好像招一招手船便會出現似地。賽龍舟圖的便是熱鬧，所以嬤嬤們也不那般約束，只是靜園的人平時安靜慣了，雖然有說有笑，卻也不會大聲喧譁，都壓低了嗓門咬耳朵。謹恪拉著慧馨也趴在圍欄處，伸著脖子看了半天，也沒瞧著龍舟的影子。

就在眾人耐心等待龍舟時，突然從靜園裡湧出一群手持琵琶之類樂器的女子。跟在她們後面出來的是皇后身邊的許嬤嬤，許嬤嬤走到眾位小姐面前，笑著說道：「今日端午，皇后娘娘念各位小姐不能回家與親人相聚，特賜歌舞戲一日，各位小姐今日只管歡樂便可。」

眾人聽了忙高興地起身叩謝皇后恩典，先頭出來的教坊司的人都行動有序，很快便搭好了台子，準備開唱。嬤嬤們也讓靜園的宮女在雲台上擺了席面，原來一排排的凳子換成了席位。再者今日河上確實有點風，便將一座座大屏風搬出來，把宴席四面圍了起來。

突然來的皇后恩典，讓眾人有點摸不著腦袋，不過好在皇后賞的是一日歌舞戲，那今日便可玩一天了，這算不算是奉旨玩耍？只是當這群女孩高興地看著台上女子跳舞時，完全沒有人發現靜園的大門已然緊緊闔上，有兩排宮女整齊地守在門前。

在緊閉的靜園大門內，領了皇帝密旨的南平侯許鴻煊正在部署侍衛，等其他人都各就各位後，許鴻煊則拿出了另一卷皇后的懿旨，交給承郡王。

承郡王面色凝重地接過懿旨，向許鴻煊猛一點頭，便帶著兩名侍衛出去了。

雲台上，慧馨四人正興致高昂地看著台上的舞蹈，這是慧馨第一次看到教坊司的表演。教坊司算是大趙朝最專業的文藝機構了，表演水準果然不是一般民間藝團可比。教坊司表演的獨特之處，不是舞娘的樣貌多麼嫵媚，也不是舞娘的身段多麼窈窕，而是她們的舉手投足間都有內涵，有深意，教坊司裡基本人人都有文化功底，他們的每一支曲子，每一段舞蹈，裡面都有故事。

慧馨正兩眼發光盯著舞娘，卻有宮女過來傳話，說是林嬤嬤有事找謹飭與慧馨。謹飭與慧馨只好離開席位，走過屏風，兩人這才發覺到不對勁。屏風外被一圈宮女圍著，透過這些宮女還可看到守著靜園大門的更大票宮女。慧馨大吃一驚，迅速轉頭看了謹飭一眼，謹飭也正吃驚地看著外面的宮女。

林嬤嬤見慧馨兩人出來，忙上前說道：「兩位女公子，承郡王在園子裡等著了，請兩位趕緊過去吧！」

慧馨兩人疑惑地互看一眼，承郡王怎會在這個時候到靜園來？靜園今日為何這般嚴陣以待？守在門口的宮女挪出了位置，讓慧馨兩人進去。裡面顧承志正背著手等著她們，模樣難得地嚴肅，面色也不好看。

顧承志走上前直接對二人道：「這次要麻煩姊姊和妹妹幫本王個忙，我們往平安堂，邊走邊說。」顧承志自稱本王，看來事情不但很重要，且慧馨兩人不能拒絕。

顧承志帶頭走在前，「本王接了皇后懿旨，來探望靜惠師太，只是本王乃一介男子，單獨見靜惠師太不太妥當，便想找姊姊陪著，又想起妹妹與靜惠師太往日有些交往，便覥著臉拉上妹妹一道，還望兩位別怪本王唐突。」

慧馨心中一驚，此事竟與靜惠師太有關。顧承志將手中的懿旨遞給了謹飭，謹飭忙打開看了，看完後又把懿旨遞給慧馨。

懿旨的大意是說，有前朝餘孽計畫端午襲擊靜園，倘若亂黨與靜惠師太聯繫，便以叛國罪處死靜惠，若無則可平安無事。

顧承志將懿旨放入懷中，又對慧馨兩人道：「懿旨是皇上與皇后兩人的意思，只是皇后還說，靜惠師太年紀大了，又在平安堂裡與世無爭地生活了這些年，雖兒孫不孝，可若是老人家沒犯錯，便不該被子孫連累，皇后娘娘還囑咐我要照顧靜惠師太。」

慧馨兩人對視一眼，心知這是皇后想讓她們盡量阻止亂黨與靜惠師太聯繫，只要她與這事無關，任務便算完成。只是皇后話裡的子孫是什麼意思？靜惠師太究竟是什麼身分？

因提前得知今日會有前朝餘孽襲擊靜園，所以園裡的人才都被關在外面，雲台那個地方的確特殊，旁邊便是雁河，若是靜園被攻破，眾人便可直接搭船離開。

現下大部分人都在雲台那邊看表演，靜園此刻只有來回幾個人走動，而平安堂這頭也一切如舊，師父們如常地整理著草藥。

為了避免他人起疑，出了靜園，顧承志與兩名侍衛帶著慧馨兩人從石廊穿了過去。他們直接前往靜惠師太的靜室，沒過多久，靜惠師太便帶著靜平師太回到了靜室。

當靜惠師太看到屋裡顧承志一行人，驚訝了片刻便恢復平靜，似乎眼前這一幕是她早預見過的。

【第六十二回】

世事無常

慧馨向靜惠師太行了禮，卻不知該說什麼，倒是顧承志先開口說道：「今日端午，園子裡人多，我等奉皇命來保護師太，師太只要待在這屋子裡，必會護得師太平安。」

靜惠師太並沒有理睬顧承志，直接往蒲團上坐了。靜平師太則出了屋門，守在門外，看來今日其他人要進這屋得先過靜平師太這一關了。

靜惠師太坐在蒲團上，直接閉上眼念起了佛經。慧馨見狀也坐在蒲團上，謹飭也從善如流地坐在慧馨旁。顧承志則同兩名侍衛守在門口。

靜惠師太一段經文誦畢，睜開眼見到坐在對面的慧馨正念念有詞，口中誦著金剛經。慧馨暗忖今日怕是無法去正殿誦經，乾脆在這念了吧，想來菩薩知道她是身不由己，必不會責怪她。身為穿越人士，慧馨上輩子不信神，可這輩子對鬼神之說卻有些糾結，靈魂穿越實在很難找到科學依據。

靜惠師太見慧馨誦完經，才開口問道：「難得妳小小年紀竟有耐心背誦佛經，妳可知這經文裡講的是何意？」

慧馨有些不好意思地回道：「往日裡讀佛經，只覺裡面講了做人立身處世的道理，這才多讀了些。只是像金剛經這等高深的，卻是不懂。」

「金剛經說來說去，講的都是一個『空』字，妳這般年紀，卻是無法體會的。」靜惠師太似是歎了口氣，又問道：「妳說在經文裡看到了立身處世的道理，妳且說說都是什麼道理？」

慧馨有心勸靜惠師太想開些，便道：「好些道理都是往日從師父們論佛聽到的，雖沒有切身體會，只看身邊的人事有時也有所感，現今在師太面前賣弄，還請師太指點一二，莫嫌棄我人小言輕了。所聽所看所感者主要有二件：

一者，世法無常。統觀三界之內，整個世間，不論大小精粗，皆隨成、住、壞、空，不停變化；由無而有是『成』，成至飽和是『住』，隨著變壞是『壞』，壞至於無是『空』。一般房屋器皿，固然是要成住壞空；就是山嶽、溟海，照樣也要成住壞空。故滄海數變桑田，桑田亦數變滄海；可見萬法無常，絕無一物，可為依靠。

一切有情世間，不論貧賤富貴，亦必依生、住、異、滅，不斷迴圈；投胎而出是『生』，漸長而壯是『住』，老病衰殘是『異』，壽命終了是『滅』。其僕妾乞丐之流，固然要生住異滅，即王公豪富之輩，也要生住異滅。既死，則或天堂、或地獄、或馬腹、或驢胎，莫不隨業受生矣，是故有六道輪迴，無盡無休。

就像我去年還在家裡，今年卻入了靜園；去年父母家人還在身邊，今年陪在我身邊的卻是丙院的姊妹。」

說到這，慧馨微笑看了謹飭一眼，見她專心地聽她說話，不再像方才那般六神無主，便放心了許多，接著說道：

「二者，人身難得。吾人今得人身，此事因緣，甚是寶貴；蓋欲出三界，而了生死，必假聞道，修行斷證。而六道中，其他五道，皆難修證。譬如天道，耽著樂境，每忽解脫，不思修行；若阿修羅，則宿習多嗔，與道相背，不肯修行；餓鬼眾生，則饑火中燒，呼號求食，猶恐不及，不得修行；而畜生道，愚痴昏昧，但知食睡，不識修行；至於地獄，眾苦交煎，受罪無間，更是不能修行。唯有人道，雖亦有苦，而道轉親切，易啟覺悟；且尚存小安，得獲辦道，而至證果。故古德曰：整心慮，趣菩提，唯人道為能耳。

然欲得人身，卻非易事。良以眾生投胎之時，賴耶本識，昏迷倒惑，循業受生，只見男女交會因緣，而不識其善惡好歹。其中投生人道之數，僅得一二；投生餘道之數，恐不只百千萬億。故昔釋迦佛說涅槃經，即謂迦葉言：得人身者，如爪上土；失人身者，如大地土。是故，若舍此人身，想再投生為人，則如高山頂上，胡亂垂線，而能正穿針孔；亦如大海上浮木，浮木上有一孔洞，盲龜伸頭，恰入孔洞，其機緣之數，固甚寥寥。且一旦投生餘道，不論天鬼地獄，壽數皆甚久遠；即畜生道，壽數雖較短促，卻恐輾轉多生。如昔舍利弗，祇園中所見蟻子，已曆七佛，至今九十一劫，仍受蟻身，不得解脫。故經云：一失人身，萬劫難復。思之可畏！

今生既有幸生而為人，自當保重。不管如何，總要先想到身體髮膚受之父母，不能輕易毀棄。」

慧馨說完便有些心虛，基本上這些話是她從看過的經書裡照搬過來，她只是想藉此規勸靜惠師太，不管待會發生什麼，都要珍惜生命，想開一些。

靜惠師太沒想到慧馨會講出這番話，兩眼凝視著慧馨久久不語。

【第六十三回】往事不堪回首

靜惠師太又閉上眼開始誦經。慧馨這一番言語不但沒使她心緒平靜，心潮反倒更加澎湃，即使閉上眼睛，心裡所見盡是當年的情景。

當年前朝皇帝李勁與他的妖妃伊娜在靜園裡雙宿雙飛十五年，在第二年冬天伊娜便誕下一女，李勁為雪天出生的可愛公主取名倩雪。李勁為了不影響他與伊娜的二人世界，又不耽誤照顧女兒，便在靜園旁建了倩雪閣，便是現在的平安堂。

倩雪在倩雪閣一住就是十三年，去過最遠的地方就是靜園，她連京城都沒踏入過，世人更不知曉有位公主叫倩雪。

當太祖領兵包圍靜園，捉拿了李勁和伊娜後，他發現靜園側門出去還有個小院，在那個院子裡，太祖見到了花樹下的倩雪。

可春風幾度抵不過帝王心術，太祖終究沒有將倩雪納入後宮，她仍然沒有名分，不為世人所知。幾年後倩雪產下一名嬰兒，孩子直接被抱走，不知去了哪裡，而此後太祖再沒踏入過靜園。靜園歸了馮皇后掌管，倩雪閣被改為平安堂，成了一座尼姑庵，倩雪則剃度出家，法號靜惠。

此後她只待在平安堂裡，連靜園都不再踏足。馮皇后還是可憐她的，派了靜平每日陪伴。雖然靜平的任務是監視她，可這種日復一日，年復一日，不停重複的平淡日子，哪還需要什麼監視呢？快六十年了，她這輩子都住在這個院子裡，青燈古佛伴了她四十多年。每日背誦的經文其實她都不懂，因為她沒有經歷過，不知人世是哪般樣子。年輕時她經常想像靜園對面的京城是什麼樣，思念她那被人斬了頭的父母，還有那個再也不來看她的男人，偶爾也憶起她生下的那個孩子。那時的她不明白這些人對她的意義，反是開始學佛之後，才漸漸明白，正應了那句「此情可待成追憶，只是當時已惘然。」

靜悄悄的靜室裡，只有靜惠誦經的聲音。遠處傳來了鐘聲，應是靜園午飯的鐘聲，只是今日眾人估計要在雲台上用餐了。

鐘聲之後似乎出現吵嚷聲，聲音從靜園方向傳了過來，是打鬥聲。原來已經開打了……不知雲台上的謹恪與謹諾現在如何？

慧馨看了一眼謹飭，見她也回頭看她，想來大家都聽到聲音了。

靜惠師太停了念經，神色微愣不知在想些什麼。慧馨很擔心，她想開門看看外面的情況，可又怕開了門讓靜惠師太更加心緒不寧。

謹飭也擔心著靜惠師太，見她神色不好，不若往常那般無欲無求，很怕她會突然要出去。

慧馨起身走到旁邊的桌上拿了茶具，一壺熱茶泡好，為每個人斟上。許是茶的香氣觸動了靜惠師太，她回過神來，端起茶杯飲了一盞。

放下茶杯的靜惠，神色平靜了不少，她看了一眼慧馨說：「妳再背誦金剛經給我聽聽。」

慧馨吸了口氣，重新背起了金剛經：「如是我聞：一時，佛在舍衛國祇樹給孤獨園……」

少女清澈的聲音彷佛能洗去人心的汙垢，靜惠仔細品味每一字每一句，忘卻塵世，眾生與法皆空。

卻說方才靜惠師太之所以有點迷茫，乃因她知道今日之事必與當年產下的嬰兒有關，這世上也只有這嬰兒與她有關聯了。其實她的人生很簡單，只不過是個人世的看客，看著身邊的人來了又走，只有她一直待在這小院落裡。

此時此刻的靜惠似乎悟到更多的佛理，她在慧馨空靈的聲音中體會到自己的心境，門外的打鬥與她無關，這世上的人也與她無關。

打鬥聲越來越清楚，顯然已經靠近了平安堂。

顧承志臉色凝重地看著坐在蒲團上的三人，耳朵則時刻對著門外，仔細聽著打鬥聲。他不怕外面的人會闖進來，畢竟南平侯已部署了超出敵人三倍的人手，只擔心靜惠師太會否關心則亂。眼下看她們三人都微閉雙眼，認真地聽著慧馨誦佛經，並無預想中的慌亂，心下稍定。

顧承志知道靜惠師太的身分，她是前朝末代皇帝與妖妃的女兒，本不該存在世上，更不應成為太祖的女人。也是這次入靜園調查，他才知道當年太祖犯下的荒唐錯事，幸好世人不知曉這段，否則將是顧家皇朝最大的醜聞。而當年靜惠產下的嬰兒，本應處死，卻不知為何人所擄走。

前些年常有前朝亂黨作祟，本以為只是幾個前朝餘虐，誰知經這次的調查發現，匪首竟是靜惠當年生下的孩子。這人不但流著前朝血脈，同時還是太祖的親子，事關重大，必須儘快擒下此人。幸好此人尚未利用他的身分在外行事，若是被外人知曉他的存在，絕非一句「太祖好色」可以遮掩。前朝的皇帝和妖妃被民眾恨之入骨，當眾斬首，而太祖不但私藏他們的女兒，還生下了孩子，這絕不是人民能諒解之事。

【第六十四回】
一番激戰過後

顧承志對靜惠帶著些許矛盾，身為顧氏子孫，靜惠的存在就是個恥辱，可是從其他角度來看，靜惠又是個可憐人。就像這次，為了引那人現身，靜園裡的人散布消息給謹敬和謹惜，說靜惠病重將不久於世，而靜惠手中還握有一件當年太祖留下的遺物。那人即便不為見生母最後一面，也會因太祖的遺物而動心，畢竟若真能拿到太祖遺物，便可證明自己的身分，他手中又多了個與顧家對抗的籌碼。而事實證明，那人果然上當了。

門外的打鬥聲靠得很近了，那邊慧馨一遍金剛經已誦完，只聽靜惠師太問慧馨與謹飭：「妳們想聽我說以前的故事嗎？」

慧馨心裡一咯噔，恨不得尖叫著拒絕，使勁控制臉部肌肉的抽搐，扯起嘴角咧了個微笑弧度：「故事便是過去的事情了，後人又何必還要提起。是非以不辯為解脫，煩惱以忍辱為智慧，何必糾纏於過去呢！」

顧承志聽著，眉角也忍不住幾度抽搐，皇家秘辛怎容平民老百姓知道，說出來便得殺人滅口，慧馨還算聰明，直接拒絕了。

事情結束得遠比顧承志預計的要早，整個過程可說非常順利，靜惠師太柔順了一輩子，這會兒也是完全配合他們。

外面的打鬥聲已漸平息，但顧承志為防萬一，仍緊閉房門，直到南平侯親來才開了門。兩人在門口與南平侯嘀咕了一陣，顧承志才又回到屋裡，彷彿特赦般說道：「都結束了，可以離開這了。」

在蒲團上坐久了腿有些麻，慧馨稍微放鬆一會才站起身，謹飭起身時稍微趔趄[1]了一下，慧馨趕緊扶住她。

見靜惠師太仍坐在蒲團上，閉了眼不理他們，慧馨終是回頭對她道：「今日叨煩師太了，改日再同師太論佛，還望師太莫要嫌棄。」

見靜惠點了點頭，慧馨才扶著謹飭一同出了屋。

平安堂裡已經打掃乾淨，完全看不出打鬥過的痕跡，彷彿他們剛在屋裡聽到的聲音都是錯覺。而靜園這頭似乎經歷激戰，雖沒有看到屍體，但地上的斑斑血跡卻能證明剛才發生過一場真實的打鬥。

雲台的表演居然還持續著，戲子扯著嗓子高唱的聲音直傳到靜園裡。今日來偷襲的人本就志不在靜園，而是平安堂，一開始便也沒將雲台上的人放在心上，巴不得他們困在外面別進入園子。只是臨到末了，發現事不成了才想劫持雲台上的小姐作人質，可強弩之末怎敵得過層層包圍，他們連靜園的大門都沒摸到便被擒下了。

慧馨與謹飭一人端了一碟子粽子，回到了雲台的席位上。謹恪見她們回來，埋怨道：「妳們怎麼才回來？剛才的好戲都沒看到，蓮小露演的《哭秦傳》[2]連在京城裡都很難看到，剛才前頭有人看得興奮竟然叫了起來，嬤嬤們竟都沒說話。哦對了，剛才龍舟經過時，我將妳們的帕子一塊丟了過去……」說到這，謹恪彷彿想起什麼有趣的事，還咯咯笑了兩聲。

慧馨沒好氣地說：「這可是最後的蛋黃粽了，吃完就沒有了……」

謹恪一聽這是最後的蛋黃粽，馬上剝開吃了起來，慧馨看著她不禁莞爾咧了咧嘴。

慧馨聽著戲子唱著曲兒，卻完全聽不懂唱些什麼，看著戲台上花花綠綠的衣服，視線漸漸變得模糊，頓時感到後背有點濕潤，似乎是汗水，一陣莫名的後怕[3]突然湧上心頭。

雖然在靜室裡看似任何事都沒發生，但每一分每一秒慧馨都是數著過的。倘若出了任何差池，哪怕只是風吹草動，無法離開靜室的人除了靜惠師太，說不定還得搭上慧馨與謹飭兩人的性命。

所以慧馨除了佛經，什麼也不敢與靜惠談；除了佛經，什麼也不想聽靜惠說。人貴有自知之明，慧馨並未因進了靜園或結交謹恪姊妹，便覺得自己特殊，說白了，她現在不過是一介民女罷了，一旦聽了不該聽，知道了不該知道的，皇家的人定會毫不留情殺她滅口。

【注釋】

①趔念作「ㄌㄧㄝˋ」，趄念作「ㄐㄩ」，指腳步站立不穩，身體搖晃的樣子。

②這是講在春秋時代，楚國大夫申包胥為求秦王出兵相救，在秦國宮殿上哭了七天，最終誠意感動秦王派兵救援的故事。

③事情發生後想起來才覺得可怕。

【第六十五回】

雜事

有驚無險的端午終是過去了，慧馨與謹飭很有默契地不再提起那天的事。無論靜園裡的人還是外面的人，都不知端午那天在靜園發生過一場激戰。只是翌日，有人發現謹敬與謹惜不見了，林嬤嬤才對眾人說，二人昨日發病，應是落水的後遺症，已經送出園醫治了。

端午事件還來不及回味，慧馨又有了新困擾。京城的天氣越來越熱了，而且很久都沒下雨。調節魚塘酸鹼度的生石灰不宜傾灑，以免生石灰入水釋放熱量，再加上天氣本身的熱，魚群會受不了。

慧馨只得改用經常換水的方法來保持水質，取兩米的長柵欄圍好四周，打開進水口和出水口，讓魚塘裡的水流動起來。劉太醫原來開的藥餌，改為定期投放。慧馨也對薛玉蘭那邊的豬圈提高了要求，改為每日打掃一次，而且讓薛玉蘭弄了不少車前草之類的摻在豬食裡，讓豬吃得健康，好用發酵過的豬糞做魚飼料。

天久不下雨，慧馨擔心會發生旱災，於是拉著謹恪鑽進藏書閣，翻找記錄往年京城氣候的書籍，這一翻不但找著前朝的記錄，還有本朝的，記錄也似乎持續更新中。

慧馨查了書目，果然這些書都經由欽天監整理。慧馨忍不住感歎，太祖的馮皇后真是了不起，能把這些書收入女士院藏書閣，很有遠見也很有氣魄。

慧馨將這些書抱回自己屋裡，找謹恪一起研究。把近百年來京城夏季的氣候資料記錄下來作成圖示，尤其是逢大旱與大澇[1]的年代，前後十年的氣象資料更是研究物件。雖然不懂氣象分析，但找點數字規律還是可以的。

一般正常年份的京城夏季，最長連續晴天不會超過十六天，一旦超過十六天非旱即澇。倘若連續不超過二十天晴天，澇的可能性較大，而超過二十天則旱的機率較高。

近日天已經連續九天沒有下雨，究竟是好是壞仍難以判斷。如今慧馨每日去平安堂誦經，都會在結束時多加幾句求老天爺保佑下雨。

慧馨未雨綢繆，在女紅課上琢磨製作雨衣雨鞋。她先試著做了一雙高筒雨鞋，材料用的是油布。她將做好的鞋子放入水裡泡了兩天，感覺防水性比想像中的好。然後她便按照上輩子雨衣的形狀，做了一件油布外套，連著的帽子做得特別深又大，誰教古代的髮髻占著不小空間。

慧馨完成了這一套雨天裝備，便動手給謹恪也做了一件。謹恪好奇地問：「妳油布做的衣服怎麼穿啊？」

慧馨穿上自己那套給謹恪看，邊解釋：「這樣套在衣服外面便可，油布鞋也是套在鞋子外面。油布可以防雨，如此下雨天就不怕淋濕衣裳了。妳記得撥點錢給三娘，讓他們每人也做一套，順便

【注釋】

①洪水的意思。

多做些備用吧，若真起雨來，少不得要雇幫手，讓他們也好有得穿。」

還沒等到下雨，休假的日子就到了。慧馨提了兩個籃子，一籃子鹹鴨蛋，一籃子松花蛋。她們的作坊是向杜三娘屋後一戶人家租的，三房的小院，正好兩間作儲藏室，一間當工作室。因她們總共才養了兩百來隻鴨，所以產蛋量不大，一半賣給了靜園，一半從皇莊這邊直接賣到京城的酒樓。

謹恪三姊妹都很喜歡鹹鴨蛋，西寧侯府則派人直接到杜三娘那裡拿。慧馨不好聯繫謝府，便趁著休假拿些回去。

今日來接慧馨的仍是謝亮和謝睿兩兄弟，兩兄弟接過慧馨的提籃，見都是鴨蛋也不覺得奇怪，看來府裡頭已經知道她的經營狀況。

回到府裡，慧馨先去給大太太請安，有婆子將她帶回來的籃子一併提了過來，「……這是莊子上自製的鹹鴨蛋和松花蛋，帶回來給大家嘗嘗鮮，若是愛吃可直接派人到皇莊那邊去取，我已經都交代好莊客了。」

大太太與慧馨寒暄了幾句，讓人把東西送去廚房，吩咐中午弄來嘗嘗，接著大太太稟退了下人，只留了四小姐慧妍，這才從袖中拿出一張請柬遞給了慧馨。

慧馨接過來打開看，是西寧侯世子夫人明日辦賞花會，請謝大太太與四小姐慧妍、七小姐慧馨一塊兒參加。

尤加利《穿越馨生愛上你第一集》完

作者後記

這篇小說起始於二〇一一年五月。從小就喜歡看小說的我，在經歷了二十多年的讀者生涯，終於提起筆開始寫屬於自己的故事。

從未想過有一天自己也會寫小說，只是在經歷了剩女時光，向世俗妥協，簡單的幾次相親，然後是一段短暫而失敗的婚姻之後，我在人生的最低潮不斷反思，這段失敗的婚姻中沒有人是贏家，我不是，那些對不起我的人也不是，無論是憎恨還是失望，都於事無補。於是，發現在人生最大的挫折裡犯下最大錯誤的人仍然是我自己。沒有堅持最初和長久以來一直期盼的愛情定義，背叛了心裡認定的婚姻基石，放棄了自己，任憑別人三言兩語來操縱自己的命運，沒有自我的開始註定了最終的失敗。

在失敗之後，終於醒悟自己想要的究竟是什麼，所以開始寫這部小說，裡面有我對愛情婚姻的嚮往，還有我的堅持，並以此警惕自己不再犯同樣的錯誤。這篇小說裡女主的感情路線慢熱，因為我已經過了一見鍾情的年紀，對帥氣的電影明星也許會第一眼就很欣賞，但那不是愛情。

古人婚姻講究「父母之命，媒妁之言」，在現在這個剩男剩女紮堆，父母親朋、網路紅娘安排相親的時代，婚姻的過程和意義穿越了。但是很遺憾，剩女們不是看著《女誡》、《女訓》長大，這樣的相親和婚姻有幾段可以堅持下來？我並未指責相親這種方式，只想提醒大家和我自己，在最終決定的時候請三思，別說「閃婚」、「閃離」無所謂，失敗總是會令人生痛。

在穿越小說中，主角總是能很快地適應古代的生活，為什麼呢？因為我們的生活與那個時代有驚人的相似，「三觀」也許不同，但我們所面臨的環境、所追求的夢想卻是如此相似，所以請不要奇怪這篇小說的女主角被我丟去了古代。

最後，作為激勵我自己的第一篇小說，希望在帶給大家娛樂的同時，還能令您有所思考、有所得。

尤加利

- **謝家大房**（擔任京畿州牧，有二子二女）
  - **謝大老爺** + **謝大太太**
    - 大少爺 **謝亮**
    - 四小姐 **慧妍**
    - 大小姐 **慧婷**：庶出，嫁給地方的富戶
    - 四少爺 **謝皓**：庶出，生母已歿
- **謝家二房**（經營望山書院，有三子四女）
  - **謝老爺**
    - **謝太太**（娘家是江寧望族）
      - 二少爺 **謝睿**：與慧馨感情極好
      - 五少爺 **謝維**
      - 三小姐 **慧琳**：嫁給燕京蔣姓商家，與慧馨很親近
      - 謝太太姪女 **林端如**：謝太太娘家姊妹之女，父親早逝
    - **大姨娘**（謝太太的陪嫁丫鬟）
      - 二小姐 **慧嘉**：有「不櫛進士」之稱，通讀四書五經
    - **二姨娘**（出身書香世家）
      - 七小姐 **慧馨**：穿越人士，原名謝小雨，是外商白領
    - **三姨娘**（有少數民族血統，能歌善舞）
      - 八少爺 **謝芳**：與九小姐是雙胞胎
      - 九小姐 **慧嬋**
- **謝家三房**（有二子三女）
  - 五小姐 **慧茜**
  - 六小姐 **慧茹**
  - 八小姐 **慧楠**：與慧馨年紀相當，活潑好動
- **謝家四房**（任職邊陲，有二子）

※謝家子女排序，是按四房所有子女年齡一起排名。

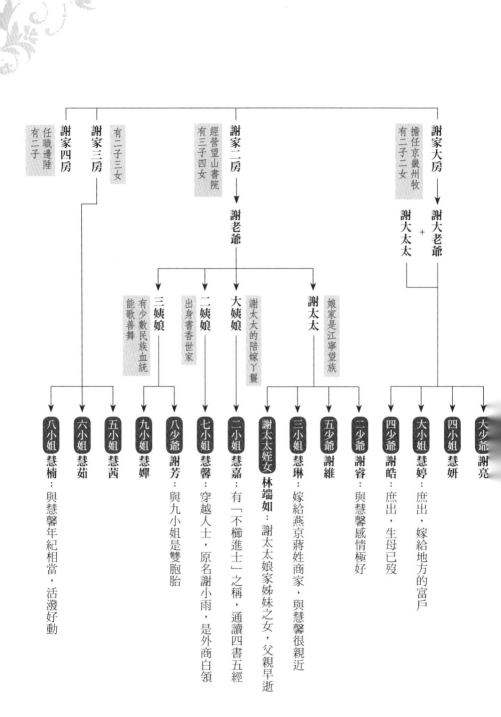

大趙國人物關係圖

大趙國建國四十三年，開國以來第一任皇帝。

在位三十一年

趙太祖 建武帝 顧雍 + **皇后馮氏**

↓

大趙國第二任皇帝，太祖的嫡長子，行四。

目前已在位一十二年

趙誠祖 永安帝 顧承隸

↓

- **許皇后**
  - **皇長子 顧載德**（封為太子）體弱，常年臥病，秉性淳厚，知文識禮。
    - **太子妃**（薛氏）
  - **皇二子 顧載淳**（封為漢王）從小跟著永安帝打仗，在軍中頗有威信。
    - **漢王妃** 永昌侯嫡女
    - **側妃** 謝氏
    - **姬妾** 李氏
- **呂婕妤** 救過永安帝，代表皇后管理靜園事務
- **淑麗妃** 兵部尚書韓家大小姐，育有十二皇子
- **王貴妃** 育有永平公主
- **王美人** 王貴妃的遠親侄女

p.297

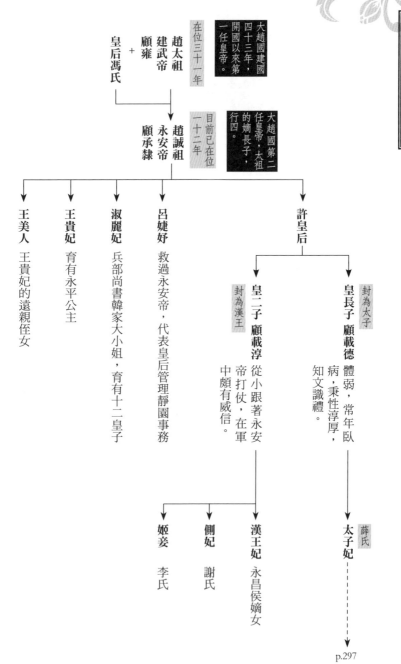

- **太子妃**（薛氏）
  - **太子長子　燕郡王**
  - **太子次子　魯郡王**　趙良娣所生，與燕郡王關係極好。
  - **太子四子　承郡王**　顧承志，燕郡王親弟弟，喜歡習武，頗得皇帝喜愛，後受封為皇聖孫。
    - **皇聖孫妃**
    - **良娣**
      - 威武侯府吳小姐
      - 羌斥王弟女敖敦
      - 王氏，王貴妃從家族中挑選
      - 薛晴

皇室外戚人物

南平侯　許鴻煊：許皇后的親弟弟，當今國舅。幼年跟方大家習文，十三歲又跟隨當今聖上征戰沙場，立下戰功無數。

義承侯府　易宏：義承侯府的大公子。弟弟易六人稱六公子，為承郡王顧承志的伴讀，易家在城內經營無名茶樓。

西寧侯宋家人物關係圖

- **西寧侯**（宋姓）
  - **宋大郎**
    - **謹飭**　宋欣語
  - **宋二郎** + **長寧公主**（漢王親妹妹）
    - **謹諾**　宋欣雅
  - **宋三郎** + **安成公主**（漢王親妹妹）
    - **謹恪**　宋欣茹
    - **三少爺**　宋辰逸（與欣茹是親生兄妹）

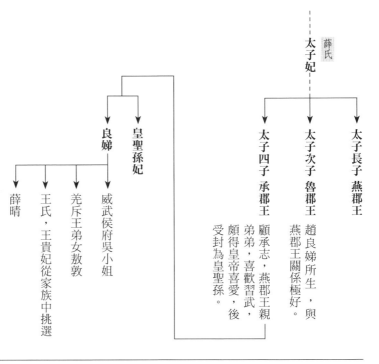

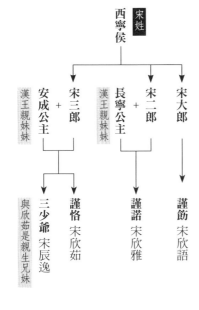

靜園人物關係圖

【丙院】

- ◆謹言 **謝慧馨**：本書女主角，穿越人士。
- ◆謹飭 **宋欣語**：西寧侯宋家小姐，與慧馨感情極好。
- ◆謹諾 **宋欣雅**：西寧侯宋家小姐，與慧馨感情極好。
- ◆謹恪 **宋欣茹**：西寧侯宋家小姐，與慧馨感情極好，也是皇莊合作夥伴。
- ◆謹介 首日入園就因犯規被逐出靜園。
- ◆謹肅 常甯伯府四小姐，個性驕橫跋扈，候補入園。
- ◆謹願 五品官員翰林院李學士之女。
- ◆謹厚 順天府通判之女，被父親安排進靜園。
- ◆謹質 出身皇商顧家，透過順妃進入靜園。
- ◆謹律 潁川陳氏，陳香茹的妹妹。
- ◆謹立 潁川郭氏。
- ◆謹惜 白族土司的義女。
- ◆謹敬 長安濟安堂收養的孤女，被當地士紳推薦進入靜園。

丙院的服侍嬤嬤與丫鬟

- 第一組—林嬤嬤、春芽、春萍
- 第二組—趙嬤嬤、春香、春白
- 第三組—杜嬤嬤、春露、春煙

慧馨與欣茹在丙院的莊客

- 娟娘—夫家姓金，有一子叫狗兒，與花姑一起負責管理魚塘。
- 花姑—夫君是四牛，與公婆、小姑同住。和娟娘一起負責管理魚塘。
- 薛玉蘭—被村人稱為連生家的，家中有婆婆、兩個兒子。負責養豬。
- 杜三娘—曾是皇后身邊的丫鬟，後嫁給四皇子的家將為妻。負責管事。

【乙院】

- ● **袁橙衣** 廣平侯府，永平公主之女，外婆是王貴妃。
- ● **王芳** 禮部祠祭清吏司郎中王敬業之女，袁橙衣的表妹。
- ● **周玉海** 父親曾為山東清吏司的郎中。
- ● **郭懿** 出身大趙國數一數二的世家。
- ● **薛燕** 與顧承志是表姊弟。

乙院的服侍嬤嬤

- 韓嬤嬤—負責田莊的事務。
- 孫嬤嬤—負責課程安排。
- 李嬤嬤—負責其他雜事。

慧馨與欣茹在乙院的莊客

- 鄧有志—曾在崔靈芸莊子管過果木種植，負責山頭種果樹與放養土雞。
- 魯青—曾在崔小姐莊子上管過田地，負責平地種植與皇莊書坊的工作。

【甲院】

- ▼ **韓沛玲** 兵部尚書韓家三小姐，韓淑麗妃的親妹妹，庶出四哥武藝高強。在甲院經營花莊。
- ▼ **崔靈芸** 南昌侯嫡孫女。與敬國公府顧致遠是青梅竹馬。在甲院經營田莊。
- ▼ **陳香茹** 潁川陳家，開設的學堂大趙朝便有五家。在甲院經營印書莊，在京裡經營「匯演書局」。

【靜園平安堂】

- ■ **靜宜師太** 主持。
- ■ **靜安師太** 開藥方，談論醫道。
- ■ **靜平師太** 經常幫忙靜惠師太。
- ■ **靜惠師太** 五官深邃、談吐文雅，常和慧馨、謹恪論佛。

Redbird 001

穿越馨生愛上你

【卷一】遇穿越，庶女入學院

作者　尤加利
繪者　千帆
完稿　黃祺芸
編輯　古貞汝
校對　連玉瑩
行銷　呂瑞芸
企劃統籌　李橘
總編輯　莫少閒
出版者　朱雀文化事業有限公司
地址　台北市基隆路二段 13-1 號 3 樓
電話　02-2345-3868
傳真　02-2345-3828
劃撥帳號　19234566 朱雀文化事業有限公司
e-mail　redbook@ms26.hinet.net
網址　http://redbook.com.tw

ISBN　978-986-6029-52-3
初版一刷　2014.02
定價　199 元

國家圖書館出版品預行編目

預行編目
穿越馨生愛上你 卷一，遇穿越，庶女入學院 / 尤加利著；千帆繪
-- 初版 .-- 臺北市：朱雀文化，2014.02
面；公分 .--（Redbird：001）
ISBN 978-986-6029-52-3（平裝）

1. 大眾小說
857.7　　102027470